스테파니의

비밀노트

스테파니의 비밀노트

필립 라브로 • 조재룡 옮김

고려대학교출판부
KOREA UNIVERSITY PRESS

초판 서문

이 책은 자체로 놀라운 문학적 사건이다. 그래서 몇 가지 설명을 덧붙여야만 하겠다.

열셋에서 열네 살, 따라서 더 이상 어린아이도 아니고 그렇다고 젊은 여인이라 부를 만한 상태에도 이르지 못한 그런 소녀가 자신이 지나온 몇 달간의 삶과 그 기간에 겪은 위기를 우리에게 들려준다. 그 과정에서 이 소녀는 어른들과 그 어른들의 세계에 관해 자신이 생각한 바를 우리에게 투사한다. 소녀는 그 어떤 부당함과 더불어 아름다움, 고독, 사랑을 발견하였으며, 몹시도 반항적이고 뒤틀린 자신만의 언어를 사용하여 이 모든 것을 영감이 반짝거리는 시선 안으로 끌어들여 드러내 보인다. 오로지 청소년의 세계—반드시 오늘날의 그것과 닮아 있다고는 말할 수 없는—에만 속한다고 볼 수밖에 없는 모방이 불가능한 말투, 성숙과 반항 사이의 조숙한 혼합, 말과 표현에 대한 끊임없는 고안과 그 과정도 우리에게 보여 준다. 내가 아는 한 이 이야기는 그 어디서도 목격되지 않는 코믹함과 비장함에서 비롯된 매력으로 가득 차 있다.

편집자의 요청으로 나는 이 원고가 출간될 수 있게 다시 손보는 일을 도와주기로 승낙하였다. 기자이자 소설가이며 영화인인 나는 학생용 노트에 깨알같이 적혀 있는 이 글을 처음 대하고는 모른 척할 수 없었고, 이 노트가 어디서 왔는지, 또 저자가 누구인지를 수소문해 보아야만 했다.

열여섯 살의 스테파니는 이 년 전에 "채워진" 노트 몇 권을 아주 비밀스럽게 'JC 라테스' 출판사에 건네었다고 한다. 이 이야기의 특성과 독창성, 그리고 고유한 힘에 매료된 편집자는 소녀의 허락을 받은 후, 딸의 글쓰기 작업에 관해서 아무것도 모르고 있던 소녀의 부모에게 연락할 수밖에 없었다. 글을 읽고 충격을 받은 소녀의 부모는 비록 자신의 딸이 묘사한 순간들이나 감정들에 대해 세세히 알고 있던 것은 아니었지만, 노트에 적혀 있는, 막 시작한 사춘기의 처음 몇 달 사이에 벌어졌던 사건들을 스테파니가 훌륭하게 지나왔다고 우리에게 확인시켜 주었다. 부모의 말에 따르자면, 이 노트는 스테파니가 지금은 결합한 자신들과 함께 체험했던 위기와 그 과정 전반을 잘 반영하고 있다고 했다. 그렇다면 부모님은 스테파니의 이 이야기를 출간할 수 있도록 허락해 줄 것인가? 두 사람이 처음에 보인 반응은 망설임이었다.

이런 상황에서 편집자는 내가 텍스트를 읽는 것이 낫다고 판단하였고, 나는 우선 스테파니를 만나게 해 달라고 요청했다. 그리고 우리는 책으로 출간하는 데 필요한 작업을 함께 진행하기 시작했다. 기자가 응당 그렇게 하듯, 나는 몇몇 지점들을 보다 명확하고 구체적으로 드러내기 위해 스테파니에게 몇 가지 주제나 에피소드를 다시 확인해 줄 것을 요구한다든지 스테파니 자신의 감정과 기분, 웃음과 슬픔들이 표출된 지점들을 다시 한 번 돌아볼 것을 제안하기도 하였다. 스테파니 고유의 글 쓰는 방식을 임의로 손보지 않는다는 원칙에는 의문의 여지가 없었다. 오히려 이와는 정반대로 우리는 말투의 힘과 문체의 독창성을 보존하려고 노력했다. 그렇게 우리는 클론다이크klondyke 강가에서 오로지 사금만을 체로 걸러내는 심정으로 조심스레 선별 작업을 진행하였다. 그런 다음 우리는 이것을 함께 분류하고 다시 구성하는 작업을 감행하였다. 이런 작업 말고도 우리는 몇몇 이름과 장소 역시 바꾸어야만 했는데, 그것은 생생한 이 이야기에 등장하는 실제 인물들을 난처하게 만들지 않기 위해서였다.

이런 작업이 있은 후, 스테파니의 제안에 따라 스테파니의 부모가 원고를 다시 읽게 되었으며, 글을 읽고 나면 저절로 이해가 갈 법한 이유이기도 한, 익명이 철저히 존중되어야만 한다는 조건하에 스테파니의 부모님은 출간을 허락해 주었다. 좀더 세월이 지나서 스테파니는 우리들에게 이렇게 말할 것이다. "난리법석은 그만. 그래도 나는 모습을 드러내지 않을 거야."

이것이 바로 이 놀랍고도 감동적인 책, 모든 소녀 독자들, 모든 독자들, 아이와 부모들을 웃음에서 눈물로, 눈물에서 웃음으로 오가는 이야기에 초대할 《스테파니의 비밀노트》에 얽혀 있는 작은 사연이다.

PH. L.

2007년판 서문

만약 스테파니가 존재했더라면 오늘날 그녀는 서른여섯 살의 여인이 되어 있을 것이다.

하지만 그녀는 내 글 속을 제외하고는 결코 존재한 적이 없다. 나는 이 소설을 1983년에 집필하였고, 절대적으로 익명성을 존중한 상태에서 유머와 고통으로 점철된, 사춘기와 청소년기 사이의 변화를 겪고 있는 중인 열세 살 여자아이의 이 이야기가 진짜이며 내 상상력이나 관찰의 결과가 아니라고 믿게 해야겠다는 의도를 바탕으로 스테파니라는 익명의 이름으로 출간하였다.

거짓말은 완벽하게 이루어졌다. 내가 "가필rewriter"을 가해서 작품으로 만들었다고 믿게 한 "스테파니의 노트"의 진실성을 비평가들과 독자들은 굳게 믿었다. 나는 고독하고도 고통스러워하는 이 어린 소녀가 자신의 텍스트를 나에게 맡긴 후 새로운 삶을 펼치기 위해 외국으로 떠났다고 믿게끔 만들었다. 편집자와 나는 스테파니와 자신들의 닮은 점을 발견했다고 말하면서 스테파니를 직접 만나고 싶어 하는 비슷한 또래의 소녀들에게서 수백 통의 편지를 받았지만, 이 어린 소녀 독자들을 직접 만나는 해프닝을 연출할 수는 없었다. 나는 계속해서 거짓말을 했다. "스테파니가 바로 나야"라고 생각했던, 당시의 모든 소녀들에게 이 자리를 빌려 사과한다.

작가라면 어떤 순간들이나 또 어떤 특정한 활동과 관련되어 필명으로 글을 쓰려 시도하는 것 같다. 글이 화제가 될 경우, 내용에 있어서 독자들의 신뢰를 받지 못할까 하는 염려 때문에 나는 이런 선택을 감행했던 것 같다. 마찬가지로 그것은 개인적인 추측 때문이기도 했다. 이 시기에 분명 나는, 내가 출간할 소설들에서 "문학"이나 더러는 가볍고 덜 "훌륭한" 여러 부분들을 들추어낼 사람들이 있을 것이라고 굳게 믿고 있었다.

그동안 나는 내 인생에 찾아든 몇몇의 기회를 통해, 콕토처럼 표현하자면 "가면을 쓴 채 행동하는" 즐거움을 느끼게 되었다. 그 누구도 나의 기만을 목격하거나 알아채지 못했고, 나는 "벽장에서 나올 순간"을 이십 년 이상 기다렸다.

그사이에 우선은 《마뉘엘라*Manuella*》(그녀는 열일곱 살이다), 그 다음에는 《클라라*Clara*》(그녀는 스무 살, 그리고 서른 살이다), 이렇게 두 소설을 통해 내가 여성적인 "나"를 빌려 올 수 있었던 것은 순전히 이 작품 덕이었다. 이 두 명의 여성 주인공들이 갖고 있을 고유한 강박관념이나 관심사, 혹은 판타즘 따위를 보다 명석하게 해독하고자 때로는 이들과 거리를 두기도 하였으며, 이러한 시도를 통해 나는 스테파니가 이 두 여주인공의 여동생이며, "초엽의 경험들"에 대해 이야기하고 있는 나의 여성 삼부작 중 하나에 속한다는 사실을 깨달았다. 이렇게 되자 사실을 감출 그 어떤 이유도 내게는 존재하지 않게 되었다. 편집자 역시 이 같은 상황 전반을 고려한 후, 나의 문학 작업들에 속하는 이 소설을 좀더 합리적인 방식으로 다시 출간하기로 결심하였다.

오늘날 나는 "가벼운" 소설이나, 이와 반대가 될 "의미를 만들어 내는" 소설은 따로 존재하지 않는다고 생각하는 편이다. 나는 욕구, 필요, 신비감과 야망에 의해서 나를 규정하고 있는 어떤 질서나 혼란을 존중하면서 책들을 계속 집필할 것이다. 이따금씩 내 책들은 서로 닮아 있을 것이며, 또 결국에는 전체를 형성하게 될 것이다. 직설적인 사람들은 이것을 한 편의 독립적인 "작품"으로, 또 다른 사람들은 아래에 "동일한 작가" 표시가 되어 있는 "제목"을 중심으로 이 책의 가치를 매기려 할 것이다.

나는 《스테파니의 비밀노트》에 전혀 첨삭을 가하지 않았다. 시대의 고유한 풍속이나 정신성, 유행이나 속어, 부가적인 묘사들, 테크놀로지나 문화의 주된 경향들이 끊임없이 변화를 겪는 가운데에도 반항아는 반항아로 남아 있고 여자아이는 여자아이로 남아 있는 것과 마찬가지로, 한 편의 소설이 거울처럼 남아 있고 또 카슨 매컬러스Carson McCullers가 적은 것처럼, 가슴이 "고독한 사냥꾼"의 작업처럼 소설이 남아 있는 것이라면 독자들, 그리고 소녀 독자들

(특히 자신이 스테파니를 닮았다고 말하였던 사십 줄에 다가가고 있을 여성 독자들)은 나의 행동을 판단해 줄 것이라고 믿는다.

2007년

필립 라브로

Des Cornichons au Chocolat

1

오늘 아침 몹시 흥분해서 농장에 도착한 줄리가 우리에게 말했다.

“드디어 나도 시작했어!”

나는 혹시 ‘그것’이 줄리를 변하게 했는지 보기 위해 흘깃 그녀를 바라보았다. 줄리는 몹시 흥분한 상태였고, 이 또한 확실했는데, 그럼에도 불구하고 그다지 달라진 모습을 발견하지는 못했다. 운동장에서 다른 친구들과 이야기할 때, 어쨌건, 줄리가 경연대회에서 상이나 상 비스무리한 것을 받았을 때처럼 마냥 몹시 자랑스러워하는 표정을 짓고 있었다는 사실을 제외한다면 말이다. 줄리는 동업자 두 명과 계약서나 그것과 비슷할 것이 분명한 무언가를 작성하고 나서, 한쪽에서 나머지 한쪽 귀까지 찢어져라 입을 헤벌리고 있는, 사진에서 아빠가 짓고 있던 그런 표정을 하고 있었다. 사진사가 있어서가 아니라 서로에게 정말 만족해서 그런 거라고 우리가 짐작할 수 있는 그런 표정을 줄리는 짓고 있었던 것이다.

그런 표정을 짓고 있는 줄리를 잠시 뒤로 하고 나는 머릿속으로 헤아려 보기 시작했다. 소피, 나탈리, 발레리, 아, 그리고 이제는 줄리. 내가 아는 여자애들 중에 아직 '그것'을 시작하지 않은 사람은 나뿐이었다. 우리 반의 나머지 아이들까지 전부 헤아려 본다면, 그것을 시작하지 않은 서넛이 더 있을 수도 있겠지만, 어쨌든 모든 아이들에게 확인해 볼 수는 없는 일이기도 했고, 또 그런다고 정확히 알 수도 없겠지만, 어쨌든 뭐, 내가 더러 알고 있거나, 아니 심지어 아주 잘 아는 여자애들을 헤아려도 '그것'을 시작하지 않은 최후의 한 사람이 바로 나라는 사실을 깨닫게 되었고, 또 이러한 사실이 내 자존심을 완전히 구겨 놓았다.

(나는 리스트를 작성한다. 단박에 이해하지 못하는 것들을 우리가 차츰 깨닫게 되는 것은 바로 리스트를 작성하면서이며, 물론 그런다고 반드시 나중에 보다 잘 이해한다는 걸 의미하지는 않지만, 그럼에도 리스트는 우리에게 도움을 준다. 저녁에 나는 이미 '그것'을 시작한 여자아이들 리스트에 줄리라는 이름을 새로 올렸고, 이와 동시에 아직 '그것'을 시작하지 않은 여자아이들의 리스트에 내가 거의 혼자 남아 있다는 사실을 분명하게 확인했다.)

어쨌건, 오늘 아침 농장에서는 모든 게 내 자존심을 구겨 놓았다. 농장에서 즐거운 일이 전혀 없다고는 말할 수 없지만, 솔직히 말해 오늘 아침은… 우리들끼리 이곳을 일부러 농장이라고 부르는 건 이곳이 학교라기보다는 진짜 농장에 더 가깝다고 생각하기 때문이다. (이 말을 설명해 보겠다. 농장에는 가축이 있고, 염소나 거위가 있는데, 이게 바로 우리들이다. 게다가 우리는 여기서 이들처럼 취급받으며, 게다가 모두 염소처럼 울고, 모두 음매음매 소리를 내며, 모두 꼬꼬댁거린다. 이곳에는 얼간이들과 단순하고 모자란 종자들이 있는데, 그들은 우리를 암소같이 취급하며, 우리를 살찌운다. 차이가 하나 있다면 우리에게서 젖을 짜내지는 않는다는 것이며, 사실 이걸 빼놓곤 전부 매한가지이다. 우리는 암송아지들이고, 한둘을 제외하고 선생님들은 모두 농장지기들이다. 그들은 우리를 일제히 감시하고 있을 뿐, 결코 한 명씩 유심히 지켜보지는 않는다. 유심히 보는 법 없이 늘 떼 지은 무리로만 우리를 보는 것이다.) 계속 적어 보겠다. 우리는 일부러 학교를 농장이라고 부르며, 이게 약간 우스워 보일지 몰라도, 우리에게 여기는 오히려 지옥이다. 내게 부과된 과제들이 조금 지체되어 빵점을 받고 시험에서 떨어진 나는 선생님 두 분에게 연달아 꾸중을 들었고, 그래서 울었으며, 이내 눈이 아파 와 양호실에 가겠다고 요구했지만 선생님은 끝내 허락해 주지 않았다.

나는 선생님 앞에서 기절을 해 보였다. 두 눈을 꽉 감고 머리가 빙빙 돌 때까지 숨을 쉬지 않으려고 무진장 애썼고, 그러자 의자에서 떨어져 교실 바닥으로 쓰러졌다. 일이 잘 되어, 선생님은 나를 양호실에 보내 주었다.

양호 선생님은 매번 다른데, 이번에는 내가 이전에 알고 있던 여선생님이었고, 그녀는 내게 부모님을 불러 주었으면 하는지 물어오셨다. 나는 선생님이 시도는 해 볼 수는 있을 거라고 말했다. 아빠는 집에 있는 때가 좀처럼 없으시고, 엄마도 마찬가지라고 말했더니, 양호 선생님은 엄마가 지금 직장에 계실 시간이냐고 나에게 물어보셨고, 나는 엄마는 일하지 않으며, 게다가 아버지도 파리에 계시는 법이 없다고 말했다. 그러자 선생님은 오히려 낙담한 표정을 지으셨고, 나는 심각한 건 아니며, 괜찮아질 거라고 그녀에게 말했다.

"좀 있으면 괜찮아질 거예요."

그녀는 나를 얼마간 홀로 놓아두었고 나는 차라리 그게 더 좋았다. 나의 나쁘지 않다고 느꼈던 순간들 리스트에 나는 지금 이 순간을 적을 수 있을 거라고 생각했다. 양호실은 텅 비어 있고, 내 주위에는 고함치는 사람도 없었으며, 나는 양호 선생님이 숟가락에 얹어 주신 박하 향과 설탕 맛이 나는 시럽이 담긴 숟가락을 입에 문 채, 창문을 통해서 밖을 바라보았다. 그러다 새 몇 마리를 보게 되었는데, 내 생각에 서너 마리였던 것 같았는데, 새들은 운동장 나무 앞을 몇 차례 다시 지나갔고, 또 이건 그다지 불쾌한 순간은 아니었다. 나는 새들 무리와 함께 있고 싶어서 창문을 통과하려 했으나 그렇게 할 수 없었다. 그렇게 되기 위해서는 집중이 필요한데, 기절을 시도하느라 이미 힘을 다 뺀 터라 창문 옆에 그냥 있는 수밖에 없었다. 내가 혼신을 다해 집중하기 시작하면, 불행하지 않은 것들과 함께 있을 수 있게끔 바로 그 옆으로 내 자신이 이동하게 되는 일이 종종 벌어지며, 오래 지속되는 법이 없지만 이런 순간은, 그래도 환상적이다. 가장 좋은 것은 반드시 새가 아니더라도 하늘을 나는 모든 것과 함께 있는 것인데, 한번은 파리 위로, 개선문 위로 지나가고 있던 비행기 곁으로 이동하는 데 성공한 적도 있다. 내가 개선문을 볼 수 있는 건 우리가 파리의 17구, 특히 클리쉬 광장으로 이어지는 17구의 북부에 살기 때문이고, 또 수많은 것들, 요컨대, 개선문 같은 것들을 보기에 충분히 높이 솟은 건물에, 또 충분히 높다고 할 9층에 살기 때문이다. 따라서 나는 비행기를 볼 수 있었고, 집중하기 위해서 정말이지 굉장히 노력을 했으며, 내가 생각하기에 사오 분은 족히 되는 시간 동안 나는 비행기 안에 있을 수 있었는데, 그것은 정말로 믿기 어려울 정도였으며, 게다가 더 이상 집에 있다고 느낄 수도 없었다. 혼자서 나는 빨간색 좌석에 앉아 있었으며, 그것도 아주 기분 좋은 상태로 있었다. 이런 놀라운 일이 나에게 일어난 적이 전혀 없었으므로, 나는 내 순간들 리스트의 첫 머리에 이 경험을 기록해 놓았다.

내가 놓쳤기 때문인지 양호실의 새들은 다시 돌아오지 않았다. 새들은 그렇게 한두 차례 지나갈 뿐이며, 당신은 날고 있는 것에 때때로 올라탈 수 있거나 때론 그렇지 못할 수도 있으며, 새들은 서너 번이 아니라, 단 한 번의 기회를 당신에게 줄 뿐이며, 새들이 그렇게 떠나갔기 때문에 다음에 다시 올 때까지 기다려야 한다.

만약 이런 걸 누군가에게 이야기한다면, 내 머리가 좀 돌지는 않았는지 알아보기 위해 정신감정을 하려 들 거라는 사실을 나는 잘 알고 있다. 그래서 나는 가펑클을 제외하고는 아무에게도 이런 걸 말하지 않는다. 가펑클은 모든 것을 이해하며, 나만큼이나 좀 맛이 갔다. 가펑클에 대해서는 나중에 다시 말하겠다.

다시 적겠다. 새들은 다시 돌아오지 않았다. 그러자 나는 반 여자아이들을 다시 생각하면서 한 번 더 헤아려 보기 시작했다. '그것'에 대한 생각이 나를 완전히 점령하고 있으며, '그것'에 대해 생각하고 또다시 생각하는 걸 멈출 수 없다고 고백해야 할 지경이다. 하루에도 열다섯 번씩 화장실을 들락거리기 때문에 엄마는 거기서 내가 대체 무얼 하는지 물어보시며, 아빠는 내가 화장실 휴지 소비 분야의 여성 세계기록 보유자라고 말한다. 나는 문질러 보고 또 문질러 본다. 더러 피가 나오기도 하고, 살갗이 벗겨져 아플 때도 있다. 그러나 이런 피는 아무짝에도 소용없다. 그건 내가 필요로 하는 피가 아니며, 내가 고대하며 기다리던 것도 아니다. 그것은 지나치게 분홍색이고 또 내가 원하는 것과 전혀 다르며, 어쨌든 계속해서 흐르지도 않는다. 내가 이 이야기를 하는 건, 얼마나 내가 요런 생각에 사로잡혀 있는지를 어쨌든 말하기 위해서다. 반면 여자아이들에 관해서 말하자면, 나는 걔들 중에 두세 명은 뻥을 치고 있다고 확신한다. 누가 알까? 모든 사람들이 뻥을 치고, 모든 사람들이 거짓말을 한다. 심지어 내 나이 또래의 아이들도 그렇다. 내가 좀더 젊었을 때, 나는 부모님들만 거짓말을 한다고 믿었다. 하지만 요즘 나는 여자아이들 모두가 다소간 거짓말을 한다는 사실을 잘 알고 있다. 남자아이들은 잘 모르겠다. 파블로를 제외하고 나는 남자아이들과 말하는 법이 결코 없기 때문이다. 거짓말을 하는 건 아니지만 파블로는 나에게 무언가를 숨기고 있다. 나는 확신한다. 파블로에게 비밀이 있다고.

물론 나도 거짓말을 한다. 하지만 나는 나 자신에게는 거짓말을 하지 않는다. 내가 나와 홀로 마주하게 될 때, 나는 뻥을 치지 않는다. 내가 이런 사실을 지금 적고 있고, 또 내가 이 노트에 뭔가를 기록하기 시작한 건 오로지 진실을 '멈추게' 하기 위해서이다. 내가 지금 말하려고 하는 것은 화면이 정지되는 영화나 텔레비전에서처럼, 나도 진실을 정지시키고 싶다는 거다.

어쨌든, 여자아이들로 다시 돌아와 헤아리고 또다시 헤아리다 보면 결국 나를 괴롭게 만드는 게 하나 있는데, 그건 바로 "이ie" 클럽, 다시 말해, 소피, 나탈리, 발레리 그리고 줄리를 포함하여 모두 '그것'을 시작했다는 사실이다. 나는 다섯 번째 "이"다. 내 이름은 스테파니이다. 부모님들이 왜 내 나이 또래의 여자아이들에게 이런 바보 같은 이름을 지어 주었으며, 그들이 왜 "이"로 끝나는 이름만을 찾으려 생각했는지 그 이유를 언젠가 누군가는 우리에게 설명해 주어야만 할 것이다. 이런 이름보다 고리타분하고 못난 이름을 나는 알지 못한다. 비르지니의 경우, 어쩌면 같은 부류라고 볼 수도 있겠지만, 정말이지 최악이다. 농장에는 비르지니'들' 만 있는 것 같다. 우리들이 태어날 당시 부모님들은 정말이지 곰곰이 생각해 보지 않았거나, 바로 그 해의 부모님들만 특별하게 아무 생각도 없었거나 둘 중 하나다. 어쩌면 무언가가 이런 이름을 선택하게끔 그들을 부추겼음에 분명하다. 하고 싶은 마음이 없는 것을 이 사람들이 하게끔 무언가가 이들을 부추긴 게 분명해 보인다. 이 이름들은 그 성씨와 어울리게 전체적으로 운율을 맞추었어야 하는 이름들이었는데, 부모들은 그걸 몰랐던 것이다. 애초에 운율을 적어 놓았던 사람들은 그들이 아닌 것이다. 나는 이상할 정도로 이런 걸 믿는 경향이 있다. 그러나 그렇다고 해도 잘 말하지는 않는데, 입 밖으로 말을 해 버리면 창문 너머로 이동할 때 필요한 집중만큼이나, 아니 그 이상으로 위험하기 때문이다. 그들이 아닌 다른 누군가가 그들이 사용할 수 있게 미리 정해 놓은 바 있는 운율에 관해 내가 말하기 시작하면, 사람들은 나를 놀리기 시작할 것이고, 내가 신 같은 걸 믿는다는 둥, 실상 이와는 아무런 상관도 없는 것을 내게 늘어놓을 것이다. 내 친구들 역시 별반 다르지 않을 것이다. 내 친구들도 내가 신 같은 걸 믿는다고 놀릴 것이며, 따라서 나는 완전히 외톨이가 될 것이다. 그러나 나는 외톨이가 되는 걸 별로 좋아하지 않는데, 그건 아마도 내가 이미, 그리고 지나치게, 홀로이기 때문이다. 내가 하려고 꾸준히 시도하고 있으며, 게다가 인생에서 지나치게 불행하게 되지 않는 유일한 방법은 다른 모든 사람들과 엇비슷해지는 것이다. 만약 당신이 다른 사람들과 비슷하지 않다면, 당신은 고민들, 내가 그토록 지긋지긋해 마지않는 고민거리들에 둘러싸이게 될 것이다. 때문에 나는 다른 누군가가 사람들의 머릿속에 기록해 놓은 운율에 대해서는 말하지 않으련다. 하지만 나는 그런 것이 존재한다고 확신한다.

그런 것이 존재하고도, 존재하고도, 존재하고도, 남음이 있다고 나는 확신한다! 아빠의 말버릇처럼, '책임지고 확실히' 장담한다. 게다가 누군가가 이 노트를 읽게 되어 설사 내 의견에 동의하지 않는다고 해도, 솔직히 말해 나는 상관하지 않는다. 사람들이 나를 이해해 주기를 바라면서 쓰는 게 아니니까. 내가 이 노트에 뭔가를 기록하는 이유는 하루 종일 목에 뭔가 걸려 있는 듯 가슴이 답답하기 때문이고, 노트를 열고, 또 뭔가를 이렇게 적어 나가기 시작하면 차츰 기분이 좋아진다는 사실을 알기 때문이다.

아침에 잠자리에서 일어난 이후 하루 종일, 심지어 아침을 먹기도 전부터 가슴이 답답해 오기 시작한다. 욕조 속으로 깊숙이 밀어 넣은 후 손을 떼자마자 다시 튀어 오르는 플라스틱 장난감처럼, 답답한 무언가가 표면으로 차오른다. 농장에서 여자애들은 기분이 울적할 때나 간혹 겁을 먹게 될 만한 일이 있을 때, 모두 '꿀꿀하다'고 말한다. 여자애들은 손가락 두 개를 펼쳐 턱 바로 밑의 목 끝 부분을 가리키면서 이렇게 말한다.

"아! 꿀꿀해."

나 역시 그렇게 말한다. 하지만 그걸 직접 적는 건 또 다른 거다. 나는 이럴 때 '목에 뭔가 걸려 있는 듯 가슴이 답답하다'고 쓰는 것을 더 좋아하는데, 그 이유는 우선 이 표현이 덜 저질이기 때문이고, 내 부모님, 특히 엄마가 말하는 방식을 가능한 한 가장 덜 닮기 위해서 저질스러운 말을 가급적이면 쓰지 않으려 노력하기 때문이다. 또 그것이 바로 절대적인 진리이기 때문이다. 열세 살이 되고, 또 여자아이일 경우, 우리는 왜 울고 싶은 마음이 늘 들게 되는 걸까? 내가 아직 생리를 시작하지 않았기 때문일까?

2

오늘 아침 잠자리에서 일어나자 나는 '그것'이 시작되었다고 믿었다. 아랫배가 아파 왔고 물론 그렇게 되기를 기대하고 있었으며, 또 계속 아팠음에도 아무 일도 일어나지 않아서 직접 확인해 보려고 화장실에 갔다. 평소 때처럼 아무 일도 없었다.

내가 젊었을 때, 다시 말해서, 매일 생각할 정도로 '그것'이 내 신경을 거슬리기 전이었던, 대략 지금으로부터 일이 년 전쯤, 나는 허풍을 떨었고, '그것'을 잘 아는 듯, 그리고 관심 있는 척 행동했지만, 사실 나는 아무것도 몰랐고, 아무것도 이해하지 못했었다. 생리, 나는 사람들이 왜 '그것'을 이렇게 부르는지 이해할 수 없었다. 나는 매달 사물의 생리生理를 재는 똑바르거나 직사각형, 혹은 길거나 뾰쪽한 자 같은 것이 여자의 배에서 나온다고 생각했었다. 그래서 그토록 아파하는 것이며, 배에서 이것들이 빠져나오기 때문에 피가 반드시 흐르는 것이며, 또 그래서 한 번 나오고 난 후, 피가 흐르는 것을 막으려 면이나 탐폰 같은 걸 사용하는 거라고 굳게 믿고 있었다. 당시의 나는 정말이지 영리하지 못했지만, 이제 나는 바뀌었다. 내가 말하고 싶은 것은 생리와 관련되어 내가 알 건 다 안다는 것이지, 인생의 다른 것들에 대해서 내가 보다 영리해졌다고 말하려는 건 아니다. 하지만 생리에 대해서는 오케이, 나는 다 알고 있다. 내게 그걸 이야기해 준 사람이 엄마는 아니다. 엄마는 조금의 시간도 없으며, 내가 엄마에게 물어보았을 때, 엄마는 삶을 조금 바꾸어 보거나, 무언가에 유용한 존재가 되고 싶지 않느냐고 아빠가 엄마에게 물어보았을 때 지어 보였던 그런 표정을 내게도 지어 보였다. 아빠가 그렇게 말했을 때 엄마는 완전히 구겨진 얼굴을 하고 있었고, 눈을 들어 하늘을 올려다보면서 진절머리가 난다거나 '젠장 염병할' 같은 말을 내뱉었었다. 내 경우, 내가 엄마에게 생리에 대해 구체적인 내용을 물어보았을 때(예를 들어, 수건과 탐폰의 차이라든지, 탐폰을 착용하면 더 이상 처녀가 아닐 위험이 있는지 따위에 관하여) 엄마는 나를 매우 세게 끌어안으면서 평소와는 조금 다른 어투로 말했다. '오, 내 가엾은 딸아이가 이제는 어엿한 여성이 되려나 보구나'라고 네댓 번을 연달아 말하고는 나를 잽싸게 다시 떼어 놓았다. 엄마가 나를 끌어안았을 때, 나는 아무것도 느끼지 못했다. 정상이라면 엄마라는 존재가 제 자식과 몸을 접촉하게 되면 내가 가펑클을 양팔에 안았을 때처럼 뜨거워지는 것이 당연하나, 엄마는 전혀 그렇지 않았다. 엄마는 늘 차가운 피가 흐르는 사람 같다. 엄마는 결코 뜨거워지는 법이 없으며, 그래서 재미를 보지 못할 사람은 바로 아빠인데, 내가 생각하기에 잠자리를 함께할 때 아빠는 혼자서 미리 몸을 덥히는 게 분명하다. 그래서 드람뷔나 베네딕틴 같은 독주를 미리 마셔두는 것이며, 나도 언젠가 저녁 늦은 시간에 한번 마셔 보았는데, 끈적거리는게 한 잔 이상을 연거푸 마시면 속이 완전히 타 버린다. 어쨌든, 아빠는 엄마랑 자주 자지 않으며, 엄마와 아빠는 서로 자주 보지도 않는다. 아빠는 시중에 나도는 군수품을 수집하러 늘 여행 중이며, 엄마는 비록 인생에서 유용한 것을 전혀 하지 않지만(이런 면에서 보면 아빠 말이 맞다. 사실 인생을 놓고 볼 때 엄마의 유용성을 어디서 찾아볼 수 있겠는가?), 어쨌든 집에 결코 붙어 있지 않을 정도로 알아서 어떻게든 해결한다. 그 결과, 혼자 있게 되는 사람은 바로 나다. 나는 우리 가족이 나란히 식사를 했던, 부모님이 집에 함께 있었던 순간들 리스트를 작성해 보았다. 이 리스트는 그리 길지 않다. 내 모든 리스트 중에서 가장 나를 실망시키는 리스트가 바로 이거다. 나에게 일어난 것을 더 잘 이해하기 위해서 리스트를 작성하는 만큼, 이 리스트를 곧 포기할 것 같다는 생각이 든다. 나는 이해할 만큼 다 했다고 생각하며, 아니 이쯤 되면, 더 이상 이해할 필요가 없기 때문이다. 나를 그토록 드물게 볼 거면서 왜 그들이 나를 낳았냐는 물음을 나 자신에게 묻게 되는 것도 바로 이때이다.

아빠는 유니폼이나 오래전 전쟁에서 사용되었던 외국 군수품들 중에서 골동품을 구입하고, 그것을 매우 비싸게 되판다. 최근엔 이탈리아에서 물건을 발견했고, 미국의 다른 물건과 그것을 교환할 예정이다. 아빠는 하루 종일, 일 년 내내 이 일에 몰두할 정도로 이 일을 몹시 좋아한다. 엄마가 몰두하는 건 엄마와 비슷한 친구들과 아무것도 하지 않는 거다. 정말이지 엄마가 대부분의 시간을 어디에서 무얼 하면서 보내는지 말할 방법이 없을 정도이지만, 엄마는 너무너무 바쁘다고, 또 너무나 바빠서 정신머리를 어디에 두어야 할지 모르겠다고 반복해서 말한다.

따라서 왜 그들이 나를 낳았는지 나 자신에게 묻는 건 어쩌면 당연하다고 볼 수 있다. 그들은 사전에 상의를 할 수도 있었을 것이다. 아니 이건 너무 부당하다. 내가 나를 낳아 달라고 부탁한 건 아니며, 그런데도 나는 태어났으니, 그들이 원해서 그렇게 된 게 아닌가! 요즘의 온갖 방법들이나 부모님이 버는 돈, 혹은 그들이 맺고 있는 관계(아빠의 친구들은 모두 의사들이며, 똑같은 자동차, 즉, 메르세데스를 갖고 있다)를 이용해서라도 부모님은 나를 갖지 않을 수도 있었을 것이라고 추측해 보면, 부모님이 나를 원했다는 사실이 보다 분명해 보인다. 어쩌면 부모님이 서로 이렇게 이야기를 나누었을 것이라 상상해 볼 수도 있다. '자, 우리 아이를 하나 가져 보자. 그러면 우리는 이 아이를 사랑해야 할 것이며, 이 아이를 돌봐야 할 것이므로, 이제부터 우리 단단히 결심을 하기로 하자', 뭐 이런 얘기를 주고받았을 수도 있을 것 같다. 하지만 부모님은 아무것도 하지 않았고, 나는 단지 그런 게 부당하다고 생각하는 것뿐이다. 솔직히 말하자면, 심지어 구역질이 나기도 한다. 이런 단어를 사용하는 거 별로 겁나지 않는다. 아니, 이만하면 울 만한 거 아닐까? 나는 내가 애초에 있었던 곳에 그대로 머물러 있었을 수 있었던 것이다.

이렇게 말하는 건 내가 어딘가 다른 곳에 있었다는 사실을 내 자신이 확신하고 있기 때문이다. 꽃 속에, 새들 속에, 혹은 고양이 안에, 혹은 바다 깊은 곳에. 내게는 또 다른 삶이 있었다고 확신하는데, 그렇지 않았더라면 내가 그렇게나 자주 창문이나 벽의 반대편을 통과하고, 또 몇 분 동안 다른 곳에 다시 놓여질 수는 없었을 테니까. 모든 사람들이 또 다른 삶을 갖고 있다고 생각하지는 않는다. 내가 생각하기에 행복한 여자애들은 다른 삶을 가질 필요가 없다. 내가 나에게 던지는 질문은 내가 지금 살고 있는 중인 이 삶 이후에 내가 어떤 삶을 가질 수 있을까 하는 것이다. 아무리 못해도 지금의 삶만큼이나 지옥 같지는 않을 거다.

내가 그토록 생리를 하고 싶어 하는 것도 바로 이 때문이다. 어쨌든, 나는 그것이 나를 완전히 바꾸어 놓을 게 분명하며, 또 단박에 여성이 되게 해 줄 것이라고 확신한다. 마지막으로 시작한 게 바로 줄리였으므로 나는 줄리에게 이런 내 생각을 말해 보았다. 나는 줄리가 생리 때문에 여전히 충격에서 헤어나지 못하고 있을 거라 확신하면서 줄리에게 물어보았다.

"너 지금 어때? 달라진 걸 느끼지 않니?"

줄리는 나에게 대답하려 하지 않았다. 다른 "이"들에게도 똑같이 물어보았는데, 그 애들 모두 이해할 수 없다는 표정을 지어 보이면서 내게 대답하려 하지 않았다. 어쩌면 그건 누군가에게 쉽게 이야기하기에는 너무나 어려운 것이며, 오로지 누릴 수 있는 것뿐일지도 모른다. 하지만 수업을 마치고 나란히 집으로 향하는 길에서 이야기를 나눌 때조차, 나는 다른 "이"들과 나 사이의 차이점을 발견하지 못했으며, 심지어 그녀들이 나보다 조금 더 멍청하다는 생각이 들 뿐이었다. 하지만 차이 하나 정도는 적어도 있어야 되는 거 아닌가. 내 친구들이 차이를 느끼지 못했던 것과는 정반대로 생리를 시작하게 되면 나는 어엿한 여성이 될 것이며, 결과적으로 모든 것이 바뀔 것이라고 목숨을 걸고 확신한다. 생리를 하게 되면 정말로 경악하게 될 것이다. 경악 외에 다른 말은 없다. 경악.

엄마와 아빠로 다시 돌아오자. 내가 부모님에게 만족해하지 않는다는 사실 이외에도 실상 내 문제는 할아버지나 할머니가 내게 없다는 데도 놓여 있다. 이러한 사실은 내 친구들의 경우를 봐도 또렷이 드러난다. 내 부모님이 나를 돌보는 것보다 내 친구들의 부모님이 걔네들을 더 잘 돌보기 때문에 하는 말이 아니라, 내 친구들 모두가 최소한 할머니 한 명 정도는 갖고 있기 때문에 하는 말이다. 심지어는 걔네들 중에는 할머니와 할아버지, 둘을 모두 갖고 있는 친구들도 있다.

아니 이보다도 정말로 엄청나게 운이 좋은 아이들은 두 명의 할머니와 두 명의 할아버지, 다시 말해서 인생에서 그들을 사랑해 주는 일 외에 전념할 별 다른 일이 없는 네 명의 어른을 갖고 있는 아이들이다. 이들이 갖고 있는 행운은 실로 엄청나며, 정상을 벗어날 정도다. 똑같은 아이에게 네 배의 사랑이라니, 정말 끝내주지 않는가? 네 배의 입맞춤, 당신을 돌봐주고 당신의 말을 들어 주고, 당신이 학교에서 무얼 했는지 물어봐 주고, 연극을 보러 당신을 극장에 데려가 주고, 방학이나 주말에는 시골에 데려가 주고, 당신이 말할 때 귀 기울여 들어 주고 또 대답해 주는 사람이 네 배나 된다는 건 바로 행복 그 자체이다. 할아버지와 할머니가 있다는 건 정말로 끝내주는 일이며 정말로 편리하기까지 하다. 이건 할아버지와 할머니가 선물을 주기 때문만은 아니다. 선물로 말하자면, 엄마는 나한테 약속을 하고 나서 지키지 못했을 때마다, 그리고 아빠는 여행에서 돌아오셨을 때마다 나에게 주었음이 분명하다. 다시 말해서, 나는 내 방 전체, 아니면 적어도 벽장 하나쯤은 채우고도 남을 정도로 선물을 받았고 갖고 있다. 아니 결국에는 이것 때문에 집을 다시 정리할 수밖에 없었다. 오로지 부모님이 내게 주셨던 선물을 넣어 두기 위해서 우리는 보조용으로 쓰이던 위층의 작은 방 하나를 다시 정리해야만 했다. 그러나 나는 결코 그 다락방에 올라가는 법이 없다. 열쇠를 갖고 있지만, 어쩌다 문을 열기라도 하면 엄마가 그간 내게 했던 모든 약속을 내가 기억해 내게 될 것 같았고, 그러면 또 내 몸에 있는 모든 눈물들이 빠져나갈 때까지 계속 울게 될 것만 같아서 감히 거기에 갈 엄두를 내지 못한다. 몸에서 눈물이 차지하는 부분은 얼마나 될까? 언젠가 눈물이 모두 마르는 걸 보고 싶어서 멈추지 않고 울어 보고자 처음이자 마지막으로 시도해 본 적이 있었다. 오후 내내 울어서 다시 회복하는 데만 사흘이 걸릴 정도로 눈이 완전히 빨개지고 퉁퉁 부어올라 한겨울에 레이번 선글라스를 끼고 농장에 가야만 했다. 친구들은 나를 완전 뺑순이로 취급했다. 선글라스를 쓴 나를 보더니 걔들은 내가 배우나 가수를 흉내 내려 한다고 믿었다. 줄리가 나에게 말했다.

"도대체 뭘 증명하려고?"

나는 줄리에게 말했다.

"새로운 통계 결과를 한번 세워 보려고."

줄리는 내가 자기를 무시한다고 믿었고, 또 한편으로 그녀가 틀린 것도 아니었다. 그 이후에도 다시 울었기 때문에 나는 사실 아무것도 증명하지는 못했고, 눈물이 영원히 재생된다는 사실만을 알게 되었을 뿐이었다. 어쨌든 이 사실을 알고 나서야 나는 진정되었고, 이전에 비해 나는 덜 울게 되었는데, 뭐 어쨌든 당신을 위로할 사람이 아무도 없는데 우는 건 시도해 볼 만한 가치가 없다고 할 수 있다. 바로 이 때문에 나는 할아버지나 할머니 혹은 이 둘 모두 있었으면 했는지도 모른다. 위로받기에 그들만큼 이상적인 사람들은 없을 테니까. 할머니와 할아버지는 온전히 자기들만의 시간을 갖고 있다. 이들은 위로해 주는 사람들이다. 한번은 이런 이야기를 나탈리에게 한 적이 있는데, 나탈리는 나에게 아주 놀라운 사실을 하나 들려주었다. 나탈리는 자기 할아버지가 정말 나쁜 놈이자, 아이들을 아주 싫어하는 못된 놈이라고 했다. 할아버지가 사는 시골집에 나탈리가 놀러 갔는데, 한번은 할아버지가 덤불을 헤치더니 종아리를 때리기 위해 나뭇가지를 꺾었다는 것이다. 게다가 꽃밭에 오줌을 갈기더니 나탈리가 그랬다고 나탈리 부모님께 고자질을 했다는 거였다. 그래서 나탈리는 부모님께 꾸중을 들어야 했고, 이후 나탈리는 다시는 할아버지 집에 가지 않는다고 했다. 이 이야기는 나를 아연실색하게 만들었다. 어른들과 똑같은 짓을 하는 할아버지가 존재할 수 있다는 사실을 나는 좀처럼 믿을 수 없다.

하지만 행복한 사람들, 그들은 존재한다. 게다가 이런 사람들의 집은 대개 엇비슷하다. 행복한 사람들의 집에 갈 때마다 나는 늘 같은 집에 왔다는 느낌을 받는다. 그곳에서는 리스트를 만들 수 있을 정도로 항상 똑같은 일들이 반복된다. 우선 그곳에는 항상 형제나 자매들이 있으며, 또 가 보면 항상 누군가가 있다. 내가 소피를 집에 바래다주었을 때, 소피가 집에 들이닥치기 전에 그 집에는 늘 누군가가 있었다. 따라서 그런 집에는 빵을 굽는다든지, 전화를 하거나 텔레비전을 본다든지, 음악을 듣거나 게임을 하는 등, 항상 진행 중인 무언가가 있는 것이다. 당신이 도착하기 전에 이미 시작된 무엇인가가 항상 진행 중에 있으며, 이렇게 언제 시작되었는지 모르는 순간에 도착하는 것이야 말로 정말로 환상적이라고 생각한다. 그것은 연극을 볼 때와 마찬가진데, 이야기가 언제 시작되었는지 알아맞혀 보려고 노력해야 하기 때문에 정말이지 흥미진진하다. 또한 혼자서 결정하는 것이 아니라 당신을 대신해서 다른 사람들이 결정을 해 주는 것도 좋기는 마찬가지이다.

더구나 행복한 사람들의 집에서는 사람들이 전적으로 당신에게만 몰두하지 않으며, 당신을 특별하거나 비정상인 사람처럼 쳐다보지도 않을 뿐만 아니라, 별 다른 군말 없이도 당신을 받아준다. 더구나 부모들은 서로 사랑하는데, 그건 이들이 서로에게 고함을 지르지 않고, 무언가를 비난하려는 듯 대화하지도 않으며, 돈에 관한 이야기를 꺼내지도 않고, 이혼에 관해 말하지도 않으며, 자기 아이들을 기숙사학교에 보내는 것에 대해 말하지 않고, 자기 집에서 얼른 나가 주었으면 하고 서두르는 듯한 표정을 짓지도 않기 때문에 금방 표가 난다.

그런데 이런 것들도 똑같다. 사람들이 아무리 친절해도 행복한 사람들의 집에서는 한두 시간이 지나가면, 내가 있을 곳이 아니라는 생각에 떠나고 싶은 마음이 들게 된다. 아니, 어쨌건 나는 그렇다는 거다. 이따금 나는 뒤로 물러서서 나 자신을 보고, 나에게 이렇게 말한다. 그녀는 떠나야 한다고.

그래서 그녀는 떠난다.

3

오늘 아침 나를 제외하고 다른 여자애들은 모두 치마를 입고 있었다. 나는 걔네에게 그 이유를 물어보았다. 걔들은 재미있다는 듯 낄낄거리며 나를 바라보았다. 네 명 모두 아침에 서로 전화라도 주고받은 듯, 정말이지 일부러 그렇게 했다는 표정을 지어 보이면서 나에게 이렇게 말하는 것이었다.

"스테파니를 자극하기 위해서! 우리들은 모두 성숙한 여성이고, 모두 다 생리를 하며, 생리를 할 때는 덜 조이며, 아픔을 덜 느끼게 해 주고, 게다가 청바지를 더럽힐 염려가 없는 게 확실한 치마를 입는 게 훨씬 낫다는 사실을 스테파니에게 보여 주려고 우리 모두 치마나 킬트를 입기로 했지롱. 스테파니는 정말로 창피해할 거야."

나는 걔들에게 말했다.

"그래서 너희들 모두가 그렇게 하는 데 동의했단 말이지?"

내가 이렇게 말하자 걔들은 모두 낄낄거리며 재미있어 했다. 정말이지 구역질이 나는 애들이다. 우선, 걔네들 네 명이 한꺼번에 생리를 시작할 수 없으므로 과장하지 말아야 한다. 그 다음으로, 치마를 입었다는 게 무얼 증명할 수 있을까? 나도 치마를 입는데, 그걸 입어도 아무 일도 일어나지 않는다. 그래서 뭐가 어쨌는데?

나는 정말이지 지긋지긋해졌다. 나는 학교, 그러니까 농장 입구를 지나는 길가의 귀퉁이에 자리 잡은 약국으로 향했고, 거기서 일주일치 용돈을 모두 털어 사 프랑이 넘는 오베를 구입했다. 가방에 오베 한 다스를 쑤셔 넣었고, 오후 수업이 시작되자 옆 자리에 앉아 있는 소피에게 책가방을 열어 보였다. 소피는 그것을 보았으며, 나는 소피가 다른 아이들에게 무언가 말할 거라고 기대했다. 하지만 아무 일도 일어나지 않았다. 소피는 아무것도 보지 못한 듯 행동하였기 때문에 나에게 남은 일이라곤 내 방 옷장을 열어 지난달에 구입한 탐팍스와 탐팍스를 구입하기 바로 전달에 샀던 코텍스 박스 옆에다가 탐폰을 놓아두는 것밖에 없었다.

만약 이런 일이 계속 된다면, 나는 약국을 개업해도 될 것이다.

이따금, 나는 나 자신이 봐도 웃길 정도로 정말이지 유치한 것 같다.

4

어제 오후, 각자 집으로 돌아가는 맨 마지막 순간에 파블로와 단둘이 남게 되었고, 나는 그의 비밀을 알아내는 데 성공했다.

농장이 파하면 우리는 모여서 함께 서로의 집까지 바래다 준다. 가장 가까운 데 사는 소피가 먼저 들어가고, 다음은 나탈리, 그 다음은 줄리, 그 다음은 담므 거리에서 가장 먼 귀퉁이에 사는 발레리, 그 다음이 내 집, 그리고 파블로이다.

파블로는 우리들이 유일하게 접촉하는 남자아이이다. 다른 모든 남자아이들은 단 한 명의 예외도 없이 전부 멍청이들이거나 허세를 부리는 바보들이다. 파블로는 우리들보다 키가 작은데 내 생각으로는 성장 과정에 문제가 좀 있었던 것 같으며, 그런데도 커 보이려고 청바지를 입고 미국식 가죽장화를 신는데, 키 작은 다른 남자아이들처럼 반바지를 입곤 했더라면 그가 오히려 아무렇지 않게 보였을 수도 있었을 것이다. 하지만 이런 건 중요하지 않다. 왜냐하면 소피나 내가 그렇지 않은 것처럼 파블로도 뭐 스페인 사람이나 포르투갈 사람은 아니기 때문이다. 하지만 그런데도 불구하고 농장에서는 모두들 그를 그렇게 불렀다. 파블로가 친절하기도 하고, 또 함께할 사람이 한 명이라도 더 있으면 그만큼 각자 자신의 집으로 돌아가기 전까지의 시간이 조금이나마 늘어날 수 있다는 생각에 우리는 파블로를 우리 클럽의 일원으로 받아들였다. 여자애들 중에서 내가 가장 마지막이었으므로, 물론 걔들에게 아무것도 말하지 않았지만, 파블로와 내가 단둘이 남게 되는 순간이 있었으며, 그런 때면 파블로는 항상 내게 이렇게 말하곤 하였다.

"자. 나 먼저 간다."

그러고는 재빠르게 카르디네 다리 윗길을 가로질러 내빼기 일쑤였고, 나는 파블로가 왜 그렇게 서둘러 뛰어가야만 하는지, 그의 집 문 앞까지 내가 바래다주는 것을 그가 왜 거절하는지 알 수 없었으며, 때문에 나는 파블로에게 비밀이 있다고 늘 생각해 왔다.

그러나 나는 다른 애들에게 이걸 말하지 않았으며, 결국은 내가 옳았다고 봐야 하는데, 왜냐하면 어제 오후 파블로가 나에게 이렇게 말했기 때문이다.

"이제 너를 믿을 수 있다는 걸 알겠어."

나는 왜 그렇게 말하는지 파블로에게 물어보았고, 파블로는 그런 내게 이렇게 대답해 주었다.

"왜냐하면 우리가 서로 알게 되어 서로를 바래다주기 시작한 이래로 너희 집 문 앞까지 네가 도착하기 전에 내가 먼저 급히 내빼곤 했다는 걸 단 한 번도 너는 네 친구들에게 말한 적이 없으니까."

나는 파블로에게 말했다.

"내가 말하지 않는 건 네가 비밀을 갖고 있다고 생각했기 때문이야."

그가 나에게 말했다.

"네 말이 맞아. 비밀 '하나'가 있어. 너한테 보여 줄까?"

나는 그러라고 했고, 그러자마자 그는 내 손을 잡아채어 평소에 급히 내빼곤 하던 그 거리를 가로질러 달리기 시작했다. 나는 파블로를 따라갈 수 없었다. 카르디네 다리를 지난 후 우리는 걷기 시작했고, 얼마 후 조그만 거리를 지나니 철문 너머로 조그마한 마당을 마주한 작은 집이 보이는 막다른 골목에 있게 되었으며, 그 집은 17구의 어느 모퉁이에 있는 또 다른 집과 약간 닮았으며, 빌라를 닮지 않았는데도 불구하고 사람들은 이런 집을 흔히 빌라라고 부르는데, 내가 그게 빌라라고 생각하지 않는 건 나에게 있어서 빌라란 바닷가에 있는 커다란 하얀색 집을 의미하기 때문이다. 파블로가 내게 말했다.

"나 여기 살아. 서둘러야만 해. 벌써 오 분이나 늦었어. 다른애가 불안해할 거야."

나는 그에게 물었다.

"다른 애가 누구야?"

그는 나에게 말했다.

"바로 내 비밀이다."

파블로는 걸치고 있던 비옷 주머니에서 열쇠를 꺼냈고, 나는 그가 나랑 마찬가지 처지라는 사실을 곧바로 이해할 수 있었는데, 그가 열쇠를 갖고 있다는 건 수업을 마친 후 간식 시간 즈음에 그의 집엔 아무도 없다는 것을 의미했기 때문이다. 파블로가 문을 열었다. 그러고는 나에게 그 누구에게도 말하지 않을 것을 맹세하라고 했다.

나는 말했다.

"맹세해."

파블로가 다시 나에게 말했다.

"네가 사랑하는 사람을 걸고 맹세해."

나는 말했다.

"가펑클을 걸고 맹세합니다."

파블로가 나에게 물었다.

"가펑클이 누구냐?"

내 고양이라고 대답했더니 파블로는 그러면 됐다고 하고 나서, 작은 계단 서너 개가 붙어 있는 복도 한 끝으로 나를 데려갔는데, 그 옆에는 부엌과 나무로 된 난간이 있었고, 그 반대편에는 문이 하나 있었다. 파블로는 손가락을 제 입술에 가져다 대더니 조용히 하라고 했다. 우리는 부엌으로 갔고, 파블로는 냉장고를 열어 요구르트 하나를 집어 접시 위에 놓더니 문을 두드렸다. 이렇게 말하는 목소리가 안쪽에서 들려왔다.

"늦었구나, 폴."

그의 이름이 파블로가 아니라 폴이라는 사실을 알게 된 건 바로 그 때였다. 남자아이의 목소리였지만 내 생각엔 파블로보다 더 나이를 먹은 것 같았다. 이윽고 파블로는 문을 열었고, 손동작으로 내게 문 뒤에 숨어 있으라고 한 다음, 거기로 들어갔으며, 나는 아주 가까이 있어서 그들이 하는 말을 다 들을 수 있었고, 안에서는 내가 모르는 남자아이의 목소리가 들려왔다.

"오늘 몇 시에 돌아왔어? 조금 늦은 걸 보니, 누구를 만난 게 분명해."

파블로는 대답했다.

"아니야. 아니야."

말하고 있는 사람이 바로 다른 애라는 사실을 나는 즉시 알아차렸다. 그는 낮고도 부드러운, 그러니까 미사를 보는 사람과 약간 비슷한 음성을 갖고 있었는데, 그의 목소리는 마치 반주 없는 노래처럼 올라갔다, 내려가기를 반복했다.

다른 애는 계속 말했다.

"네가 여기에 누군가를 데려온 거 알아. 분명해. 분명하고 말고."

나는 어떻게 그가 알아맞혔는지 잠시 의문이 들었지만, 파블로는 나에게 곰곰이 생각해 볼 여지를 주지도 않았으며, 그에게 이렇게 말했다.

"너한테 감추는 건 아무것도 없어. 내 가장 친한 친구야.

아무 말도 하지 않을 거야. 스테파니라고 해."

다른 애가 말했다.

"들어오게 해."

나를 찾으러 온 파블로를 따라서 그 방에 들어가자, 방 한복판에 비디오 녹화기가 딸린 초대형 텔레비전을 중심으로 책과 잡지들이 사방에 산더미같이 쌓여 있으며 카세트테이프들이 바닥과 벽, 그리고 선반 위에 널려 있는 것과 조그만 휠체어 위에 앉아 있는 다른 애를 보게 되었다. 파블로와 상당히 닮은 아이였는데, 특히 코가 똑같았다. 하지만 매우 혈색이 좋고, 몹시 동글동글하고 작은 파블로에 비해, 그는 정말이지 창백한 얼굴을 하고 있었으며, 비록 마비 환자들이 사용하는 의자 같은 데 앉아 있어서 잘 알 수는 없었지만, 내가 생각하기에 다른 애는 아주 말랐고, 또 키가 크고 가늘어 보였다.

나를 정말로 가장 당혹스럽게 만든 건, 내가 생각하기에 그가 파블로보다 어리고, 또 적어도 두 살 정도 적을 텐데도 불구하고, 이상하게도 낮고 굵은 목소리를 갖고 있으며 파블로보다, 아니 심지어 나보다 더 나이 든 것처럼 말을 구사한다는 것이었다.

파블로가 말했다.

"동생을 너에게 소개할게. 이쪽은 스테파니야."

우리는 서로 인사를 나누었다. 나는 그에게 물었다.

"너 왜 이렇게 숨어 있어?"

그는 나에게 말했다.

"내 부모님 때문이야. 부모님은 나에게 일어난 일을 창피해하셔. 그들은 내가 완치되기 전까지 이곳에서 나오기를 원하지 않지만, 내가 완치되는 일은 없을 거야."

그러더니 그는 나에게 믿기 어려운 일을 설명해 주기 시작했는데, 일 년 반쯤 그의 부모님이 형, 그러니까 파블로를 지나치게 엄하게 대한 것에 항의하기 위해 부모님을 상대로 단식투쟁을 했다는 것이다. 내가 생각에 몰두하고 있는 동안에 그가 덧붙인 말은 나를 또 한 번 경악하게 만들었다.

"네가 이런 일에 대해 단 한 번도 들어 본 적이 없다는 걸 잘 알고 있어. 아주 드물게 일어나는 일이지만, 실제로 이런 일이 일어났지. 성가신 건, 네가 보듯이 그것 때문에 내가 병에 걸렸다는 사실이야. 단식투쟁이 나를 아예 마비시켜 버렸거든."

나는 그가 말을 조리 있게 한다는 사실을 발견했다. 또 그는 이렇게 말해서 나를 다시 한 번 더 놀라게 했다.

"내가 이렇게 말을 잘 할 줄 아는 건, 집에 머물기 시작한 일 년 전부터 텔레비전을 보면서 쉬지 않고 책을 읽었기 때문이야. 나는 진보하거든."

컴퍼스로 그림을 그리듯, 그는 팔을 들어 방 주위를 한 번 크게 그려 보더니 나를 유심히 쳐다보았다. 그는 나에게 말했다.

"내가 사람의 머릿속을 읽을 줄 안다고 너 지금 생각하고 있는 거지?"

나는 그렇다고 대답했고 처음부터 그런 느낌을 받았다고 말했다. 그가 나에게 다시 말했다.

"나는 오로지 나나 파블로와 비슷한 사람들의 머릿속을 읽을 수 있을 뿐이야. 너는 이런 사람들에 속해. 우리가 서로 비슷하다는 거지. 그런 건 초자연적인 힘의 문제가 아니라 심리적 유사성의 문제야."

나는 말했다.

"왜 시간이 지나도 완치되지 않아?"

그가 나에게 말했다.

"나는 완치될 수 있어. 사실이 또 그렇고. 두고 보면 알게 될 거야. 나는 복합신경마미 증상으로 고통받고 있는데, 언젠가는 부모님께서 내가 다시 걸을 수 있게 해 주실 거야. 틀림없어."

나는 말했다.

"그런데 왜 여기서 나가지 않아?"

그는 나에게 말했다.

"내 부모님이 창피해하기 때문이야."

나는 말했다.

"하지만 너 밖으로 나가고 싶지 않니?"

그는 나에게 말했다.

"스테파니, 네게 사실을 말해 줄게. 나는 내게 주어진 시간을 방에서 책을 읽거나 비디오를 통해 무언가를 배우면서 보내는 게 더 좋다고 생각해. 그러는 것이 이 미련함으로 가득하고 또 실망뿐인 바깥세상에 나가는 것보다 훨씬 낫거든."

여기서 나는 한 번 더 놀랄 수밖에 없었다. 그는 영화에서나 등장할 법한 대화를 구사했고, 그게 또 내 신경을 조금 거슬리게도 했는데, 그런 식으로 말하는 것을 그가 즐기고 있으며 배우처럼 연기하려 한다는 인상을 내가 받았기 때문이다. 그런데 이런 생각이 그를 불쌍하게 여기는 것을 막아 주었다. 그는 이렇게 나에게 말했다.

"나는 거짓말을 하지 않아. 그리고 너도 이걸 잘 알고 있어. 내가 이런 방식으로 말하는 이유는 혼자 있을 때 내가 만든 말들이 이래서이기 때문이지, 스테파니 너를 놀라게 하려고 그런 건 아니거든. 이 사실에 관해서라면 너도 나만큼이나 잘 알고 있을걸. 그런데 너는 네가 알고 있다는 사실을 잘 모르고 있는 것 같다."

그러자 나는 무언가를 하나 내가 생각해 내자마자 동시에 그가 그것을 떠올려서 나를 파악해 버릴 것이기 때문에, 그에게 오래도록 화내는 것 자체가 가능하지 않을 거라는 생각이 들었다. 나는 그가 나를 알게 되어 만족해하고 있다고 믿었다. 그는 양손으로 휠체어를 움직였고, 콧노래를 흥얼거리며 방 주위를 돌아다녔다. 그러는 동안 파블로는 부엌과 방 사이에서 시간을 보내면서 자주 출입문을 확인하러 가곤 했다. 파블로가 동생과 함께 있는 것을 부모님이 굉장히 싫어하시기 때문에 부모님이 오는지 감시하고 있는 중이라는 게 그들의 설명이었다. 시끄러운 일이 일어나지 않게 하려면 늙은이들이 돌아왔을 때 파블로가 반대편 방에 있어야 한다는 것이었다.

나는 파블로에게 말했다.

"네 부모님은 나쁜 사람들이야. 무언가 조치를 취해야만 해. 누군가에게 이 사실을 알려야 해."

그러자 파블로와 그의 동생이 나란히 소리쳤다.

"그건 안 돼!"

그러더니 다른 애가 나에게 말했다.

"만약 네가 그렇게 해 버리면, 우리는 절대 네게 말을 걸지 않을 거야. 그러면 넌 예전보다 더 외톨이가 되겠지."

나는 이 말을 얼른 이해하지 못했다. 그러자 그가 나에게 다시 말했다.

"우선 너 자신도 어른들에게는 그 무엇도 말하면 안 된다는 사실을 잘 알고 있어. 그리고 너에게 말해 둘 것이 있는데, 그건 우리 부모님도 나름대로 이유를 갖고 있다는 거야. 부모님이 나를 죄 없는 순교자로 만들려 하는 게 아니니까 괜히 과장할 필요 없어. 그들은 창피한 것뿐이고, 그들에게 문제가 되는 것도 바로 그것뿐이야. 나는 배고플 때 먹으면 되고, 혼자 공부도 계속 할 거야. 그러니 그들을 그냥 놔둬. 그러면 모든 게 괜찮을 거야. 그들은 자신들의 실수가 저절로 사라지기를 바랄 뿐이야. 걱정하지 마. 나는 나 자신을 잘 돌보고 있어. 부모님은 단지 이런 사실이 바깥에 알려지지 않기를 바랄 뿐이야. 그게 다야. 나는 부모님과 싸우지 않아. 이제 너는 우리를 알게 되었고, 우리의 비밀도 알게 되었으니 우리를 배신하지 마. 그러면 너를 다시는 보지 않을 거야. 너는 선택의 여지가 없는 거야."

나는 그의 생각이 옳은 것 같다고 그에게 대답했다.

"아무것도 얻지 못하는 것보다 친구 두 명을 얻고, 게다가 그들의 비밀을 나누어 갖는 게 더 낫지."

파블로가 나에게 말했다.

"이제 가야 해. 엄마가 곧 돌아오실 거야."

나는 자리에서 일어났고, 파블로는 문을 닫으면서 나에게 한 번 더 가평클의 이름을 걸고 아무에게도 말하지 않을 것을 맹세하라고 요구했다. 나는 복도 끝에서 휠체어를 앞뒤로 움직이며 춤을 추고 있는 다른 애를 보았다. 그는 나에게 손을 들어 인사하기 위해 잠시 동작을 멈추었다. 지금껏 나를 이렇게 놀라게 했던 사람은 아무도 없었다. 나에게 가장 충격을 준 것은 내가 그 방을 떠나올 때 이 두 아이들이 매우 행복한 얼굴을 하고 있었다는 사실이었다. 그는 심지어 나에게 이렇게 큰 소리로 외쳤다.

"평화가 너와 함께하기를!"

익살을 부려 가며 서부 영화에 등장하는 인디언 흉내를 내가면서.

집으로 돌아오는 길에 나는 파블로의 비밀과 다른 애를 알게 된 사실에 내가 매우 만족해한다는 사실과, 또 한편 다른 애의 이름을 묻는 것을 까먹었다는 사실도 알아챘다. 하지만 그중에도 나를 가장 놀라게 한 것은 그들이 전혀 불행하지 않다는 인상을 받았으며, 심지어 내가 그렇게 확신하고 있다는 점이었다. 나는 놀란 가슴을 감출 수 없었다. 사실 따지고 보면 이런 것들이 그들의 삶을 채워 가고 있으며, 또 이 때문에 파블로가 집으로 돌아가기 위해 항상 뛰어야 했던 것이 분명했다. 가펑클을 제외하고 아무도 말할 사람이 없는, 아직 생리를 시작하지 않은 여자아이보다는 오히려 복합신경마미 증상으로 고통받는 동생이라도 있어 그를 돌볼 수 있는 게 더 낫지 않을까라고 나는 나 자신에게 물어보았다.

5

내 고양이 가펑클은 완전히 미쳤다. 맛이 갔다! 내 생각에 가펑클을 이렇게 만든 건 엄마의 개이며, 얘네 둘은 한곳에 있을 수 없다. 물음 : 요크셔가 블루 포인트와 한집에서 나란히 살 수 있는가? 내 대답은 '아니다'이다.

그러나 엄마는 '그럴 수 있다'고 생각한다. 고양이를 나에게 사 준 사람은 엄마인데, 그럼에도 엄마는 일 년쯤 지나서 엄마 자신의 개로 요크셔 한 마리를 구입했다. 우리가 흔히 개를 비유로 개떡 같다고 말하는 것처럼, 개는 완벽하게 우스꽝스런 동물이다. 둘은 처음부터 사이좋게 지내지 못했고, 그래서 내 고양이 가펑클을 거세했지만, 그럼에도 불구하고 바뀐 건 아무것도 없었다. 결과 : 가펑클은 내 방 주위를 거의 떠나지 않다시피하는 데 비해, 엄마와 함께 집에 돌아오면 요크셔는 부엌이나 거실뿐 아니라, 집에서 가장 넓고 동그란 욕조를 갖추고 있으며 형편없는 유행에 맞추어 장식을 둘러댄 부모님의 침실에 갈 수 있는 권리마저도 갖고 있다. 부모님은 유행 중인 것은 뭐든 닥치는 대로 구입한다. 그들은 워크맨, 실크로 된 알록달록한 옷을 가지고 있으며, 엄마는 무턱대고 유행을 좇는 여자처럼 옷을 입는다. 엄마는 한마디로 완벽하게 우스꽝스러운 종자다. 아빠는 혹시라도 유행이 머리에 깃털을 꽂는 것이라면 그렇게라도 할 사람이다. 이토록 유행을 좇는 사람들을 나는 결코 보지 못했다. 그들은 나를 창피하게 만든다. 엄마는 자신의 하루 일과를 옷을 구입하고 머리를 염색하는 데 보낸다. 그녀는 바보 같은 미국 티브이 드라마의 여주인공처럼 둥근 파마 롤을 주렁주렁 매달고 또 염색으로 물든 아주 기이한 적갈색 머리를 하고 있으며, 샴푸 광고를 위해 포즈를 취하려 한다고 말할 만큼 머리와 머리 색깔에 열중한다. 내 아빠에 관해 말하자면, 아빠는 열여덟 살 먹은 꼬맹이처럼 옷을 입으며, 자신의 키가 너무 작다고 생각하기 때문인지 허리를 꽉 조이는 청바지를 입고, 거기에 굽이 높은 구두를 신는다.

나는 왜 그들이 이렇게 변장하는지 도대체 납득할 수가 없다. 엄마는 너무 못생겼기 때문에 이해할 수 있다고 치더라도, 비록 키가 아주 작았지만 아빠는 초록색 눈에 얼굴도 정말 잘생겼는데 왜 이렇게 변장하고, 또 그토록 유행을 따르려 하시는지 좀처럼 이해가 되지 않는다. 내가 말하려는 것은 내 친구들의 아빠들은 정상 아니면 거의 정상에 가까운 옷을 입는다는 것이다. 그들은 앞이 트인 셔츠에 넥타이를 매거나, 혹 와이셔츠 위에 브이넥 스웨터를 걸치고 주름 잡힌 바지를 입으며, 미국의 록 가수를 닮으려 하지 않기 때문에 광대 같은 얼굴로 변장하지 않고, 따라서 함께 외출할 만하며, 그들과 거리에서 사람들을 만나도 창피하거나 하지 않다. 그러나 엄마와 아빠는 유행에 필사적으로 매달리는 사람들이다. 두 사람은 유행에 맞추어 모든 계획을 세운다. 예를 들어, 바캉스는 그들이 유행 따라 계획을 세우는 가장 대표적인 경우이다.

부모님은 겨울이 되면 아보리아즈*에 가곤 하는데, 내가 진절머리를 내는 도시가 바로 이곳이다. 앉을 만한 의자 하

* 프랑스 알프스 지방의 대표적인 리조트로 알려진 관광도시—역주.

나 제대로 갖춘 진정한 제과점도 없고, 퐁뒤 요리를 이백 프랑에 파는가 하면, 적당히 쉴 만한 장소도 없다. 이곳은 세상에서 가장 추한 장소이다. 더구나 여름에도 주말이면 부모님은 도빌에 가곤 하는데, 이곳도 내가 진절머리를 내기는 마찬가지이다. 바닷가에 온 사람들이 정작 바다에는 관심이 없으며, 그들의 흥미를 끄는 건 오로지 서로를 속이거나, 서로가 서로를 헐뜯는 일, 그리고 돈에 관련된 이야기뿐이다. 할망구들은 수영복을 입고 있을 때조차 몸에다가 이것저것 되는대로 걸치고 있기 때문에 여전히 옷을 입고 있다는 생각이 들 정도인데, 금팔찌나 금시계, 금목걸이 같은 것을 허리춤이나 목덜미, 혹은 발목 부근에 두르고 있어서 걸을 때는 산타클로스 썰매의 방울마냥 딸랑거리는 소리를 낸다. 할아범들도 거의 대부분 손목에 금 따위를 두르고 있으며, 이건 정말이지 추악하다고 말할 만한 대표적인 취미에 해당된다. 이 해변은 토할 지경이다. 사람들은 담배를 연거푸 피워 대고, 카드놀이에 여념이 없으며, 서로가 서로를 헐뜯고, 지저분한 성적 농담을 주고받거나 돈과 관련된 이야기를 나눌 뿐이다. 도빌은 정말이지 끔찍한 곳이다.

지난 주말에 우리는 도빌에 갔고, 여행 내내 나는 아팠다. 그래서 나는 이제 곧 시작할지도 모르는 생리 때문이라고 생각하게 되었고, 여행길에 세 번이나 차를 멈추어 세워야 했다. 하지만 내가 아픈 건 너무 많이 먹어서였다. 아니, 나는 너무 많이 먹는 게 아니라, 음식물을 지나치게 빨리 삼킨다. 나는 씹지 않고, 한꺼번에 꿀꺽 삼킨다. 그건 껌을 사탕인 줄 알고 모두 삼키곤 했던, 내가 아주 어렸을 때, 그러니까 내가 지금보다 젊었던 시절까지 거슬러 올라가야만 하는 나의 못된 버릇 때문인데, 내 위벽을 고무로 된 양탄자로 만들어 버렸다는 생각이 들 만큼, 나는 두 살에서 세 살 사이에 정말이지 엄청나게 많은 껌을 꿀꺽 삼켰고, 이렇게 해서 나는 진짜 위벽 대신 고무로 만들어진 위벽을 갖게 되었으며, 이 때문에 나는 그 무엇도 제대로 소화할 수 없게 된 것이다. 어떤 면에서 볼 때, 내가 모든 것을 뒤섞는 걸 좋아하기 때문에 차라리 잘됐다는 생각이 들기도 한다. 바게트 빵을 벌려 코르니숑과 초콜릿을 섞어 넣고, 이어서 그 위에 양파 무더기에 오렌지 조각을 얹는 걸 즐겨 한다.

또다시 나는 구워진 빵 위에다가 초콜릿과 무타르드를 함께 바른다. 엄마는 내가 앓아누우려고 일부러 그런다고 말한다. 그러면 아빠는 엄마에게 이렇게 말한다.

"그냥 놔둬 여보. 반항하려는 행동인 거 척 보면 모르겠어?"

분명 아빠 말이 옳았다. 그녀는 관심을 끌기 위해서라면 모든 것을 한다.

6

관심을 끌기 위해 그녀가 하는 모든 것 리스트 :

그녀는 독감에 걸려 다음 날 학교에 가지 않으려고 밤새 자기 방 창문을 열어 둔다.

그녀는 부모님이 고양이에게 나쁜 버릇을 심어 줄 거냐는 둥, 고양이는 밤새 깨어 있기 대장이고 얼굴이건 어디건 마구 할퀴기 선수니까 그러지 말라며 그녀에게 금지시켰는데도 아랑곳없이 가펑클과 함께 잔다.

그녀는 시험에서 빵점 맞은 바로 다음 만점을 맞는 식으로 완전히 황당무계한 성적을 받아 와, 선생님이 부모님을 부르지 않으면 안 되게 조장하고, 부모님이 선생님을 보러 오게 해서, 부모님이 그녀의 미래에 조금이라도 관심을 갖게 만들려고 애쓴다. 다른 모든 여자아이들과 그 애들의 부모님이 학부모 회의에 나란히 참석하지만, 그녀는 한 번도 그런 적이 없다.

그녀는 하루 종일 그 누구와 한 마디도 나누지 않으며, 일시적으로 벙어리라도 된 것처럼 행동하며 보낸다.

그녀는 그녀의 엄마가 미장원에 데리고 가서 새로 머리를 자르게 할 수밖에 없게끔, 이마 아래의 머리카락을 층가위로 마구마구 잘라 버린다.

그녀는 글씨체를 알아볼 수 없게 왼손으로 적어 익명의 편지를 보낸 후, 유괴당할까 봐 학교에 가기가 겁난다고 그녀의 아빠에게 말하면서 그 편지를 그 증거로 내보인다.

그녀는 같은 페이지를 한 시간 넘게 읽어, 눈을 몹시 충혈되게 놔두고, 또 몹시 피곤하게 만든다.

그녀는 부모님이 록 음악을 들을 때면 일부러 종교음악을 엄청 크게 틀어놓고 듣는다.

그녀는 검정색 옷만 입는다.

그녀는 사십오 일 동안 똑같은 청바지를 입는다.

그녀는 그녀의 아버지가 여행에서 가져온 미국산 맥주를 마신 적이 있다. 그녀는 밤새 아팠으며, 노란색 모케트 위에 다 죄다 게워 내야 했다.

그녀는 생일 선물로 받았던 햄스터 시체를 간직하고 있다. 그녀는 아빠의 빈 시가 케이스 속에 햄스터의 시체를 숨겨 놓아 가평클이 가지고 놀지 못하게 그 시가 케이스를 창문틀의 가장자리 구석에 놓아두었다. 아빠가 내다 버리라고 명령했지만 그녀는 그것을 여전히 간직하고 있다. 만약 햄스터를 내다 버리면 창문 밖으로 함께 뛰어내리겠다고 말할 것이다. (9층이기 때문에 그녀가 실패할 확률은 거의 없다.)

그녀는 엄마의 화장품을 바른다. 그녀는 입술을 칠하고 나서 그대로 농장에 가겠다고 말하지만, 정작 집을 나와 그녀 부모님의 눈에서 멀어지자마자 크리넥스로 단번에 지워

버린다.

그녀는 혼자 버스나 지하철을 이용해 라데팡스 주변의 상점가에 가서는 점점 늦게 귀가한다. 그녀는 거기서 흑인들과 펑크족을 만나고, 기회가 닿을 때마다 그들에게 말을 짱, 짱, 짱, 유창하게 지껄이는 법도 배운다. 그녀는 거기서 자신들이 줄루 족이라고 말하는 이들도 알게 된다.

그녀는 가라테를 배우고 싶다고 말한 다음 부모님이 학원에 등록을 해 주시면 수업에 가지 않는다. 무용, 샹송, 탭댄스, 피아노, 승마, 그림, 도자기 만들기, 러시아어 수업도 마찬가지 방법을 사용한다. 그녀는 모든 학원수업의 등록증을 가지고 있지만 절대로 수업을 들으러 가지 않는다.

그녀는 진짜 생일 일 주일 전에 아빠나 엄마한테 자신의 생일을 축하해 달라고 말한다. 이 날, 우연히 그녀는 친구 집에서 점심을 먹었고, 그녀는 저녁에 머리가 아프다고 말한다.

그녀는 가구에 몸을 살짝 스칠 때마다 아프다고 난리법석을 피워 대지만, 사실 전혀 아프지 않다.

그녀는 상처가 난 듯 손가락과 손등에 반창고를 덕지덕지 붙이거나 이마에 밴드를 두르고, 종아리에 머큐롬 바르기를 밥 먹듯이 즐겨 한다.

그녀는 새벽 세 시경에 일어나 장봉과 딸기 잼을 넣은 샌드위치를 만들고 부엌의 식탁 주변의 창문을 통해 검은 하늘을 쳐다보며, 그것(샌드위치)을 먹는 거실 주변에 부스러기를 여기저기 흘려 놓는다.

그녀는 늘 머리가 아프다. 늘, 늘, 늘.

그녀는 자기가 마실 코카콜라에 우유를 붓는다.

그녀는 항상 가슴이 아파 시려 오는 것을 느낀다.

7

가펑클이 완전히 미쳤으며 맛이 갔다고 적었을 때, 나는 과장한 게 아니었다. 이 고양이는 놀라운 짓만 골라 하는데, 예를 들어, 어마어마하게 빠른 속도로 잽싸게 벽을 기어오르거나 천장 위에 오른다든지, 또한 재빠르게 그곳에서 다시 내려오거나, 방 한복판에서 갑자기 멈추어 서서는 내가 자기만큼 할 수는 없다고 말하려는 듯한 표정으로 나를 유심히 바라보기도 한다. 그런 반면 이 모든 걸 용서해 줄 정도로 귀엽기도 한데, 특히 내 팔에 안겨 가르랑거릴 때면, 차라리 배 속에 엔진을 하나 품고 있는, 그것도 거의 소리가 나지 않는 명품 차의 엔진을 하나 품고 있는 커다란 병아리 한 마리라고 해도 될 정도이다. 나는 이런 가펑클을 사랑한다. 밖에 있을 때면 가펑클이 몹시 그리워질 정도이며, 가펑클은 사실상 내가 집으로 귀가하는 유일한 이유이기도 하다. 가펑클이 없었더라면 나는 이미 오래전에 집에 돌아오지 않았을 것이다.

고양이와 함께 있을 때 정말 짱 좋은 것은 고양이가 당신에게 아무것도 요구하지 않는다는 점이다. 아니, 쓰다듬어 주는 것 외에는 아무것도 요구하지 않는다. 엄마의 요크셔는 시도 때도 없이 두 귀나 몸통, 혹은 꼬리를 촐랑대면서 낑낑거리는데, 그럴 때는 오줌을 누이러 데리고 나가야 한다. 가펑클은 하루에 한 번 모래를 갈아 주는 것만으로 충분하니까, 그 어디로건 따로 데리고 나갈 필요가 없다. 가펑클은 완전히 독립적인 사내 녀석인 것이다! 비록 요크셔의 등장으로 약간 골탕을 먹고 있긴 하지만, 이 녀석은 환상적인 제 삶을 갖고 있다.

나는 요크셔를 밖으로 데리고 나가기를 거부했다. 내 개가 아니라 엄마의 개이기 때문에 내가 왜 오줌을 누여야 하는지 그 이유를 잘 모르겠다고 엄마에게 말했더니, 엄마는 내가 아량이 없는 애라고 했다. 그렇게 말하는 건 엄마 자유라고 내가 대꾸하자, 엄마는 나에게 이렇게 말했다.

"나가, 더 이상 보기 싫어."

그러는 엄마에게 이렇게 말했다.

"엄마가 말한 대로 하면 엄마는 무척 곤란해질 거야."

그러자 엄마는 내 따귀를 때렸다. 나는 아무렇지 않은 척했고, 게다가 또 아무렇지도 않았다. 아프지 않았고, 다른 것을 생각하는 것만으로도 족했다. 나는 파블로와 휠체어를 타고 있는 다른 애를 생각했다. 내가 이 아이들의 이야기를 알게 된 이후부터 나는 자주, 그리고 정기적으로 두 명 모두를 만나고 있으며, 이 일에 몰두하는 중이다. 때문에 나는 농장에서 어쩔 수 없이 파블로를 자주 만나게 되었고, 그러자 친구들은 나를 놀리면서 이렇게 말하기 시작했다.

"오호라! 너 파블로와 사귀는구나."

나는 어떤 남자애들과도 사귀지 않는다. 파블로는 내 친구이며, 그건 다른 것이다. 더구나 나는 남자애들을 사귀는 거를 절대로, 아니 목숨을 걸고 반대한다. 내 친구들은 남자아이들이 죄다 멍텅구리 바보에다가 허세 부리는 찌질이들이라고 나처럼 말하곤 하지만, 그럼에도 불구하고 남자아이들에 관한 이야기를 서로 주고받으면서 키득거리거나 학교를 파한 후 몇몇 남자아이들이 버스를 기다리기 위해 앉아 있는 벤치 주위로 쉬지 않고 어슬렁거리면서 환심을 사려고 남자아이들 앞에서 아양을 떨기도 한다. 줄리와 나탈리는 심지어 다른 반의 남자아이 두 명과 사귀기 시작했고, 지금은 남자애들의 관심을 끄는 데 바빠서 우리와는 예전보다 말을 덜 주고받는다. 소피는 괜찮다. 그녀는 언제나 내 친구이며, 나는 여전히 그녀와 이야기를 나눈다.

어제 오후 체육 시간에 우리 둘은 수업을 면제받는 데 성공했다. 소피는 등이 아프다고 말했고 나는 허리가 아프다고 했다. 우리는 아주 쉽게 수업을 면제받았고, 우리 부모님들도 이런 걸 절대 거부하지 않는 걸 보면 우리가 체육 과목에서 좋은 점수를 받는 데는 관심이 없는 게 분명하다. 그런데 한편으로 생각해 보면, 체력을 유지하기 위해 그들이 하지 않는 건 또 뭐가 있단 말인가! 그들은 조깅을 하기 위해 시도 때도 없이 몽소 공원에 처박히거나, 혹 일요일 아침이면 블로뉴 숲으로 내빼기에 바쁘다. 요즘 엄마는 제인 폰다 어쩌구 하는 다이어트 댄스에 열중하는 중이고, 아빠는 매우 비싸고 우리나라에서 만들어진 것이 분명히 아니며 아주 복잡하게 생긴 헬스 자전거를 집 안에 들여놓았는데, 이런 걸 보면 아빠가 우리나라에서 만들어진 물건을 구입하는 걸 창피해한다고 말해야 할 정도이다. 아빠는 이 자전거를 욕실에 놓았고, 집에 있을 때, 따라서 자주는 아니지만, 그래도 시간이 일 분이라도 생기면 곧장 페달을 밟아 대기 시작한다. 나는 왜 그들이 땀을 흘리고 헐떡거리는 일에 이토록 열중하는지 그 이유를 나 자신에게 물어보았다. 그건 분명 부모님이 무언가를 두려워하기 때문일 것이다. 그들은 항상 등 뒤에서 자신들을 쫓고 있는 누군가가 있는 것처럼 행동한다. 누군가 자기들을 지켜본다고 그들 자신이 생각하고 있다고 말할 정도로 그들은 쉴 새 없이 달리고, 또 달린다.

어쨌든 소피와 나는 체육 수업을 면제받았고, 그렇게 되자 우리는 샹젤리제 거리로 놀러 갔다. 지하철을 타고 갔는데, 나는 지하철을 점점 더 못 견뎌 하며, 요즘 들어 늘 멀미를 한다. 그러나 지하철은 매우 빠르고 또 편리하다. 샹젤리제에서 우리는 친구 한 명을 만나게 되었는데, 작년에 학교를 바꾼 애였다. 지금은 사립학교에서 수업을 듣는 이 아이의 이름은 플레르*인데, 이런 이름은 적어도 독창적이라고 할 수 있다. 그녀의 부모님은 멋지다. 플레르는 빨강 머리이고 또 고양이를 갖고 있다. 우리는 플레르네 집에 놀러 갔다. 걔네 집은 샹젤리제에서 그다지 멀지 않았다. 우리는 거기서 음악을 들었고, 집으로 돌아오신 플레르의 부모님은 저녁식사에 우리를 초대하셨는데, 내가 그럴 수 없다고 말하니까 플레르의 아빠가 나에게 이렇게 말했다.

"내가 너희 집에 전화 걸어 줄까? 저녁 식사 후엔 너희 집까지 바래다주마."

나는 좋다고 했고, 이어서 플레르의 아빠는 전화를 걸었으며, 우리 집에는 아무도 없었다. 그러자 플레르의 아빠는 우리 부모님의 자동응답기에 메시지를 남겨 놓았고, 조금 후에 다시 전화를 걸겠다고 나에게 말했다. 소피와 나는 플레르의 부모님과 함께 플레르의 집에서 즐거운 시간을 보냈다. 이곳은 떠나고 싶다는 생각이 들지 않았다는 점만을 제외하면 정확히 행복한 사람들의 집 분위기였다. 나는 플레르의 아빠에게 여기서 자고 가도 되는지 여쭈어 보았고, 게다가 또

* 영어의 Flower에 해당됨—역주.

나는 몹시 피곤하기도 했다. 플레르의 아빠는 나에게 이렇게 말했다.

"너희 부모님께 알려야 하지 않겠니?"

나는 말했다.

"늘 이렇게 해 왔기 때문에 괜찮아요."

물론 사실이 아니었다. 이런 내 대답에도 불구하고 플레르의 아빠는 우리 집에 전화해서 확인하고자 했고, 그런데도 계속해서 자동응답기와 연결되자, 내 부모님을 불안하게 만들고 싶지 않다고 말씀하셨으며, 어쨌든 소피와 나를 우리 집까지 바래다주셨다. 플레르의 아빠를 믿었고 또 그가 우리를 조금은 더 나이를 먹은 사람처럼 취급해 줄 것이라고 기대했기 때문인지 나는 약간 당황했으며, 플레르의 아빠에게 약간 실망하기조차 했다. 이와 동시에 나는 자기 딸이 우리와 똑같이 하는 것을 플레르의 아빠가 좋아하지 않을 거라는 사실을 깨달았고, 어쩌면 그런 플레르의 아빠가 옳을 수도 있다고 생각했다. 소피는 걸어서 집으로 돌아갔다. 위층에 도착해서 문을 열자 가펑클이 뛰어올라 내게 안겼고, 나는 내가 여전히 혼자 있으며 엄마와 아빠가 아직도 돌아오시지 않았다는 사실을 깨달았다. 이런 사실이 나를 몹시도 우울하게 만들었으며, 내 기분을 완전히 잡쳐 놓았다. 나는 자동응답기에 남겨진 메시지를 들었다. 거기에는 플레르의 아빠가 남긴 메시지가 있었고, 그 다음에 아빠가 엄마에게 남긴 메시지가 있었다.

"여보, 나 기다리지 마. 오늘 늦을 것 같아. 로스앤젤레스에서 온 고객과 메리디앙 레스토랑에서 저녁 식사를 해야만 해. 잘 있어."

그 다음에는 엄마의 메시지였는데, 아빠에게 남겨진 엄마의 메시지는 한마디로 개그 그 자체였다.

"여보, 나 기다리지 마. 오늘 아주, 정말로 아주 늦을 것 같아. 친구들이랑 저녁 먹고 나이트클럽에 가기로 했어. 잘 있어."

엄마의 메시지는 오히려 코미디라고 할 만하다. 하지만 나는 웃을 수 없었는데, 그것은 아빠도 또 엄마도 나에게는 단 한 마디의 말도 남겨 놓지 않았다는 사실을 내가 깨달았기 때문이다. 가령 그들은 이런 말을 남겨 놓지 않았던 것이다. '만약 우리 스테파니가 우리와 통화하고자 하면, 이 번호로 전화하면 된다.' 혹은 '우리 스테파니가 배가 고프면 냉장고 안에 이런저런 것들이 있다.' 그러나 마치 내가 존재하지도 않는다는 듯, 이런 말들은 남겨져 있지도 않았다. 나는 부모님이 집에 있지 않을 이유가 없으며, 또한 내가 여기에 혼자 이렇게 남아 있을 이유도 없다고 생각했고, 그래서 집을 다시 빠져나왔다. 바로 이렇게 나는 처음으로 가출을 하게 되었다.

8

사실 그것은 가출이 아니었다. 가출이라고 하면, 가방을 꾸리고, 그 안에다가 여행에 필요한 짐들을 챙겨 넣고, 아버지의 서재에서 돈을 훔치고, 동네, 아니 어쩌면 심지어 마을도 벗어나고, 그 다음 날 아침에 노트와 책을 챙겨서 농장으로 향하지 않는 것을 의미한다. 나는 이미 가출에 관한 목록을 만들어 놓았기 때문에 그것이 뭘 닮았는지를 잘 알고 있다. 비록 이 일이 있은 후 부모님이 가출이라는 단어를 사용했다고 해도 나에게 이번 일은 절대로 가출이 아니었다. 단지 우리 집이 아닌 곳에서 잠을 잤을 뿐이다. 그게 다다.

나는 카르디네 다리를 가로질러 파블로와 다른 애의 집 뒤에 있는 작은 정원으로 향했고, 파블로의 방 창문을 두드렸다. 파블로와 그의 동생과 친구가 된 만큼 지금의 나는 그들의 집에 대해 잘 알고 있었고, 그래서 창문을 제대로 발견하는 데는 별 어려움이 없었다. 나는 빗물받이 배수통을 잡고 기어올라 창문을 두드렸다. 파블로는 다른 애의 방 위층에 살고 있었고, 파블로의 부모님은 이 작은 집의 반대편에 있었다. 파블로가 창문을 열어 주었고, 그다지 놀란 표정을 짓지 않은 채, 나에게 들어오게 해 주었다.

파블로가 나에게 말했다.

"그것 참 재미있네. 아까 부모님이 침실로 옮기기 전에 오늘 저녁 네가 소식을 전하러 우리한테 올 게 확실하다고 동생이 나에게 귓속말로 속삭였거든."

나는 말했다.

"걔가 어떻게 알았대?"

그는 나에게 말했다.

"자, 이제 우리 동생을 깨우러 내려가자. 혹시라도 부모님이 들으면 안 되니까 우선 네 신발 좀 벗어 봐."

우리는 발뒤꿈치를 들고 조심스럽게 계단을 밟아 내려갔다. 나는 1층 복도 끝에 위치한 파블로의 부모님 방 문틈 사이로 흘러나오는 불빛을 보았고, 그들이 나누는 말을 들었다. 그것은 누군가가 나서서 멈출 때까지 같은 구절을 반복하고 있는, 흠 잡힌 음반처럼 잠자리에 누워서 잠들기 전까지 거개의 사람들이 흔히 주고받는 그런 말이었다. 우리는 조용히 다른 애의 방으로 들어갔다. 다른 애는 자고 있지 않았는데, 내가 생각하기에 그는 자주 잠을 자지 않는 것 같았다. 그는 텔레비전의 시네 클럽에서 틀어 주는 영화를 보고 있는 중이었고, 또 오늘은 금요일이었으며, 내가 생각하기에 이미 자정을 넘긴 시간이었다. 우리는 입술에 손가락을 가져다 대면서 '쉿' 소리를 내었다. 그는 침대에서 베개를 벤 채 손에는 리모컨을 쥐고 있었고, 우리를 보고는 웃음을 지은 후, 리모컨을 눌러 텔레비전을 껐다.

그가 나에게 말했다.

"오늘 밤 여기서 보내고 가. 우리가 너를 돌봐 줄게. 부모님이 잠들 때까지 기다렸다가 위층 폴 방으로 올라가서 자. 지금 시간에 음악을 들으면 사람들이 깰 테니까 네가 읽을 만한 책을 한 권 줄게.《조나단 리빙스턴 갈매기》 한번 읽어 볼래?"

나는 그가 건네준 베개를 베고 그의 옆 이불 위로 누워서 책의 첫 부분을 읽었다. 정말 아름다웠다. 정확히, 그리고 진짜로 나를 위한 책이었고, 나는 어떻게 다른 애가 내가 좋아하는 것을 이토록 잘 알아맞힐 수 있는지 나 자신에게 물어보았다. 하지만 몹시 피곤했기 때문에 그다지 많이 읽지 못한 채 곧 잠이 들어 버렸다. 그가 어깨를 흔들어 나를 깨우더니 이렇게 말했다.

"폴 방으로 올라가서 자. 너는 너무 졸린 상태야. 내일 엄마가 나를 씻기러 와서 너를 보게 되면 전세계적인 차원의 난리를 한바탕 겪게 될 테니까."

이건 다른 애가 즐겨 사용하는 전형적인 표현이었다.

그래서 나는 아까처럼 발뒤꿈치를 들고 파블로의 방으로 올라갔고, 슬리핑 백 안에 들어가 방의 모케트 바닥 위에서 잠을 청해 보았다. 파블로도 몹시 졸렸기 때문에, 정말이지 나를 난처하게 만든 이 한 마디를 제외하고, 우리는 잠들기 전에 그다지 많은 얘기를 나누지는 못했다.

"너에게 말해야만 할 것 같다. 내 동생은 결코 낫지 못할 거야."

이른 시간에다 알람을 맞추어 놓았고, 나는 똑같은 길을 달음질쳐 집으로 다시 돌아가기 위해 아침 여섯 시에 잠에서 깼다. 이게 바로 나의 가출이었다. 사실 난리법석을 칠 건 아무것도 없었다. 나의 가출은 우주적 차원의 총체적인 파국은 아니었던 것이다.

나는 부모님이 할 일이 있으며 자기들을 기다리지 말라는 말을 서로 주고받기 위해서 자동응답기에 메시지를 남긴 사실을 익히 잘 알고 있었다. 이 경우, 아빠는 내가 누구인지 모르는 사람과 외박을 하며, 엄마 역시 아빠보다 덜하지는 않을 거라고 나는 확신한다. 누구와 함께 보내는지 잘 알지는 못하지만, 그럼에도 그들 곁에는 항상 누군가가 있으며, 이런 날이면 엄마 아빠는 으레 아침 여섯 시 이후에 집에 들어오시며, 또 금요일 저녁은 항상 이렇게 지나간다. 일반적으로 토요일에는 오후 서너 시까지 잠을 자기 때문에 늦은 시간 이전에는 부모님의 모습을 보지 못하며, 그토록 늦은 시간에 일어나서는 나를 패스트푸드점에 데리고 가 햄버거를 먹이고, 도빌이나 도빌만큼이나 비참한 곳으로 떠난다.

하지만 이 날, 부모님의 평소 프로그램에 약간의 변화가 생겼던 게 분명했다. 내가 집에 도착했을 때, 부모님은 꼴사나운 현대식 하얀 가구들로 꽉 들어찬 거실에서 안절부절못해하며, 보는 사람을 겁나게 만들 정도로 신경질적인 상태였다. 엄마는 초록색 옷을 입고 있었고, 머리에는 더 많은 수의 염색 컬과 파마 롤을 치렁치렁 매달고 있었으며, 아빠는 군복 비슷한 상의와 똑같은 천으로 된 바지를 입고 있었고, 끝 부분이 금박으로 장식된 악어 가죽 부츠를 신고 있었다. 엄마는 나에게 곧장 달려들더니 내 따귀를 두 차례 갈겼고, 아빠의 품으로 넘겨진 나는 다시 세 대를 더 얻어맞았다. 나는 도합 다섯 대의 따귀를 얻어맞았다. 그런 후 엄마 아빠는 동시에 소리를 질러 댔으며, 아빠보다는 엄마가 훨씬 크게 소리를 지르므로 내 귀에 들려온 것은 특히 엄마의 소리였다.

"지금 네가 이 엄마에게 뭔 짓을 했는지 알기나 해? 무슨 짓을 한지 알기나 하냐고? 네가 나를 얼마나 겁나게 했는지 너 알기나 하냐고? 젠장, 내가 미쳐! 내가 미쳐! 심장이 멈추는 줄 알았잖아! 알아듣겠어? 너 나 죽는 꼴 보려고 가출한 거지, 그렇지? 그런 거지?"

우리의 실수 때문에 부모님이 소리를 지르곤 할 때, 대개는 우는 게 훨씬 유리하기 때문에 나는 일부러 서럽게 우는 척했다. 하지만 우는 와중에도 어지간히 놀랐는데, 나를 이렇게 놀라게 한 건, 어찌 되었건 내가 밖에서 잠을 자고 온 이 첫 경험에 관해, 부모님은 우선 내가 어디에 갔었으며, 어디서 밤을 보냈는지, 또 이 시간까지 밖에서 무얼 했는지, 누구네 집에 있었는지 등을 물어볼 수도 있다고 생각했기 때문이었고, 그러나 그들은 그렇게 하지 않았다. 엄마가 나를 향해 계속 소리를 지르면서 마구 퍼부은 말의 골자는 내가 엄마에게 가한 고통에 대한 불평과 그 불평을 늘어놓는 걸로 가득할 뿐이었다. 아빠는 이런 엄마를 각별히 진정시키려고 애썼고, 그런데 엄마 쪽에서 계속해서 고함을 질러 댔기 때문에 때때로 둘 사이에도 아슬아슬한 위기의 순간이 있었으며, 아빠는 '이런 성가신 문제가 나에게 발생하지 않게 할 수도 있었지 않았느냐'는 표정으로 나를 바라보았다. 엄마와 아빠가 나를 그다지 혼내지 않은 건 어쨌든 좀 이상했다. 둘 중 한 사람은 오히려 제 신세를 한탄하면서 징징거리고 있었고, 나머지 한 사람은 우는 사람을 진정시키는 데 몰두하고 있었다. 그래서 나는 잠을 청하러 가펑클과 함께 아파트의 다른 편에 있는 내 방으로 건너갔다. 나는 부모님이 나에게 좀 더 구체적이고 많은 걸 물어보지 않았고 심하게 꾸지람을 하지도 않았다는 사실에 거의 실망이라도 할 지경이었다. 뭔가 바보 같은 일을 저질렀을 때, 최소한 우리는 꾸중 들을 것이라 예상하며, 이와 다르게 일이 진행되면 그건 논리적이지 않은 거다.

오후가 되자 엄마는 어제 못한 것을 만회하려고 시도하였다. 아빠가 뭔가를 구입하러 집을 나가자 엄마는 바로 내 방으로 건너왔다. 내 방에 와서는 내가 결코 잊지 못할 끔찍한 말을 나에게 남겼다. 일단 엄마는 일주일 전부터 내가 방을 잘 정리하지 않았다는 이유를 들어 내 테이블 위에 널브러져 있는 것들을 모두 뒤집어 버렸다. 엄마는 화를 내지 않고 그저 테이블을 바닥을 향해 엎었을 뿐이었다. 이런 엄마의 행동은 엄마가 히스테리 증상을 보일 때보다 나를 더 겁나게 했는데, 더구나 엄마는 차가운 미소를 지어 입가에 웃음기마저 띠고 있었으며, 그림 같은 데서나 볼 수 있는 것처럼 입술을 일직선으로 굳게 닫고 있었다. 엄마가 나에게 말했다.

"그럴 필요가 없었더라면, 내가 너 따위를 갖는 일은 없었을 거다."

그러고는 문을 힘껏 닫고서 내 방을 나갔다.

나는 그녀가 그저 임신하기 위해서, 그리고 아빠와 결혼하기 위해서 나를 가졌다고 말하려 했다고 생각했고, 이런 엄마의 말은 내 가슴을 정말로 아프게 했다. 열네 살, 아니 내가 아직 완전한 열네 살은 아니므로, 얼추 열네 살이 다 된 아이도 심장이 멈추어 버려 죽을 수 있는 것인지 나 자신에게 물어보았다. 그렇다고 한다면, 나에게 그런 일이 일어날 것이었으며, 그 까닭은 가슴이 꼬집히는 듯했기 때문이었으며, 그리고 또, 심장마비라는 것이 바로 이렇게 해서 일어난다고 내가 어디선가 읽은 적이 있었기 때문이다. 하지만 당신의 가슴이 꼬집히듯 아플 때, 당신에게 그런 일이 빨리 일어난 만큼이나 또 빠르게 사라져 버리는 것도 사실이다. 결국 내게 남겨진 것은 내가 곰곰이 생각한 내용들뿐이었다.

지금에서야 비로소 나는 내가 엄마의 친딸이라는 사실을 확신하게 되었다.

아주 오래전부터 나는 진짜로 내가 내 부모의 친딸인지, 그렇지 않다면 그들이 나를 입양한 건 아닐까 의심했었다. 왜냐하면 나는 그들과 전혀, 정말로 전혀, 닮은 구석이 하나도 없었기 때문이다. 내 나이에 비해 나는 키가 매우 큰 편에 속하며, 반면 부모님은 오히려 난쟁이과에 속한다. 어쩌면 내가 아직 생리를 시작하지 않았고 또한 생리를 시작하면 성장이 멈출지도 모르므로, 내 키가 이렇게나 큰 것인지도 모른다. 부모님은 둘 다 갈색인데, 아니 어쨌든 아빠는 초록색 눈에 갈색 머리이며, 엄마는 적갈색 머리, 아니 실제로는 머리 색깔이 아예 없다고 할 수 있으며 푸른색 눈을 갖고 있는데, 나는 반대로 금발이고 갈색 눈을 갖고 있으므로, 우리는 아무런 공통점도 찾아볼 수 없다고 해야 된다. 언젠가 부모님이 나에게 내가 입양한 딸이라는 걸 통고할 것이며, 그렇게 되면 내 친부모를 찾아 떠날 것이고, 그 일이 내 인생의 나머지 시간 모두를 차지할 것이라고 아주 오래전부터 나는 생각해 왔다. 책에 흔히 등장하는 이야기처럼 나는 친아빠를 찾아 내 삶 전부를 보낼 것이라고 굳게 믿고 있었다. 단 한 가지, 이런 일이 실제로 일어날 것이라는 것만을 제외하고 말이다. 나는 이와 같은 사실을 잘 알고 있다. 하지만 엄마가 내게 그렇게 말한 이후 나는 내가 그녀의 친딸이라는 사실을 비로소 깨닫게 되었다. 비록 내 머릿속에는 여전히 아빠에 대한 아주 사소한 의심이 남아 있었지만—요컨대 엄마가 어쩌면 다른 남자와의 관계를 통해서 나를 갖게 되었고, 엄마의 성격만 봐도 완벽하게 이해할 수 있는 것처럼 이 남자가 엄마를 버렸으며, 그래서 아무 남자나, 다시 말해, 내 아빠와 결혼하기 위해서 엄마가 온갖 노력을 기울였을 수도 있었다는 그런 의심—, 어쨌든 나는 엄마가 나를 자신의 이용감으로 세상에 내놓았다는 사실을 알게 되었고, 이러한 생각이 들자 나의 토요일 오후의 끝자락은 좀처럼 마무리되지 않았다.

다행히도 나는 창문을 통해 밖을 바라볼 수 있었고, 어젯밤 다른 애의 침대에서 그 모험을 접하기 시작한《갈매기》를 생각해 보려고 노력했다. 도처에서 읽히고 있는 이《갈매기》이야기는 심지어 영화로도 제작된 바 있는데, 아직까지 보지 못했지만 책을 읽게 되자 나는 그 영화도 보고 싶어졌다. 신기하게도 지금은 아무 데서도 상영하지 않는다.《갈매기》이야기는 따라서 모두가 알고 있을 것이기 때문에 나는 여기다가 요약하지 않을 것이지만, 이 이야기, 어쨌든 내가 잠들기 전까지 읽었던 부분 중에서 가장 좋아하게 된 내용은 조나단 리빙스턴 갈매기가 다른 갈매기보다 더 빨리, 지금까지 그가 할 수 있었던 것보다 더 빨리 날게 되면서, 그가 자신의 한계를 뛰어넘었다는 대목이었다. 나는 이 이야기에 정말로 깜짝 놀랐고, 나는 이 갈매기와 함께 하늘로 가려고, 엄마가 나에게 말한 것을 잊으려고 애썼다. 누군가가 발설한 모든 비열한 언행을 더 이상 생각하지 않기로 결심했을 때, 우리는 하늘로 사라질 수 있게 되며, 우리는 우리 자신에게 허용된 속도보다 더 빠르게 날 수 있다는 느낌을 갖게 된다. 어쩌면 우리는 아프면 아플수록 우리 자신이 사라져 간다는 느낌을 더 받게 되는 것 같다. 다른 애가 항상 웃음을 지을 수 있는 것도 바로 이 때문이 분명하다. 그가 웃음을 지어 보일 수 있는 건 그가 매순간 고통을 겪고 있는 중이기 때문에, 따라서 결코 여기에 있지 않기 때문인 것이다. 요컨대 그는 정말로 여기에 있지 않은 것이다.

9

그날 밤 나는 연달아 꿈을 꾸었다.

우선 플레르의 아빠가 등장하는 꿈을 꾸었다. 우리는 나란히 영화를 보러 갔고 그가 내 목에 키스를 했으며, 나를 집까지 바래다주었고, 집 앞에서 그가 또 나에게 키스를 했고, 그것도 늙은이가 아니라 남자 친구처럼 했다.

그 다음, 나는 아빠가 엄마에게 화를 내는 꿈을 꾸었다. 부모님은 이혼을 했고, 나를 홀로 버렸으며, 그들 중 그 누구도 나를 돌보려 하지 않았기 때문에 그들은 결국 나를 영국에 있는 기숙사학교에 보냈다.

또 그 다음으로, 소피, 줄리, 그리고 내가 옷과 치마를 사러 옷가게에 간 꿈을 꾸었는데, 그곳은 여성들을 위한 옷만을 전문으로 파는 그런 가게였으며, 값을 치르려는 순간 우리 모두 돈을 잃어버린 상태여서, 점원이 우리 모두를 거리로 내쫓아 버렸다. 나는 알몸이었으며, 점원이 내 옷가지를 전부 가지고 있었고, 집으로 돌아오기 위해 나는 완전히 발가벗은 채로 17구를 온전히 가로질러 지나와야만 했으며, 나를 뒤쫓아 오던 소피와 줄리는 낄낄대면서 이렇게 말했다.

"뭣 때문에 창피해하니? 어쨌든 너는 감출 게 아무것도 없잖아!"

걔네들 말이 맞았다. 왜냐하면 내 꿈속에 등장한 거리의 모든 사람들이 특별한 일이라곤 아무것도 일어나지 않은 것처럼 행동했기 때문이다.

내 마지막 꿈은 잠에서 깨어나기 바로 직전에 꾼 것인데, 이 꿈은 그리 오래 지속되지는 않았다. 나는 아메리카 대륙 미국의 어느 지방에서 농장 주인 노릇을 하고 있었는데, 이 꿈은 사실 내가 자주 꾸는 꿈이기도 하다. 우리가 학교를 빗대어 사용하곤 하는 농장이 아니라, 진짜 농장에서 벌어진 그런 꿈이었다. 그곳은 젖소들과 붉은 지붕의 하얀 곳간이 여러 채 있었고, 사람들은 모두 노란 밀밭으로 둘러싸인 곳에 모여 하루 종일 가축을 돌보고 채소를 가꾸는, 완전 시골에 위치한 진짜 농장이었다. 농장의 모든 일을 이끌어 가는 사람이 바로 나였으며, 또 그곳에는 나와 함께 일하는 미국 여자아이가 한 명 있었는데, 현실에서는 모르는 아이였고, 내 꿈에서 그 애는 얼굴이 없었다. 함께 일했으니 우리는 동업자라고 해도 좋을 것이다. 모든 사람들이 앞치마를 두르고 나막신을 신고 있었지만, 그렇다고 트럭을 모는 데 방해받진 않았고, 커다란 트럭이라기보다는 훌륭한 장비가 전부 갖추어진 작고 아담한 트럭이었다. 거기에는 부엌도 하나 있었는데, 이 부엌은 하얀색으로, 아주 깔끔하고 현대식이어서 마치 실험실 같았고, 사방이 번쩍거렸으며, 식탁 위에는 늘 우유와 과일이 있었고, 갓 구워 낸 장봉에 곁들여 콘플레이크와 달걀을 먹었으며, 거기서 우리는 상당히 많은 과자나 파이를 만들곤 했다. 우리는 아무것도 도시에서 구입하지 않았고, 게다가 그곳엔 도시가 있지도 않았다. 농장 주위에 있는 것이라곤 노란색 밀밭이 고작이었는데, 그동안 내가 꾸었던 이전의 몇몇 꿈에서 이 노란색 밀밭은 푸른색이 되기도 하고, 때론 보라색으로 바뀌기도 했다. 색깔은 계절에 달려 있었다.

물론 여기에는 말도 있다. 하지만 나뿐만 아니라 그 누구도 말 위에 올라타지 않으며, 대신 이 말은 하루 종일 들판에 있거나 붉은 지붕의 하얀 곳간 주위를 달릴 뿐이었다. 우리는 말에게 말을 걸고, 말은 부엌 창문을 통해 접시를 핥으러 오기도 하는데, 느낌으로 치자면 완전히 짱이며, 째질 만큼 기분이 아주아주 좋아진다. 이 꿈에서는 별다른 사건이 일어나지 않았으며, 나는 상쾌한 기분으로 잠에서 깨었다. 게다가 그건 내가 아주 좋아하는 꿈이기도 했다. 내 실제 삶에서 진정한 목표는 아메리카 대륙의 미국에 있는 어느 지방에서 농장 주인이 되는 것이다.

다른 여자애들은 모두 록 가수가 되거나, 영화나 텔레비전에 출연하거나, 방송국에서 일하거나, 모델이나 여배우가 되거나, 테니스나 수상스키, 심지어 모터사이클 챔피언이 되기를 바라는데, 내 생각에는 이건 그녀들이 죄다 잡지의 표지에 실리기를 바란다는 걸 의미한다. 걔들이 바라는 건 예술가가 되는 게 아니라, 그저 유명해지는 것이며, 유감스럽게도 이 둘은 전혀 같은 게 아니다. 대부분의 아이들은 가수가 되려 하는데, 그러나 딱히 록 가수가 아니라, 그저 노래를 부르기를 바랄 뿐이다. 친구들이 나중에 뭐하고 싶으냐고 나에게 물어왔을 때, 나는 아메리카 대륙의 어느 지방 농장에서 주인이 되는 것이라고 대답했으며, 사실 직업으로 쳐도 나는 이게 더 흥미 있다고 생각한다. 처음에 나는 아이들과 달라 보이는 게 싫었고, 그게 또 성가신 일을 만들어 낼까 봐—서로가 비슷하지 않다는 걸 아는 순간부터 성가신 일이 하나씩 생겨나기 시작한다—그녀들과 엇비슷하게 대답하곤 했는데, 최근 들어 나는 진짜 내 생각을 말하기 시작했다. 당신들의 사생활에 대해 늘어놓거나 늘 똑같은 이야기를 되풀이하는 형편없는 잡지의 모델이 되려고 포즈를 취하는 일 따위나 부모들이 유행에 따라 우스꽝스레 변장을 하고 몸을 마구 흔들어 대곤 하는, 좀처럼 이해할 수 없으며 한심하기 짝이 없는 그런 노래에 맞추어 입을 뻥긋거리는 일 따위에 나는 정말이지 관심이 없다. 이런 것들이 인생의 흥미진진한 목표가 될 수는 없어 보인다. 심지어 나는 이런 것들이 정말이지 가증스럽다고 생각한다. 그러자 여자아이들은 '스테파니 너는 잘난 체하고 빼기는 위선자야'라고 했고, 나는 그녀들 보고 바보 멍텅구리들이라고 말했다. 이따금씩 내 친구들과 불편한 관계에 놓이게 될 때가 있지만 얼마 지나면 곧 해결되는데, 그건, 비록 남자애와 사귀기 시작한 이후부터 예전보다 자주 보지는 못하게 된 발레리였지만 그녀가 입버릇처럼 말하는 것처럼 "우리는 모두 공공의 적"을 갖고 있기 때문이다. 발레리가 말하고자 하는 것은 비록 우리들 가운데 가증스러운 인간들, 빈정거리는 인간들, 비열한 인간들이 있다고 해도, 진짜 전쟁은 우리들 사이의 전쟁은 아니라는 거다. 진정한 전쟁은 나이 든 사람들과 우리들 사이의 전쟁이다.

꿈에서 깨어난 직후 난 매우 기분이 좋았다. 상쾌한 기분으로 잠에서 깨었는데, 밤사이에 꾸었던 모든 꿈을 아메리카 대륙의 어느 지방에 있는 농장 꿈으로 마무리를 한 것이 하루 종일 내 기분을 좋게 해 주었다. 이런 순간에는 나는 모든 걸 감내할 수 있으며, 어쨌든 지금 이 순간이 그리 중요한 건 아니다. 왜냐하면 언젠가 나는 아직 내가 얼굴을 알지 못하는 내 동업자나 말들과 함께 들판에 있을 테니까. 다른 애가 말한 것처럼, 바로 이런 것들이 전세계적인 참사 없이 하루를 지내게 도와준다. 이런 날이면 내가 다른 곳에 있는 게 내 얼굴에 그대로 드러나곤 해서 아빠는 나에게 이렇게 묻곤 하신다.

"너 무슨 생각하고 있니? 너 도대체 어디에 있는 거니?"

엄마도 나에게 말했다.

"네게 말하면 왜 대답을 않는 거니? 얘는 말을 걸어도 대답하는 법이 없어요! 너 지금 다른 데 보고 있구나! '우우', '우우'."

엄마는 '우우' 소리를 내면서 내 눈 앞에서 손을 흔들어 보였다. 엄마가 나에게 농담을 건네면서 웃음을 지어 보이는 거의 유일한 경우라 하겠다. 엄마가 상당히 노력하고 있다고 여겨지므로, 나 역시 그렇게 해야 한다고 생각했지만, 정작 그러지는 못했는데, 그건 우리 두 사람 사이에 불쾌한 일들이 흘러넘칠 듯 있었고, 내가 친절해지려고 노력하려는 바로 그 순간, 엄마가 나에게 앞으로 말할 것과 또 예전에 이미 말했던 모든 것들에 내가 화가 나 있기 때문인지 그렇게 하지 못하도록 무언가가 자꾸 나를 방해하고 있기 때문이다. 내가 생각하기에 엄마와 나 사이의 관계는 회복되기에는 이미 그른 것 같다. 자주 보지 못하고 또 덜 소리를 지르기 때문에 아빠는 좀 나은 편이지만, 매한가지로 나는 아빠와도 머리와 가슴이 따로따로 놀게 되는 것을 느낀다. 그런데 이해할 수 없는 것은 이런 감정을 느끼는 동시에 아빠와 엄마가 모두 나를 사랑해 주고, 옷을 입을 때나 우스운 종자들처럼 행동할 때 내게 덜 창피하게 배려해 주었으면 하고 내가 바라고 있다는 사실이다. 다른 애는 이런 것은 나의 '내적 모순'에 해당된다고 일러주었다.

일요일 아침 꿈에서 깨어나, 따라서, 상쾌한 컨디션으로 일어난 나는 우선 내가 누구를 닮았는지 거울을 들여다보았다. 여전히 내 코 주위와 콧등, 그리고 내 이마에는 여드름이 있었고, 내가 멋 부리고 싶어하는 건 아니지만 이런 내 얼굴은 나를 아주 불쾌하게 했고, 그래서 나는 이런 모습을 감추기 위해 파란색 팩을 얼굴에 씌웠다. 게다가 날씨가 추웠으므로 나는 스키 모자를 머리에 썼고, 잠옷 위에 목욕 가운을 그냥 껴입었다. 나는 창문을 열었고, 사람의 손이 닿지 않는 창문 밖 창틀의 가장자리에 놓아두었던 내 햄스터의 시체가 제 관 안에 잘 있는지 확인하려고 몸을 기울였으며, 모든 것은 이상이 없었다. 전날 내가 시체 위에 놓아두었던 꽃들은 아직 시들지 않았고, 창문을 닫기 전 몸을 일으키면서 나는 앞 건물 사람들을 보았는데, 그들은 화성인의 출현을 목격한 것처럼 손가락을 들어 나를 가리켰다. 그래서 나는 거울을 다시 쳐다보았고, 파란색 팩과 붉은색 스키 모자와 장밋빛 잠옷 위에 껴입은 알록달록한 색깔의 목욕 가운 때문에 내가 괴상한 모습을 하고 있었다는 사실을 깨닫게 되었다. 이런 내 모습을 거울에 비추어 보며 나도 덩달아 웃었다. 그러다 문득 변장 치고는 충분하지 않다고 생각한 나는 '문 부츠'라 불리는 우주비행사의 신발과 비스무레한 커다란 털가죽 부츠 한 짝을 신었고, 이런 차림 그대로 아침을 먹으러 내려갔다. 부모님은 아파트 건너편 방에서 아직도 자고 있었기 때문에, 나는 혼자 아침을 먹었다. 나는 핫초코와 어제 먹고서 냉장고에 도로 넣어 놓은 샐러드를 먹었다. 그러고 나서 가펑클에게 먹이를 주었는데, 가펑클은 이런 내 차림을 보고서도 전혀 놀라지 않았다. 가펑클은 세상에서 유일하게 그럴 수 있는 존재이다. 가펑클은 겉으로 보는 것에 대해서 그 어떤 중요성도 부여하지 않는 뛰어나게 지적인 존재이며, 오로지 본질적인 것, 다시 말해서 사랑에만 관심을 둔다.

세상에는 가펑클을 쓰다듬고, 사랑하고, 그에게 항상 제 시간에 먹이를 주는 사람들과 그 외의 나머지 다른 사람들, 이렇게 두 종류의 인간들이 존재한다. 만약 모두가 가펑클 같기만 하다면, 우리는 집에서 싸우는 일은 절대로 일어나지 않을 것이며, 고함소리도 결코 들려오지 않을 것이다. 만약 모든 사람들이 내 고양이 같다면, 사람들은 집에서 모두 서로를 사랑하게 될 것이고, 그렇게 되기만 한다면 그건 정말 꿈같을 것이다.

내 고양이를 가펑클이라고 부른 건 바로 나다. G로 시작되는 이름을 지어 주어야만 했던 해에 우리는 가펑클을 구입했는데, 그곳의 여주인이 이미 이름을 붙여 놓은 상태였고,

그래서 그는 지슬랭이나 그라망 같은 그로테스크한 이름을 갖고 있었는데, 내가 그의 이름을 잽싸게 다시 지은 것이다. 물론 그러기 전에 나는 부모님께 아이디어가 있는지 물어보았으며, 엄마는 나에게 그웬돌린(암코양이가 아니라 수컷이었는데도 불구하고)이나 귀스타브, 심지어 갈리페트같이 오래가지 않아 바꾸어 버릴 바보 같은 이름들만을 들먹거렸다. 이름에 관해서 엄마는 정말이지 재능이 없다고 말해야만 할 것 같다. 엄마의 진짜 이름은 '마르틴'인데 '질'로 불리게 했다. 엄마는 이 이름이 보다 젊어 보이고 또 현대식이라고 생각한 게 분명하다. 엄마는 항상 젊어지려고 애쓴다. 엄마는 나에게 이렇게 말한 적도 있다.

"혼자 알아서 해결할 만큼 너도 다 컸잖니."

엄마가 친구들과 전화로 이야기를 나누는 것을 들은 적이 있는데, 그 때 엄마는 또 이렇게 말하기도 했다.

"내 딸은 스스로를 책임져."

다른 애는 이 말이 지니고 있는 뜻을 나에게 장황하게 설명을 해 주어야만 했다. 내가 나 자신을 책임진다니, 도대체 그걸 말이라고 하는지! 아마 이렇게 말해야만 엄마의 직성이 풀리는 건지도 모른다. 엄마는 심지어 이보다 더한 말을 하면서 터무니없이 과장하기도 한다. 언젠가 이렇게 말한 적도 있다.

"이제 너는 다 컸으니, 내가 오히려 네 딸이야. 나도 누군가가 돌봐 주어야만 해."

나는 대답했다.

"내가 어떻게 다 컸어? 아직 생리도 시작하지 않았는데."

내 이 대답 때문에 엄마는 하루 종일 벙찐 상태에 있었고, 족히 일주일 동안 우리는 딸 어쩌구 하는 이야기 따위는 다시 꺼내지 않았다.

고양이의 이름에 관해서 아빠는 아예 아무 생각도 없었다. 아빠는 나에게 이렇게 말했다.

"네가 원하는 대로 부르렴. 네 고양이지 내 고양이가 아니잖니."

반응 치고는 정말 짱 다정하기도 하고, 관심 치고는, 어머나, 엄청나기도 해라.

결국 나는 내 고양이를 가펑클이라고 불렀는데, 그건 이 녀석이 어떤 가수를 닮았다고 생각했기 때문이었다. 내 고양이는 가수 가펑클과 똑같이 하늘로 치켜든 코나 완전히 얼빠진, 구름 위를 걷는 듯한 표정을 하고 있었다. 그렇다고 가펑클—즉 가수 가펑클—이 내게 있어서 멍청한 애들이 "영맨"이나 "팝송" 어쩌구 떠들어 대면서 말하곤 하는 그런 아이돌 스타라는 뜻은 아니다. 게다가 나는 우상 따위는 갖고 있지 않으며, 또 우상을 갖는다는 건 완벽한 멍청함을 그대로 드러내어 주는 절대적인 징후라고 생각한다. 그럼에도 나는 이 가수를 좋아하는데, 절반쯤 대머리인 두상에 적갈색 털과 매부

리코를 한 이 남자는 항상 주머니에 제 손을 찔러 넣고서는 약간 앞으로 몸을 기울여 관중들 한가운데로 넘어질 것 같은 폼으로 노래를 부른다. 그래서인지 나는 가평클이라는 이름을 지어 주어도 내 고양이가 나에게 화를 내지는 않을 것이라 생각하였다. 만약 내 고양이가 집에 있지 않았더라면 아마 오래전에 내가 자살했을 거라는 사실을 여기에 덧붙인다.

나는 아주 가끔 자살을 생각하지만, 그럼에도 자살하기에는 너무 이르다고 생각하는데, 그 이유는 진정한 여성이 될 때 어떤 느낌일지, 그렇게 되는 바로 그 순간부터 어떻게 변하는지 볼 수 있는 기회를 나 자신에게 한 번쯤 부여하고 싶기 때문이다. 만약 내게 말을 나눌 고양이가 없었더라면 난 진짜 바보 같은 짓을 했을지도 모른다. 다른 애를 만나고 둘이서 조금씩 이야기를 나누기 시작한 이후, 나는 삶을 또 다른 방식으로 바라보게 되었고, 거의 자살을 생각하지 않고 지내지만, 지금보다 젊었을 때 나는 몇 번이나 자살을 생각하기도 했었다. 심지어 나는 내 나날들을 완전히 끝장내 버릴 방법들에 관한 리스트를 작성하기조차 했었다. 잃어버렸거나, 그도 아니면 불태워 버렸겠지만, 나에겐 정말이지 초특급 비밀 문서였다. 내가 발견했던 최상의 방법은 라비올리의 과다한 섭취로 인한 자살이었다고 기억한다. 라비올리는 세상에서 내가 가장 싫어하는 음식인 동시에 엄마가 매일 주는 음식이기도 하다. 아니 라비올리는 오히려 엄마가 나에게 만들라고 시키는 음식인데, 식사 시간에 맞추어 도통 집에 있는 법이 없는 엄마는 내가 집에 들어오는 시간에 맞추어 내가 잘 볼 수 있도록 항상 쪽지를 남겨 놓는다. 이 쪽지로 말할 것 같으면, 아주 흥미진진한데, 거기에는 정확히 두 단어만 적혀 있다. "라비올리가 있다." 찬장에는 라비올리만 달랑 있으므로 그건 엄연한 사실이며, 또한 이곳은 진정한 라비올리의 공장이기도 하다. 나는 이 음식, 심지어 이 단어에도 치를 떤다. 라비올리는 프랑스어 발음상 '침대에서 사는 쥐'*를 떠올리게 만든다. 웩! 웩! 웩!

더구나 나는 정말, 정말, 정말이지 이탈리아 음식은 전부 싫어한다. 이탈리아 음식은 몹시 게으른 자의 양식이다. 음식을 그냥 데우면 그만이다. 부모님은 피자, 라자니 따위를 우리 집 아래층에 있는 이탈리아 가게에서 구입한 후, 행복한 사람들의 집에서처럼 진정한 요리를 하지 않고 또 그런 노력을 하지 않으려고 그걸 그냥 들고 올라와 먹는다. 이탈리아식 장봉이나 코파coppa 같은 것도 있는데, 그것도 만들기에는 별다른 어려움이 따르지 않는다. 복잡하지 않고, 그냥 식탁 위에 올려놓으면 그만인 것이다. 길쭉한 이탈리아 빵 역시 보통 빵처럼 신선한 상태에서 보관될 필요가 없으며, 빵 바구니 속에 그냥 놔두어도 며칠 동안은 원래 상태를 유지

---

* 라비올리Raviolis는 '침대에서 사는 쥐rat vit au lit'와 발음상 동일하다—역주.

할 수 있다. 그렇다! 아빠가 말하는 것처럼 이탈리아 음식을 먹는 건 정말이지 편리한 것이다. 아빠는 늘 이렇게 말하곤 한다.

"우리 오늘 저녁 이탈리아 음식 먹으면 어떨까?"

내가 받을 수 있는 최악의 선물, 세상에서 최악의 것은 이탈리아의 기숙사학교로 보내지는 것일 것이다. 부모님은 나를 기숙사학교에 보내겠다고 입버릇처럼 말해 왔고, 실제로 부모님이 나에게 말을 걸 때 꺼내는 주제도 이게 전부이다. 어떤 때는 영국, 어떤 때는 스위스, 어떤 때는 룩셈부르크를 들먹이며 항상 외국으로 보내겠다고 하셨는데, 다행히도 이탈리아는 아직 등장하지 않았다. 그네들의 음식으로 판단해 보건대, 이탈리아 사람들은 에너지와 상상력이 완전히 고갈된 사람들일 것이다. 하루 종일 라비올리나 피자 따위를 먹다 보면 우리는 모두 세상에 대해 시적인 생각을 품을 수 없게 될 게 분명하다. 만약 피할 수만 있다면 나는 이탈리아 같은 나라에는 결코 가지 않을 것이다. 이탈리아는 내 절대로 하지 말아야 하는 것들 리스트스의 처음을 장식하고 있다.

내가 아침 식사를 마쳤을 때도 아빠와 엄마는 잠에서 깨어나지 않았고, 나는 화장실에 갔다.

10

그 어떤 핑계로도 절대로 하지 말아야 하는 것들 :

절대로 이탈리아에 가지 말 것.

절대로 부모님들과 피자나 스파게티를 먹으러 레스토랑에 가지 말 것. 그런 것들은 집에서도 질리게 먹으니까.

절대로 망사가 달린 상의나 치마, 반바지를 입고 다니지 말 것. 무릎 위로 올라오거나 장식이 달린 부츠를 착용하지 말 것. 레이스가 달린 옷도 입지 말 것.

절대로 포럼 레알 근처에는 다시 얼씬 거리지 말 것. 지난번 갔을 때 나는 스포츠 신발을 파는 가게 앞에서 두 명의 남자들에게 성희롱을 당할 뻔했었다. 이곳은 위험하며, 청결한 곳도 아니며, 앞으로 개선될 가능성도 전혀 없는 곳이다.

절대로 라디오나 텔레비전의 뉴스를 듣지도 보지도 말 것. 매해, 매일을 늘 똑같은 소리만 반복해서 지껄이고 늘어놓으며, 놀라운 일이라곤 그 무엇도 일어나지 않는다. 만약 라디오나 텔레비전의 뉴스에서 아주 새로운 타입의 인간의 삶을 우주에서 발견했다고 전해 온다면, 그런 건 어쩌면 하나의 사건이 될 수도 있을 것이다. 아니, 그것은 경악할 만한 수준의 전 우주적 차원의 사건이기도 할 것이다. 하지만 뉴스는 전날 이미 한번쯤 말했던 것들을 다시 되풀이하거나, 다음 날 그것을 또다시 반복해서 늘어놓을 것이다.

절대로 시립 수영장에 가지 말 것. 부득이하게 가게 되더라도 절대로 비키니 수영복을 입지 말 것.

절대로 바보 같은 사고를 친 친구들 가족의 이름을 불지 말 것. 항상 "네가 잘 모르는 친구야", 바로 이렇게 말할 것.

절대로 아이들 모두가 어떤 아이를 흉보려고 교실 문 앞에서 기다리고 있을 때, 수업 끝난 후 교실에서 꼴찌로 나오지 말 것. 카페에서도 마찬가지로 할 것. 모두 함께 거기서 콜라를 마실 때도 절대로 마지막으로 나오지 말 것. '내가 자리를 뜨면 이제부터 재네들이 나에 대해 쑥덕거리기 시작할 거야'라고 자신에게 스스로에게 말하고 나서 과감히 그 자리를 뜰 것. 비록 여자아이들이 당신에 관해서 쑥덕거리더라도, 그것이 오히려 마지막으로 남아 있거나 모두가 완전히 포기했다는 표정을 짓는 것보다는 더 낫기 때문이다.

절대로 동물을 죽이지 말 것. 그 어떤 동물도 죽이지 말 것.

절대로 동물을 우리에 가두지 말 것.

절대로 파리의 거리에서 운전할 때 비둘기를 짓뭉개지 말 것. 운전을 배울 나이는 아니므로 내게 해당되는 건 아니겠지만, 나는 인생의 기본적인 절대 원칙으로 이걸 말하고 있는 거다.

절대로 미니스커트를 입지 말 것.

절대로 파티에는 가지 말 것. 한 번 간 적이 있으며, 그거로도 충분히 질색할 만했다. 파티가 어떤지를 보러 한 번, 오로지 단 한 번 정도 갈 만한데, 그 이후 절대로 허락하지 말 것. 파티는 총체적이고 절대적인 멍청한 짓거리이다.

절대로 "잔디밭 출입 금지"라고 적혀 있는 곳을 밟고 지나갈 때 망설이지 말 것.

절대로 우산을 쓰지 말 것. 비가 아주 심하게 내리더라도 그러면 안 되는데, 우산을 쓰는 순간 당신은 그 즉시 **우스꽝스러운 종자들** 카테고리로 분류되어 버리기 때문이다.

절대로 텔레비전에서 〈달라스〉를 보지 말 것. 〈샹젤리제〉도 마찬가지로 보지 말 것. 텔레비전에서 유일하게 볼 만한 프로는 1940년대 할리우드의 흑백영화들이나 텔레비전 역사상 가장 바보 같지만 바보 같은 것만큼이나 기발하기도 한 〈푸른 대지들〉뿐이다. 기발한 것 그 이상으로 소중하기까지 하다.

절대로 머리를 층지게 커트하지 말 것.

절대로 공공장소에서나 수업 중에 엄지손가락을 빨지 말 것.

절대로 밀크셰이크나 감자튀김, 혹은 슈퍼맥 정도도 구입하지 않고 맥도널드 앞을 그냥 지나치지 말 것. 왜냐하면 이제 곧 맥도널드가 모두 사라지게 될 것이기 때문이고, 이 사실을 나는 신문에서 읽었는데, 있을 때 보다 잘 활용해야 하기 때문이다. 한번 보라! 만약 프리타임을 우리가 잘 보존했더라면 맥도널드보다 훨씬 나았을 것이다. 샹젤리제 거리에도 하나가 있다. 햄버거가 무지 끝내준다.

절대로 먼저 남자애들에게 말을 걸지 말 것. 남자애들이 당신에게 말을 걸 때까지 기다려야 하며, 또 걔들이 말을 걸면 항상 걔들의 눈을 똑바로 쳐다보아야 하며, 그래야 걔들을 압도적이고도 범우주적인 방식으로 불안하고도 당황하게 만들 수 있다. 빤히 쳐다보면 걔들은 무슨 말을 해야 할지 모르게 되며, 평소보다 더 얼빠진 표정을 짓는다.

절대로 남자애가 당신의 손을 잡거나 당신의 볼에 키스하는 것을 받아들이지 말 것. 절대적이고 이론의 여지가 없을 정도로 범우주적인 차원에서 그 아이를 사랑하는 경우를 제외하고.

절대로 선생님을 신뢰하지 말 것. 유일하게 친절한 음악 선생님은 어쩌면 예외가 될 수 있다. 음악 선생님은 놀라운 여인이다.

절대로 버스 운전사 아저씨들을 믿지 말 것. 당신에게 잔돈을 돌려준다며 잔돈을 받으러 다가오라는 구실을 대고, 또 그러고는 당신의 엉덩이에 손을 얹기도 한다. 만약 당신이 아직 오렌지 카드*를 갖고 있지 않다면, 당신은 한 장을 별도로 구입해야만 할 것이다.

절대로 자신의 아버지에게 반듯한 비옷, 리바이스 청바지 501(다른 모델은 절대로 안 됨), 단화, 브이넥(만약 옷을 제

---

* 지하철과 버스를 탈 수 있는, 학생들에게 한 달 단위로 판매하는 정기권—역주.

대로 입을 줄 안다면 이렇게 입지, 알록달록한 단추가 달린 점퍼 따위는 걸치지 않을 것이다), 깃 아래의 단추가 풀린 채로인 라지 사이즈 남성 와이셔츠 외에는 입게 하지 말 것. 날씨가 춥다고 느껴져도 절대로 겨울인 것처럼 옷을 입지 말 것. 비록 땀을 많이 흘리게 되는 여름이어도 여름인 것처럼 입지 말 것.

절대로 워크맨을 귀에 꽂은 채 산책하지 말 것. 워크맨은 완벽한 머저리들이 사용하는 기계이다.

절대로 가펑클이 언젠가는 죽을 수도 있을 거라는 생각 따위는 하지 말 것.

절대로 시계를 차지 말 것. 그렇게 되면 낯선 사람들이나 심지어 어른들이 시간을 물어볼 수도 있게 되며, 그들이 제대로 교육을 받고 자랐는지 아닌지 혹은 쳐다보지도 않았는데 당장 꺼지라는 둥 하지 않고 모르는 한 여자아이와 대화할 만한 능력이 그들에게 있는지까지도 확인할 수 있게 된다.

절대로 절망하지 말 것.

항상 하늘을 쳐다볼 것.

11

가능한 한 나는 하늘을 아주 자주, 그리고 가장 오랫동안 쳐다본다. 교실 창문이나 내 방 창문, 혹은 가게 되는 데 성공한 양호실의 창문을 통해서, 심지어 거리를 걸을 때도 나는 하늘을 본다. 이렇게 늘 하늘을 쳐다본다면 또 늘 거기서 살 수 있게 될 것이라는 것이 내 생각이다.

하늘은 정말로 나의 유일한 관심사라고 해도 좋다. 하늘이 유달리 내 관심을 끄는 또 다른 이유는 내가 전혀 이해할 수 없으며, 하늘과 우리들 사이에 놓여 있는, 하늘에 이르기 이전에 존재하는 어떤 빈 곳 때문이다. 내가 말하고자 하는 것은 푸르거나 흐리게 되어 버리기 이전에(구름이 있거나 없음에 따라) 하늘과 우리 사이에는 일종의 비어 있는 공간이 있다는 것이며, 이 공간은 색깔을 가지고 있지 않을 뿐만 아니라 하늘도 땅도 아니라는 것이다. 이 빈 곳을 나는 뭐라고 부를 수 있을까? 구름이나 푸른 하늘, 혹은 회색 하늘에 다다르기 전에 통과해야 하는 것들 중 그러기가 가장 어려워 보이는 것이 바로 이 빈 곳이며, 이 빈 곳은 계절에 따라 변하기도 한다.

하늘까지 가고자 할 때, 극복하는 데 가장 어려움을 겪는 것도 바로 이 공간인데, 그것은 방 안의 벽 위에 있는 거울과도 같지만, 그 거울을 일단 만지고 나면 거기에 유리가 없다는 것을 알아차리게 되는 뭐, 그런 거울이라고 해도 좋다. 두 눈과 정신을 최대한 집중하여 앞으로 나아가려고 하지만 아직도 이 빈 곳에 머무르고 있으며, 그러면 푸른 하늘로 날아

오르는 데 성공하지 못한다. 이따금씩 나는 이 빈 곳을 조금도 통과하지 못할 때도 있다. 그러면 나의 내면 역시 텅 비어가는 걸 느끼게 된다.

내가 원하는 것은 빈 곳을 통과하기 위해 애쓰는 것이 아니라, 하늘과 직접적이고도 즉각적인 관계를 맺는 것이다. 하지만 이건 몹시 어렵다.

12

일요일 아침, 그러니까 내가 아침 식사를 마친 그 이후(다시 적는다)에도, 부모님은 여전히 방에서 나오지 않았고, 그 시간이 꽤 길어진다고 생각한 나는 화장실에 틀어박혀 버렸다.

화장실에 관해 부모님들이 이해하지 못하고 있는 것은 아이들이 매번 거기에 있을 수밖에 없는 근본적인 이유인데, 한마디로 말하자면, 그건 열쇠나 걸쇠로 걸어 잠근 후, 그 안에 틀어박힐 수 있기 때문이라고나 할까? 만약 부모님들이 열쇠나 맹꽁이 자물쇠라도 우리에게 허락해 줄 정도로 관대하기라도 했더라면, 우리는 그토록 우리의 삶을 화장실에서 보내려고 작정하지는 않을 것이다. 하지만 열쇠를 준 사람이건 그렇지 않은 사람이건, 절대 노크를 하고 들어오는 법이 없는데 어떻게 우리가 화장실에 틀어박히지 않기를 그들이 바랄 수 있겠는가! 내 부모님에 관해서 말하자면, 그들이 내 방에 자주 오지 않는 건 순전히 그들이 집을 자주 비우기 때문일 뿐이다. 그럼에도 불구하고 그들은 노크도 하지 않고 불쑥 내 방에 들어오는 게 습관이 되어 있으며, 결국엔 점점 더 화장실에 머물라고 그들이 나에게 강요한 것이나 마찬가지이다. 이렇게 해서 화장실은 내 제2의 방이 되었다.

우리 집에는 화장실이 세 개나 있다. 밖에서 들어오는 입구의 안쪽 덧문 옆에 나 있는 층계참에 하나가 있는데, 내가 아무거나 마구 쑤셔 넣어 내 화장실의 변기가 막혔을 때를 제외하고는(때문에 수리공 아저씨가 한 달에 한 번 꼴로 수리하러 오곤 하는데, 천문학적인 수리비에 엄마는 매번 난리를 치신다) 절대로 나는 이 화장실에는 가지 않는다. 부모님 방에 딸려 있는 욕실에 화장실이 하나 더 있는데, 엄마가 싫어하기 때문에 나는 절대로 사용하지 않으며, 더욱이 변기 덮개에는 축축한 솜털로 된 장밋빛 덮개가 씌워져 있고, 게다가 욕실 내부의 색깔도 죄다 장밋빛인데, 이거야말로 정말이지 납득하기 어려운 취향에서 비롯되었다고 나는 생각한다. 그리고 마지막으로 내 화장실이 있다.

이 화장실을 사용한다는 생각 자체를 부모님이 완전히 포기할 정도로 내가 진짜 오래 머물렀기 때문에 이 화장실은 결국엔 내 것이 되었는데, 내 키가 부쩍 자라기 시작한 이후부터 부모님은 내가 원하는 만큼 들락거리도록 나를 그냥 내버려 두었고, 심지어는 내가 머무르는 시간이 아주 길어져도 오래 있을 수 있게 그냥 놔두셨지만, 아빠는 일주일에 평균 스무 시간은 그래도 좀 심한 거 아니냐고 내게 말씀하신다. 물론 아빠가 과장한 게 분명하다. 이 화장실은 내 방과 부엌, 내 방과 식당, 그 사이에 있다. 처음에 모든 사람들이 이 화장실을 사용했을 당시, 나는 왜 이 화장실을 만들어 놓았는지 잘 몰랐다. 또 부모님은 문을 닫으면 바로 보이게끔, 다시 말해서, 앉은 자리 바로 정면에다가 커다란 거울 하나를 달아 놓았다. 부모님이 거울을 달아 놓은 날, 나는 왜 그들이 그렇게 했는지 좀처럼 이해할 수 없었다. 그들은 세계적인 차원의 커다란 실수를 저지른 것이다. 만약 내가 내 집과 내 아이들을 갖게 된다면, 나는 이와 같은 실수를 저지르지 않을 것이다. 화장실에 있는 거울은 화장실에 머무는 시간을 어림잡아 평균 일주일에 최소한 여섯 시간은 더 늘릴 것이기 때문이다. 어쨌든 나는 화장실에 잠금 장치를 해 놓지는 않을 것이며, 화장실을 아이들 방에다가 만들어 줄 것이고, 또 거기에다 거울 따위는 놓지 않을 것이다.

이 거울은 세로로 화장실 문에 고스란히 포개질 정도로 길어서 문을 모두 차지했고, 그래서 내가 변기에 앉을 때면 머리에서 발끝까지 내 모습을 고스란히 비추어 볼 수 있었다. 오줌을 눈 다음 나는 팬티를 발목춤에 걸친 채, 거울 앞에 서서 나 자신을 면밀히 살펴본다. 간혹 어떤 날이면, 내가 남자아이이며 단지 아주 쪼그만 고추가 내게 없을 뿐이며, 그 원인은 바깥을 향해서 바깥쪽에다가 만들어 놓는 대신 안을 향해서 안쪽에다가 그것을 만들어 놓은 자연의 사고 때문은 아닐까 하고 나 자신에게 물어본다. 내게 가슴이 생기기 시작한 건 분명하지만, 내 키가 멈추지 않고 자라는 중이고, 나는 계속해서, 그것도 정말이지 살찌는 음식만 주로 먹는데도 불구하고 내가 비쩍 마른 것만큼이나 내 가슴 부위에는 아주 납작한 유방이 있을 뿐이며, 지금의 나처럼 한창 자라고 있는 중인 남자아이들조차도 이 정도의 가슴쯤은 가지고 있는 것 같고, 심지어 그 위를 누르면 젖이 나올 것처럼 보이기도 한다. 물론 나에게 아직 이런 일이 일어난 건 아니다.

털에 관해 이야기하자면, 나도 털이 있는데 내 머리카락 색깔과 똑같다. 나는 신제품 전화기처럼 오렌지색 머리카락을 갖고 있어 아주 검은 엄마의 머리카락과는 다르며, 그리 많지는 않지만 비정상은 아니라고 확신할 만큼의 충분한 털을 갖고 있다. 나는 거울 앞에서 몸을 돌린 후 내 뒷모습을 보기 위해 고개를 두 다리 사이로 깊숙이 숙였다. 다시 말해서, 다리 사이로 머리를 집어넣어 내 엉덩이와 등을 보았는데, 이렇게 쳐다본 뒷모습 또한 완전히 정상인 것처럼 보였다. 다시 화장실 변기 위에 앉아 나는 기다렸다. 그리고 피가 나오는지 아닌지 확인해 보았다.

나는 책을 많이 읽는 편이다. 최소한 책 한 권이나 잡지 몇 권도 없이 화장실에 간다는 이상한 생각을 나는 해 본 적이 없다. 심지어 진지하게 공부할 수 있게끔 책을 놓아둘 선반을 화장실에 설치해 달라고 부모님에게 요청해 보기도 했지만, 부모님께서는 안 된다고 하셨다. 따라서 내가 한 것은 변기 양쪽 편에다가 책을 무더기로 놔두는 것이었으며, 책은 이렇게 계속해서 쌓여 갔고, 이와 더불어 양쪽 무더기는 점점 더 불어나게 되었다. 한편 좀 희한한 건 무더기처럼 쌓여 있는 책들 가운데 그 내용이 전혀 기억이 나지 않는, 아주 오래전에 읽은 이후 다시 들여다보지 않은 책들과 잡지들을 내가 다시 발견하게 된다는 것이다. 특히 나를 깜짝 놀라게 하는 것은 화장실에서 읽은 것들의 내용을 아무것도, 정말로 아무것도 내가 기억해 내지 못한다는 사실이다. 화장실이 읽는 것 외에는 할 일이 아무것도 없는 장소라서 정말로 집중하기에 적당할 거라고 생각할 수도 있으나, 사실은 이와 정반대인 것이다. 책을 펼쳐 들어 읽기 시작하고, 결국에는 아무것도 기억되지 않는 걸 보면, 필시 내가 딴 생각을 하고 있는 게 분명하다. 나탈리는 화장실에 가서 잠자리에서 하는 짓과 똑같은 짓거리, 다시 말해, 짜릿함을 느끼려고 자신의 거시기를 만지작거려 보았으며, 실제로 짜릿한 상태에 이른 적이 있다고 나에게 말한 적이 있다. 그래서 나도 시도해 보았는데, 아프고 괜히 신경질만 날 뿐, 정작 아무 일도 일어나지 않았으며, 늘 똑같았다. 내 생각에 이런 일을 하기에 나는 너무 어리며, 나탈리 역시 마찬가지인 것 같다. 하지만 신문과 잡지에서 매일같이 이런 구역질 나는 행위에 대해 떠들어 대기 때문에 우리 나이에 이미 모든 것을 알 수밖에 없으며, 그러니 한 번쯤 시도해 볼 수밖에 없지 않은가! 그러나 나는 다시 시도해 보지는 않았다. 더구나 이 일은 나를 몹시도 성가시게 만들었으며, 며칠 동안 따끔거려서 고생했다.

아빠의 발걸음 소리가 들려왔을 때, 나는 이 같은 생각을 하고 있던 중이었다. 아빠는 항상 발을 질질 끄는 엄마보다 훨씬 빨리 발을 움직이는 터라 늘 쫓기고 있는 듯 걷기 때문에 아빠의 발소리는 금방 알아볼 수 있다. 엄마와 아빠가 대체 무슨 공통점을 갖고 있는지 물어봐야 할 지경이라 하겠다.

아빠가 문 앞에서 발걸음을 멈추는 소리가 들려왔다. 아빠가 말했다.

"스테파니 너니?"

다른 때 같았으면 나는 대답조차 하지 않았을 것이다. 이런 멍청한 질문이 또 어디에 있을까? 다른 곳에 갈 수 없으니 당연히 나지, 나 말고 누가 여기에 있을 수 있을까? 엘비스 프레슬리? 하지만 나는 가출을 한 직후였고, 잠자코 있는 게 신상에 좋을 거라 생각해서 고분고분 대답했다.

"네, 저예요."

정말로 골 때리는 대화라고 할 수 있겠다. 아니면 엄청나게 독창적인 대화.

아빠는 나에게 말했다.

“점심은 먹었니?”

나는 대답했다.

“네.”

아빠가 말했다.

“지금 뭐하고 있니?”

나는 대답했다.

“아무것도 안 해요.”

아빠는 나에게 말했다.

“그렇구나, 아빠 어디에 있는지 알지?”

이게 올해의 가장 환상적인 대화에 등장한 마지막 말이었다.

아빠가 부엌을 향해 가는 소리가 들려왔고, 나는 꼼짝하지 않고 그냥 화장실에 머무르면서, 아빠가 원하는 게 뭘까 곰곰이 생각해 보았다. 평상시 아빠라면 내가 갱신 중인 세계 신기록이나 내가 보내고 있는 시간에 대해 언급하실 터였기 때문이었다. 예를 들어, 물 소비 신기록(오로지 다른 사람들에게 안도감을 심어 주고, 또 화장실 안에서 정상적인 활동이 이루어지고 있다는 사실을 알려주기 위해서 심지어 아파트의 나머지 화장실에서도 나는 아주 자주 변기의 물을 내린다), 화장지 소비 신기록, 화장실 장기 체류 신기록 등등을 언급하시면서 아빠가 말을 걸어 올 때면 아빠는 오히려 재미

있는 축에 속하기조차 한데, 이번에는 평소와는 완전히 다른 모습이었으며, 게다가 아빠는 약간 당황한 목소리로 말씀하셨다. 엄마가 복도를 지나가는 소리가 아직 들려오지 않았으므로 나는 아빠가 내게 뭘 원하는지 직접 물어보러 가기로 결심했다. 아니, 어쩌면 여기서 꼼짝하지 않고 이대로 있는 게 보다 나을지도 몰랐다.

13

내가 아빠에게 약간 겁을 내고 있는 건, 아빠가 나를 '스테파니'라고 불렀기 때문이다. 평소에 아빠는 항상 별칭으로 나를 부르시곤 한다. 스티브, 스텝, 스테파, 니니, 파니, 파네트, 라 스투프, 스투푸 등등 항상 아빠는 내 진짜 이름을 부르지 않을 방법을 고안해 내시며, 때문에 내 이름을 나보다도 더 좋아하지는 않는다는 느낌이 들게 하신다. 하지만 이번에 아빠는 단 한 번에, 그것도 진지한 어투로 내 이름을 통째 부르셨고, 그게 나를 약간 겁나게 만들었던 것이다. 당신들의 부모님이 당신의 이름만이 아니라 이름과 성을 동시에 부를 때는 일단 조심하고 보는 게 좋은데, 그건 부모님들이 심각하다는 것이고, 그들이 심각해지거나 지나치게 진지해지면 좋게 끝나는 법이 없기 때문이다.

그러나 내가 부엌에 들어갔을 때 정작 겁먹은 건 바로 아빠였다. 게다가 아빠는 나를 보자 식탁 위의 찻잔을 엎을 뻔하기도 했다.

아빠가 나에게 말했다.

“이 카니발 복장이 도대체 뭐냐?”

나는 말했다.

“무슨 카니발이요?”

아빠가 다시 나에게 말했다.

“네 모습을 한번 봤니? 스테파, 네 모습을 한번 봐 봐. 광대 같은 얼굴을 하고 있잖니. 네 모습에 프랑켄슈타인이라도 겁먹겠다.”

나는 말했다.

“아! 알았어요. 그렇게 말해 주어 고마워요.”

아빠는 나에게 말했다.

“아니 너 정말 뭘 닮으려고 흉내 낸 건데?”

그제야 나는 내게 아까부터 익숙해져 있던 내 모습이 아빠를 겁나게 했다는 사실을 깨닫게 되었다. 얼굴 위에 붙여 놓은 파란색 여드름 방지 팩, 빨간색 양모 스키 모자, 그리고 그 외에 몇 가지 분장도 내가 그대로 유지하고 있었기 때문에 아빠가 놀라신 것이고, 나는 이런 내 모습을 재미있어 했지만, 한편 아빠는 그렇지 않았던 것이다. 그런데 나는 이렇게 변장한 내 모습 때문에 아빠가 적어도 나를 혼낼 수 있고, 또 심각한 말투로 나에게 말하지 않아도 좋은 어떤 핑계를 아빠가 발견했다는 사실에 아빠가 만족해하고 있다는 인상을 받았다. 마찬가지로 나의 이런 차림은 나에게도 도움을 주었다고 말해야만 할 것 같은데, 왜 그런지는 잘 모르겠지만, 그리고 뭔지도 잘 모르겠지만, 아빠가 나에게 말하고자 하는 것에 내가 지레 겁을 먹고 있었기 때문이다. 그렇게 되자 우리 두 사람은 일요일 아침에 파란색이나 빨간색으로 옷을 입거나 우주비행사의 신발과도 같은 스키 방한화를 신는 것이 매우 중요한 일이라도 되는 것처럼 서로 말을 주고받기 시작했고, 또 이 덕분에 인생에서 심각하다고 여겨질 만한 것들에 대해서는 되도록 언급하지 않고 피해 갈 수 있었다. 하지만 이런 상태가 몇 백 년 동안 지속될 수는 없는 노릇이었다. 이윽고 아빠는 나에게 다시 말을 꺼내셨다.

"스테파니, 할 말이 있다."

나는 말했다.

"뭐에 관해서요, 아빠?"

아빠가 말했다.

"음… 그러니까, 음, 그러니까, 너에 대해서."

그러고는 말을 계속 이어 갔다.

"네 엄마와 나는 어제 네 일을 매우 염려하고 있단다. 보다 새로운 기반 위에서 모든 걸 다시 시작해야 할 때가 된 것 같구나. 우리는 어젯밤 오랫동안 이에 관해 말을 나누었단다."

내가 생각하기에도 부모님은 분명 내 가출에 관해 저녁 내내 다시 이야기를 나누었을 것이다. 아니 그들은 자신들의 친구들과도 이야기를 나누었을 것이 분명한데, 내가 관찰한 바에 따르면 나와 관련된 어떤 문제가 발견되자마자 부모님은 수많은 친구들에게 전화를 걸어 그들의 의견을 구하기도 하고, 또 자신들이 해야 할 일에 관해 물어보곤 했기 때문이다. 이쯤 되면, 그들은 스스로 결정할 능력이 없다는 말을 들을 만하다. 아빠가 말했다.

"어제 저녁 어디서 잤니?"

나는 말했다.

"친구 집. 아빠는 잘 모르는 애야."

아빠는 나에게 말했다.

"네가 그 아이의 이름을 나에게 알려줄 수 없다는 걸 내가 몰라서 묻는 게 아니야. 그 애 부모님은 계시니? 그 애 부모님도 함께 계셨니?"

나는 대답했다.

"그렇다니까. 부모님도 집에 있었어. 아빠, 걱정하지 마. 우리 집에서 별로 멀리 떨어진 곳도 아니야. 그냥 그 집에서 자고 온 것뿐이야. 아무 일도 없었어."

그러자 아빠는 말했다.

"그래, 알았다. 너에게 진지하게 할 말이 있으니, 가서 얼굴도 씻고 옷도 바르게 입고 다시 오도록 해. 네 방으로 돌아가서 정상적인 얼굴을 하게 되면 다시 오거라. 카니발에 놀러 가는 차림을 한 아이와는 말을 하지 않으련다."

나는 말했다.

"정상적인 얼굴을 한다는 게 뭐야 아빠?"

아빠가 나에게 말했다.

"말꼬리 잡지 말고, 어서 옷 갈아입으러 가. 그리고 바로 이리로 다시 와."

나는 내 방으로 향했다. 내가 아빠만큼 영리하므로(내 생각에는 이따금씩 아빠보다 훨씬 영리할 때도 있다), 나는 다른 할 말이 궁해져 시간을 벌어 보려고 아빠가 나에게 방으로 가라고 했다는 걸 알아챘다. 그래서 정말이지 처음으로 매우 빠르게 움직였다. 서둘러 화장을 지우고, 모자와 털가죽 부츠를 벗었으며, 평소처럼 옷을 차려 입었고, 아빠가 자리를 뜨거나 생각을 바꾸지 못하도록 일부러 서둘러서 원래 있던 곳으로 돌아왔다. 아주 짧은 시간에 다시 돌아온 나를 보면서 아빠는 깜짝 놀란 표정을 지어 보이시고는 이렇게 말씀하셨다.

"거참 빠르기도 하네."

나는 말했다.

"응."

아빠는 아무 말도 하지 않았다. 아빠의 푸른 눈 위에는 아주 검고 굵은 눈썹이 있었는데, 아빠는 손가락으로 그걸 뜯거나 털을 하나씩 제거하면서 시간을 보냈고, 방수가 되는 하얀 식탁보 위에 방금 뜯은 털을 가지런히 올려놓고서 일일이 헤아리기라도 할 품이었다. 느낌 치곤 정말로 끔찍할 정도였다.

내가 아빠에게 말했다.

"아빠! 제발 그러지 마."

아빠는 나에게 말했다.

"뭘?

"제발이지 눈썹 좀 뜯지 마. 나중에 눈썹이 없어져 버려 사람들이 아빠를 정말이지 끔찍한 피부병을 앓기라도 한 사람처럼 생각할 거야. 아빠가 알비노 병에라도 걸린 사람처럼 되면 어떡해."

아빠는 웃음을 지어 보였고 나를 안아 주려 했다. 하지만 우리 가족은 서로 포옹하는 습관을 잃어버린 지 오래되었기 때문에 아빠는 자기 쪽으로 내 어깨를 지나치게 세게 잡아당겼고 나는 앉아 있던 의자 위에서 엉거주춤하게 몸을 움직이게 되었으며, 그러자 나는 내 쪽으로 몸을 다시 뺐고, 아빠는 이내 당황스러워하는 얼굴 표정을 짓게 되었다. 나 역시 당황스럽기는 마찬가지였으며, 지금 벌어지고 있는 일이 우리 집의 정상적인 아침 식사와는 거리가 멀다고 생각하기 시작했다. 왜냐하면 우리 가족은 진지한 것이라곤 전혀 이야기하는 법이 없기 때문이며, 그럼에도 불구하고 아빠는 나에게 분명 무언가를 이야기하려고 하고 있기 때문이었다. 그러나 나는 아빠에게 할 얘기가 전혀 없었는데, 이야기를 해야 하는 건 오히려 아빠였다. 그런데도 아빠는 입을 굳게 다물고 있었고, 계속 눈썹을 뽑을 뿐이어서 나는 짜증이 나기 시작했고, 결국 아빠에게 이렇게 말하게 되었다.

"아빠. 정확히 나에게 하고 싶은 말이 뭐야?"

내 이 말이 아빠를 깜짝 놀라게 했다. 아빠는 나를 잠시 쳐다보시더니, 이윽고 나에게 이렇게 말했다.

"나 말이냐? 특별한 건 없는데, 왜?"

나는 말했다.

"아빠가 나와 진지하게 이야기를 나누자고 했잖아."

아빠가 말했다.

"그래 맞다. 너 어제 왜 밖에서 잤니?"

나는 말했다.

"아빠와 엄마가 집에 없어서."

아빠는 말했다.

"그건 이유가 되지 못해. 아무리 그렇다고 해도 설마 나와 네 엄마가 늦게 들어올 때마다 가출을 하려는 건 아니겠지, 응?"

나는 말했다.

"그건 가출이 아니었어. 짐을 싸고, 잡지나 카페, 지하철 통로 사방에다가 '사람을 찾습니다'를 붙여 놓게 되는 게 바로 가출이지. 더구나 경찰서에 전화 하지도 않은 걸 보면 엄마 아빠도 그게 가출이 아니라는 걸 알고 있었잖아. 그리고 심지어 그렇게 하지도 않았잖아!"

아빠가 나에게 말했다.

"그 말 아주 훌륭하구나! 엄마 아빠가 그렇게 했으면 좋겠니?"

나는 말했다.

"어쨌든, 그렇게 했다면, 그건 최소한 아빠 엄마가 나에게 조금이라도 애착이 있다는 증거가 되기는 했겠지."

아빠가 나에게 말했다.

"너는 우리의 소중한 딸이고, 너에게 우리 모두 애착을 갖고 있는데 지금 무슨 말을 하는 거니. 네 엄마가 정말이지 많이 불안해하는 바람에 네 엄마를 돌볼 수밖에 없었단다. 네 엄마, 많이 아파했고, 상태가 아주 좋지 않았단다. 나를 믿어 주렴."

아빠의 이 말, 이 말이 나를 미치게 만들었다. 엄마를 먼저 염려해야 했다니! 내가 포럼 레알에서 펑크족들에게 강간당하고 있었을 가능성도 있었는데, 아빠는 엄마를 먼저 진정시켜야만 했다는 것이다. 나는 이게 너무 부당하다고 생각했고, 그래서 아빠에게 이렇게 대꾸했다.

"만약 돌아오지 않았다면, 응? 내가 만약 돌아오지 않았더라면, 아빠는 어떻게 했을 건데? 그래도 계속 엄마를 돌보고 있었을 거야? 내가 진짜로 멀리 떠났다고 해도?"

아빠는 나를 물끄러미 쳐다보더니, 나에게 이렇게 말했다.

"내 사랑스런 딸 스티브야. 넌 왜 그토록 엄마를 싫어하니?"

뭐라고 대답할지 몰라 나는 울기 시작했다. 아빠는 나를 안아 주셨고 이번에는 아빠가 정말로 원해서 나를 안은 것처럼 전혀 어색하지 않았다. 아빠에게 안기어 우니까 기분이 좀 좋아졌다. 아빠는 내 머리와 머리카락을 쓰다듬어 주셨고, 내가 소중한 딸이라고 말해 주었으며, 나는 점점 더 기분이 좋아졌는데, 이 말은 내가 점점 더 울기 시작했다는 것이며, 그렇지만 크게 소리 내어 울거나, 때때로 내가 그렇게 했듯, 요란스레 우는 것이 아니라, 내 자신을 덜어내기 위해 조용히 울었다. 그러고 나면 연달아 재채기를 했을 때처럼 기분 좋아지는 걸 느끼게 되며, 마음을 깨끗하게 해 준다. 이런 상태로 오래 있었고, 그러고 나서 나는 내 자리에 다시 앉았다. 아빠는 나에게 말했다.

"어쨌든 아빠의 질문에는 대답하지는 않았구나, 스테프."

나는 아빠에게 말했다.

"아빠, 왜 엄마 아빠는 저녁 시간에 나와 함께 있는 법이 없어? 그리고 왜 둘이서도 함께 있는 법이 없어?"

아빠는 내게 말했다.

"질문을 한 사람은 네가 아니라 나 아니었니?"

나는 아빠에게 말했다.

"나는 왜 아빠에게 물어보면 안 되는 건지 그것도 이해가 안 가. 엄마 아빠 두 사람은 매일 밤 밖에서 도대체 뭐해? 그것도 따로따로."

이런 내 질문에 아빠는 전혀 만족스럽지 않다는 표정을 지어 보였다. 아빠는 말했다.

"스테프, 네 질문에 내가 대답해야 할 의무는 없는 것 같은데? 그렇지 않니?"

나도 이렇게 말했다.

"그렇다면 내게도 아빠의 질문에 대답할 의무 따윈 없어."

아빠가 나에게 말했다.

"빰 한 대 맞을래?"

나는 아빠에게 말했다.

"한번 해 봐. 난 이미 익숙하니까."

그러자 아빠는 나에게 이렇게 말했다.

"스테프, 네게 말하는 사람은 바로 네 아빠 아니니. 좀더 부드럽게. 응?"

이 말 한마디로 아빠는 나에게 한 방 먹였다. 왜냐하면 내가 그간 관찰한 바에 따르면, 이렇게 대화가 달아올랐을 때는 서로 간에 신랄한 말을 주고받으면서 그 누구도 해결할 마음이 없게 되는 편이 차라리 낫기 때문이다. 내 친구들과는 자주 이렇게 되곤 하는데, 각자 자기 입장을 고수하면서 다음 날까지 말을 걸지 않고, 또 이런 과정에서 그 누구도 누가 그른지 옳았는지 인정하려 하지 않는다. 이 경우, 모든 사람이 승리자이며, 그건 모든 사람이 동시에 패배자가 된다는 걸 뜻한다. 하지만 아빠는 이 말 한 마디로 나에게 한 방 먹였는데, 왜냐하면 아빠가 매우 친절하고 아주 부드러운 목소리로 말하면서, 심지어 대화의 주제 자체도 완전히 바꾸어 버렸기 때문이다. 아빠는 나에게 말했다.

"모자가 없으니 예쁜 머리 모양이 잘 드러나는구나. 넌 네 자신이 이렇게 예쁘다는 걸 알고 있니. 요즘 머리 기르고 있는 중이니?"

어쩌면 나를 즐겁게 하기 위해 건성으로 꺼낸 말이었겠지만, 그 말이 나를 즐겁게 하지 않았다고는 하지 않겠는데, 그 이유는 우리 집에서 그 누구도 내가 귀엽다든지, 옷을 참 잘 입었다든지 따위를 말한 적이 없으며, 그 누구도 나에게 예쁘다고 말한 적도 없었기 때문이다. 하지만 그럼에도 불구하고 나는 아빠가 좀 과장하고 있다고 생각했다. 나는 아빠에게 말했다.

"아빠, 과장하지 마."

아빠는 나에게 말했다.

"왜?"

나는 아빠에게 말했다.

"아빠는 계속해서 대화의 주제를 딴 곳으로 돌리려고 하잖아. 나에게 진지하게 말하고 싶다고 한 건 바로 아빠였어."

아빠는 나에게 말했다.

“그래, 네 말이 맞다. 네가 아는지 모르겠지만, 음, 네 엄마하고 나하고 요즘 어려운 시기를 보내고 있는 중이란다.”

나는 아빠가 더 많은 말을 하려다가 똑같은 곳으로 되돌아올 수밖에 없었거나, 그게 아니면 더 말하길 원하지 않는다고 생각했다. 그런데 내가 왜 생각해 보지도 않고 아빠에게 이렇게 말했는지 잘 모르겠다.

“아빠, 이혼하지 않는다고 제발 나에게 맹세해 줘.”

아빠는 화들짝 놀란 표정을 지으셨다. 그리고 목소리를 낮추더니, 마치 누군가 우리를 엿보고 있다는 듯 주위를 한 번 둘러보았다. 아빠가 나에게 말했다.

“왜 그런 말을 하니? 왜 그런 말을 해? 누가 너한테 무슨 말 했어?”

나는 아빠에게 말했다.

“맹세해 줘.”

아빠는 나에게 말했다.

“스테파니, 터무니없는 얘기야. 너 지금 무슨 생각하는 거니?”

아빠는 미안해하는 표정을 짓고 있었고, 나는 심지어 아빠의 눈에 약간 눈물이 고여 있다고까지 생각했다.

나는 아빠에게 말했다.

“그렇다면 왜 맹세하지 않는데?”

아빠는 나에게 말했다.

"그렇게 해서 네가 기쁜 마음이 든다면, 너에게 맹세할게."

어쩌면 내가 안도의 표정을 지었을 게 분명했지만, 그러나 아빠는 계속해서 이렇게 말했다.

"어쨌든, 그건 언젠가 일어날지도 모르는 하나의 가설, 아직 잘은 모르겠지만, 네 엄마하고 나 사이가 아주 어렵게 되어 서로 따로 살게 될지도 모른다는 하나의 가설일 수는 있어. 내 말은 이혼한다는 게 아니라, 단지 따로따로 산다는 거야. 너도 하나보다는 집을 두 개 갖는 게 더 좋다고 생각하지 않니?"

나는 아빠에게 말했다.

"제발 그렇게 말하지 마, 아빠. 아빠의 말이 내 마음을 아프게 한단 말이야."

실제로 아빠의 말 때문에 나는 배가 아파오기 시작했다. 더구나 이 통증은 내가 초콜릿을 바른 코르니숑을 너무 많이 먹었을 때 느꼈던 아픔도 아니었고, 아직 시작하지는 않았지만, 내가 생리를 한다고 가정했을 때 갖게 될 거라고 생각해 보았던 통증과도 사뭇 달랐다. 아빠의 말은 이것과는 다른 방식으로 나를 몹시 아프게 했다. 바로 이때 가펑클이 도착했는데, 가펑클은 내 방 히터 위에서 충분히 잠을 잔 것 같았고, 이내 내 무릎에 올라앉았다. 나는 가펑클을 쓰다듬었다. 아빠는 내가 고양이를 쓰다듬는 모습을 물끄러미 바라보았고, 다시 말을 이어 가기 시작했지만, 이번에는 정상적인 목소리였다.

"어쨌든 그게 중요한 문제는 아니다. 하지만."

그렇게 말하다가 말을 멈추었다. 나는 내가 다음과 같은 말이라도 해야 되는지 말아야 되는지 잘 알 수 없었다.

"'하지만'이 뜻하는 게 뭐야?"

나는 망설였다. 나는 정말로 죽을 정도로 녹초가 되어 있었다. 아빠와 나눈 대화는 나를 완전히 가루가 될 지경까지 몰아넣었다. 이윽고 실내화를 질질 끄는 엄마의 발소리가 들려왔고, 엄마는 잠에서 깨어나서 지금까지, 다시 말해서, 약 오 분 동안 팔백열두 개비의 담배를 모조리 피워 댄 사람처럼 마른기침을 해 댔으며, 그러자 아빠는 당황한 표정을 짓더니 자리에서 일어나서, 엄마가 들을 수 있게 나에게 큰 소리로 이렇게 말했다.

"앞으로 다시는 그러지 말아라. 이게 바로 할 말이었다."

이렇게 말하고는 엄마가 구역질 나는 잠옷 차림을 하고 이곳으로 다가온 바로 그 순간에 아빠는 정확히 자리에서 일어나 부엌으로 향했다. 나는 엄마의 기침소리와 불평을 들어줄 힘이 없었다. 그래서 내 방으로 돌아갔는데, 어쨌든 엄마가 주말에 이렇게 일어나면 늘 기분이 나쁜 상태였으므로, 적어도 네 번째 커피 잔을 모두 비울 때까지 족히 한 시간가량은 혼자 놔두는 것이 신상에 이롭다. 엄마는 커다란 사발에다가 커피를 마신다. 진짜 커피가 아니라 오히려 검은 수프를 마신다고 해야 할 만하다.

뒤쫓아 온 가펑클과 함께 내 방으로 돌아왔을 때, 나는 아빠와 나누었던 대화를 곰곰이 되짚어 보았다. 보다 생생하게 기억하기 위해서 이렇게 재빨리 노트에다 아빠와의 대화를 기록한 것인데, 왜냐하면 분명 아빠가 중요한 사실을 나에게 말했다는 생각이 들었기 때문이며, 그러나 그럼에도 불구하고 그것이 정확히 무엇인지 나는 잘 모르겠다. 저녁이 되어 다음 날 월요일 아침 학교에 가져갈 책가방을 꾸리기 전에 나는 아빠가 나에게 거짓말을 했으며, 이혼할 마음을 품고 있고, 또 나를 엄마와 단둘이 살게 내팽개칠 것이라고 생각했다. 나는 이것이 바로 아빠가 나에게 하려고 했던 말이며, 그런데 아빠는 나에게 맹세까지 해 가면서 거짓말을 했고, 하지만 이건 뭐 그다지 새로운 사실도 아니며, 부모님들은 절대로 진실을 말하는 법이 없다고 생각했다. 맹세할 때조차 그들은 자신이 한 서약을 진지하게 여기는 법이 없다. 우리는 부모를 결코 신뢰할 수 없다. 게다가 그들은 자신들이 진지하다는 사실을 우리에게 믿게 하려고 일부러 눈을 치켜뜨고 당신을 똑바로 주시하지만, 이런 수작은 나에게는 통하지 않는다. 부모들이 당신을 지나치게 똑바로 주시할 때는 평소보다 더 심한 거짓말을 하고 있는 중인 것이다.

나는 잠을 거의 자지 못했고, 계속해서 구덩이에 빠지는 꿈을 꾸었다.

14

다음 날 아침 나는 다시 농장으로 돌아갔다. 농장에서 나는 부모님들이 늘상 반복하는 것과 똑같이 반복해야만 했다. 그들은 사무실로 일하러 가며, 우리는 학교에 간다. 부모님들은 당신에게 이렇게 말할 것이다.

"아휴! 피곤해 죽겠네. 사무실 일이 얼마나 많은지."

나였다면 그들에게 이렇게 말할 것이다.

"아휴! 피곤해 죽겠네. 연달아 여덟 시간이나 수업이 있었네."

그러면 어른들은—특히 엄마는—마치 내가 저질스런 말이라도 내뱉은 것처럼 쳐다볼 것이다. 어른들은 선생님들이 우리에게 내 주는 숙제, 수업, 배워야 하는 모든 것들, 받아 적고 정리해야만 하는 모든 것들, 친구들과의 뒤죽박죽 실랑이, 쉬는 시간이나 귀갓길에 벌어지는 자질구레한 사건들 등등, 우리를 몹시 피곤하게 만들고 신경질 나게 하지만 우리가 고스란히 감당하면서 보내야 하는 이 모든 시간을 이해하지 못하며, 그렇기 때문에 학교, 아니 농장에서 돌아왔을 때 정말로 우리가 죽을 수도 있다는 사실을 좀처럼 이해하지 못한다. 왜냐하면 어른들은 거기서 우리가 동물처럼 취급받는다는 생각을 절대 하는 법이 없기 때문이다. 우리는 내가 다루는 동물, 예를 들어 내 고양이처럼 취급받는 것이 아니라, 바로 가축—그렇다 바로 이 단어가 정확하다—처럼 취급받는다. 우리는 각자의 방이나 침대에서 보내는 시간보다 더 많은 시간을 이 빌어먹을 놈의 학교 교실에서 보낸다. 나는 내 고양이나 내가 좋아하는 사람들—좋아하는 사람들이 있다고 전제할 때—과 보내는 시간보다 훨씬 더 많은 시간을 이곳에서 보내며, 학교는 내 정신을 빼앗고, 내 손길을 바쁘게 만들며, 내 몸 전체를 완전히 점령한다. 나는 학교에서 벗어나고 싶으며, 때문에 나는 자주 양호실을 들락거리거나 배가 아프다고 말해서 학교에서 내보내 달라고 선생님에게 요청하기도 한다. 우리는 아프다는 계획, 오줌 마렵다는 계획, "지난 시간 수업받은 교실에 가방을 놓고 왔어요" 계획, "선생님, 저 몸이 좋지 않아요" 계획 등, 모든 계획을 짤 수 있으며, 그럼에도 불구하고 우리들 모두는 학교의 완벽한 포로일 뿐이다. 학교에서 놀라운 일이란 아무것도 없으며, 놀라운 일이 없는 인생, 그것은 인생이 아니다.

다행히도 학교에는 음악 선생님이 있다. 음악 선생님은 훌륭한 여성이며, 게다가 모두들 선생님이 훌륭한 사람이라고 생각한다. 그녀는 다른 선생님들처럼 늙지 않았고, 정말로 아름다우며, 어깨 위로 길게 늘어뜨린 검은 머리를 하고 있으며, 늙은 여선생들처럼 옷을 입는 것도 아니고 그렇다고 해서 천박하게 유행을 따르거나 보다 어리게 보이는 옷을 입으려고 하지도 않으신다. 이 선생님의 이름은 니콜이고, 물론 이 이름이 나에게 신선한 충격을 주었다고는 말할 수는 뭐 없겠지만, 선생님의 경우 이름 따위는 전혀 중요하지 않다. 선생님은 레위니옹 섬에서 삼 년간 학생들을 가르치시다가 지금은 파리로 다시 돌아오셨다고 한다. 하지만 선생님은 레위니옹 섬이나 비슷한 다른 곳으로 다시 떠나고 싶어하시며, 파리의 삶은 자신의 관심을 사로잡지 못한다고 가끔씩 우리에게 말해 왔다. 그녀는 이런 이야기를 솔페주를 두 번 연습할 때와 플루트를 배울 때 수업 도중에 우리들에게 말했다. 가끔씩 선생님은 하시던 수업을 멈추고 우리에게 말을 걸거나 우리의 말을 경청하시며, 이 경우 정말이지 분위기가 좋은데, 나는 우리에게 이런 시간을 주시는 선생님을 자주 보지 못했다. 나는 우리가 생각하는 것을 니콜 선생님이 정말로 알고자 한다는 인상을 받았다. 선생님은 우리들의 말에 귀를 기울이시며 우리에게 무언가를 가르치려고만 들지 않는다. 우리에게 이렇게 말하기도 한다.

"너희들 마음에 드니? 대도시에서의 삶 말이야."

아이들 모두 아니라고 대답했으므로, 우리 모두가 다른 곳에서 살고 싶어 한다는 사실이 증명된 셈이다. 시골이나 외국, 혹은 니콜 선생님과 함께 섬으로 떠나기를 원한다. 아메리카 대륙의 미국 어느 지방에서 농장 주인이 되고 싶다고 말한 나는 따라서 자연스레 파리에서의 삶을 전혀 좋아하지 않는다고 말하는 이 대다수의 아이들 편에 속하게 되었다. 니콜 선생님은 자주 이렇게 말하곤 한다.

"미치게 만드는 건, 바로 저 회색이야."

이 말, 바로 이 말에 나는 경악했다. 그렇다. 미치게 만드는 건 바로 회색이다. 선생님은 시인이시다. 그녀는 거의 파블로의 동생 다른 애처럼 말한다. 선생님은 자신만의 말이나 문장을 소유하고 있고, 왠지 모르겠지만, 그녀가 하는 모든 말이 내 관심을 사로잡는다. 다른 선생님들 수업시간에 나는 자주 졸곤 한다. 물론 눈을 뜬 채 말이다. 내가 멀쩡할 것이라고 선생님들은 생각할지 몰라도 사실 나는 방금 지나간 새들을 쫓아가는 데 성공하여 새들과 함께 창문 저편의 하늘을 날고 있거나 더러는 실제로 잠을 자기도 한다. 왜냐하면 그들이 쏟아 내는 말이나 문장들이 나를 졸게 만들기 때문이다. 마치 아빠가 지난번 여행에서 돌아오시면서 함께 가져오신 미국산 맥주를 마신 것처럼 나는 온몸이 몹시 늘어지는 느낌을 받으며, 무거운 눈꺼풀을 하게 되고, 팔다리에 온 힘이 다 빠져나간 듯한 느낌을 받은 적이 한두 번이 아니다. 그러나 나는 졸지 않으며, 심지어 선생님들이 하는 말을 내가 정말로 귀 기울여 듣고 있다고 그들이 믿을 정도로 멀쩡한 척한다.

하지만 성적표에는 이런 내 모습이 그대로 드러나 있다. 선생님들은 대개 이렇게 적힌 성적표를 집에 보내왔다. "멍하니 있으며, 집중하지 않음. 수업에 흥미가 없는 듯함. 주위가 매우 산만함." 나는 다른 애들, 즉 나탈리, 소피, 발레리 그리고 줄리의 성적표를 확인해 보았는데, 애들 것에도 대부분 비슷한 소견이 적혀 있었다. 어쩌면 우리 모두는 똑같은 병에 걸렸는지도 모른다. 어쨌든 그렇다고 믿게 만들려고 우리 모두가 애쓰는 것도 바로 이것인데, 지난번에 학생주임 선생님이 우리 다섯 명 전부를 부르더니 우리더러 학교 전체 학급을 통틀어 가장 질이 나쁜 여자아이들이며, 우리 같은 애들은 학교 선생질 삼십 년 만에 처음 본다고 선언했다.

학생주임은 우리를 세워 놓고 이렇게 말씀하셨다.

"너희는 모두 수업시간에 졸거나 몹시 게으르며, 그 무엇에도 흥미를 느끼지 못하는 한심한 애들이다. 너희가 한창 성장기에 있고, 사춘기에다가 청소년기 등등, 힘겨운 나이를 지나오고 있는 중이라고 너희들의 부모님은 나에게 주장하신다. 하지만 우리는 모두 한때 청소년이었고, 그럼에도 우리는 모두 *사려 깊게* 행동했다!"

자기가 한 말에 매우 만족한다는 듯이 학생주임은 다시 한 번 힘주어 말했다.

"그럼에도 우리는 모두 *사려 깊게* 행동했다!"

어른들은 서로가 너무나도 닮았다. 아빠도 마찬가지이고, 엄마는 최악이니 아예 말도 꺼내지 말자. 자기들 마음에 드는 말을 발견하면, 우리가 이 말을 즉시 알아듣지 못하기라도 했다는 듯이 몇 번이고 반복하곤 한다. 나이 든 모든 사람들이 이렇게 한다. 서로가 서로를 멍청하고 덜떨어진 얼간이라고 여기고 있지 않는다면야, 정상적인 사람이라면 단 한

번에 알아들을 수 있는 말을 그들이 서너 번이나 반복할 리가 없다. 나도 이런 말을 많이 듣는데, 그럴 때마다 반복된 횟수를 세어 보곤 하며, 심지어 어떤 때는 미리 알아맞힐 수조차 있으니, 정말 환장할 노릇이다.

예를 들어,

"아, 오늘 점심 정말 잘 먹었네."

그러고 나서는 바로 반복한다.

"점심 정말 잘 먹었네."

엄마 친구들도 모두 다르지 않다.

"얼마나 끔찍했는지 너는 모를 거야. 자리를 뜰 뻔했어."

매번 예측한 대로이다.

"끔찍했는지 잘 모를 거야. 자리를 뜰 뻔했어."

어른들이 우리에게 말을 할 때, 어른들이 자기들끼리 그렇다고 여기고 있는 것보다 우리를 좀더 맛이 간 바보 멍텅구리로 여기는 것이 분명하며, 그렇기 때문에 똑같은 말을 어른들이 서너 번 반복하지 않다는 건 거의 기적에 가깝다.

나는 학생주임을 쳐다보았고, 마음속으로 그녀가 한 번 더 "그럼에도 우리는 모두 *사려 깊게* 행동했다!"를 반복할 것이라고 예상했다. 나는 그녀가 분명히 그렇게 말할 것이라고 생각했지만, 내가 다른 애처럼 고차원적인 힘을 가지고 있는 것은 또 아니어서, 그녀에서 광선을 보내려고 시도해 보았는데 내가 보낸 광선을 그녀는 받아들이지 않았고, 그래서인지

이 문장을 다시 반복하지는 않았다. 그리고 우리는 학생주임실에서 나왔다.(이따금씩 나는 내가 원하고 있는 것을 다른 사람이 직접 행동하거나 말하게 하기 위해서 머릿속으로 그들에게 광선을 보내려고 시도한다. 어떤 때는 그렇게 될 때도 있다. 나는 다른 애처럼 압도적인 우주적 차원의 파워를 갖고 있지 않지만, 머릿속에 광선 한두 개쯤은 간직하고 있다. 물론 이 광선을 너무 자주 사용하면 안 되는데, 그렇게 하면 광선의 효력이 상실되어 결국 평범한 사람이 되고 만다.)

음악 선생님 니콜은 결코 우리에게 자기 말을 반복하는 법이 없다. 선생님은 항상 입술 끝에 놀라움을 머금고 있다. 바로 이 때문에 우리 모두는 선생님을 좋아한다. 선생님은 생생하게 살아 있음에 분명하며, 또 이것은 엄연한 사실이다. 나는 다른 사람들, 예컨대 나머지 선생님들뿐만 아니라 일반적으로 어른들은 모두 죽었으며, 그런 사실조차 그들이 모르고 있다고 생각한다. 나를 무척이나 겁나게 만드는 것 중 하나도 바로 이것이다. 내가 자라서 당당한 여성이 되었을 때, 나도 이들처럼 삶을 잃어버리게 될까? 걸어 다니는 시체가 되는 것은 아닐까?

아니, 우리가 성장하게 되었을 때, 살아 있는 상태를 유지하기 위해서 우리는 무엇을 해야만 할까?

이런 물음들에 대답해 줄 사람을 나는 결코 발견하지 못할 것이다. 심지어 다른 애도 아니다. 이런 물음들이 정말로 나를 괴롭혀서 내가 이런 말을 하는 건 아니다. 나는 줄리처럼 심리 상담사를 만나러 가지는 않을 것이다. 하지만 언젠가 이런 물음들에 대답해 줄 누군가를 만나기를 바란다. 내가 크면, 나는 그 대답을 발견할 것이고, 어쩌면 내가 직업으로 삼게 될 것도 바로 이것일지 모르겠다. 나는 열셋이나 열네 살 먹은, 아이도 아니고 분명 늙은 노인네도 아닌 그런 사람들에게 성실하게 대답해 줄 것이다. 어쩌면 아메리카 대륙 어느 지방의 농장 주인이 되기 이전에 나는 이 일에 종사할지도 모른다. 일 년 동안은 내 나이 또래 여자아이들의 질문에 대답해 줄 것이다. 내가 그 애들에게 이런 서비스를 해 주고 싶은 이유는 아무도 나에게 그렇게 해 주지 않았기 때문이다. 그런 다음, 나는 내 동업자와 함께 젖소를 기를 것이다. 아직 정확한 장소를 선택하지 않았으므로, 펜실베이니아 주나 혹은 알칸사스 어디쯤이 되겠지만, 어찌 되었건 빠른 시일 내에 나를 다시 보게 되는 일은 절대 없을 것이다.

15

음악 선생님 니콜은 우리에게 선물이라도 주시려는 듯 함박웃음으로 우리를 맞이하셨다.

"여러분, 오늘 수업은 없어요. 책가방을 열지 않아도 괜찮아요. 오늘은 오케스트라 연주를 보러 여러분을 안내할 거예요."

우리 모두는 고함을 쳤다.

"와! 우와! 신난다. 우와와와와와와와와!"

그리고 우리는 선생님과 함께 8구에 있는 샹젤리제 극장으로 향했다. 원래는 오래전에 계획에 잡혀 있었던 것이었고, 학교에서 부모님의 허락을 받아 놓은 상태에서 잊어버리고 있었기 때문에 더 이상 아무 일도 없던 거였는데, 아마도 니콜 선생님은 진짜 뛰어난 오케스트라가 파리에 오기를 기다리셨던 게 분명하다. 간단히 말하자면 이번 연주회 관람은 우리가 기대하지 않았던 것이었고, 그래서인지 우리는 모두 좋아서 미칠 지경이었다. 우리는 버스에 올라탔고 연주회장에서 다시 모였는데, 그곳은 비어 있지 않았다. 열을 따라 늘어선 객석에는 사람들이 있었고, 우리는 이 사람들이 자유분방한 옷차림을 하고 있는 것을 보았고, 게다가 연주자들도 마찬가지였으며, 모두가 리허설인 걸 알고 있었지만 그럼에도 매우 진지했다. 나에게는 첫 콘서트 관람이었다.

오케스트라는 무티라는, 아주아주 잘생긴 이탈리아 사람이 지휘했고, 그는 록 가수나 영화배우, 혹은 테니스 선수처럼 유행에 따른 것이 아니라, 연극에서처럼 윤기가 흐르는 머리를 하고 있었고, 그게 다인, 고전적인 스타일의 남자일 거라고 나는 짐작해 보았다. 그는 매우 몸집이 좋았는데, 우리는 대부분의 시간 동안 그의 등밖에 볼 수 없었다. 그는 재킷을 입고 있었고, 지휘를 할 때나 연주자들이나 자신의 노트를 향해 몸을 기울일 때, 우리는 나무꾼이나 이와 비슷한 경우처럼, 진짜 남자들이 가지고 있는 인상적인 등과 어깨 근육을 볼 수 있었다. 나는 니콜 선생님 바로 옆에 앉아 있었고, 줄리는 내 오른쪽에 앉아 있었다. 줄리는 이렇게 떠들어 댔다.

"어쩌면 저렇게 잘생겼지? 너 저 사람처럼 잘생긴 남자 본 적 있어?"

니콜 선생님은 줄리에게 조용히 하라는 사인을 보냈다. 하지만 줄리가 옳았다. 이 남자는 정말이지 잘생겼다. 니콜 선생님은 버스 안에 있을 때와 연주회장으로 들어가기 전에 우리에게 리허설이 어떻게 진행되는지 설명해 주셨었다. 니콜 선생님이 말씀하신 것처럼, 일부분을 연주하며, 그러다 다시 뒷부분으로 돌아가기도 하고, 몇몇 악기들만 연주를 시키기도 하며, 오케스트라가 단숨에 긴 부분을 "실처럼 쭉 뽑고" 나면 적어도 한 차례는 쉰다고 말씀해 주셨다. 선생님은 우리에게 받아 적으라고 하셨고, 그렇기 때문에 나는 이걸 잘 기억하고 있다. 줄리와 내가 리허설이 진행되는 동안 지나치게 수다를 떨었기 때문에 니콜 선생님은 우리 둘을 갈라놓으시면서 나에게 이렇게 말했다.

"스테파니, 나를 실망시키지 마."

나는 이 말에 좀 당황했지만, 어쩌면 이 말이 내 기분을 좋게 해 준 것 같기도 했다. 선생님은 줄리를 다른 줄로 보냈고, 나는 선생님 옆에 그대로 앉아 있었다. 선생님은 내 손을 잡고 오케스트라에 아주 가까이, 그것도 거의 첫 번째 앞줄 근처에 앉게 하시면서 이렇게 말했다.

"지금부터는 음악에 몰두해야 해."

오케스트라의 지휘자는 조용히 하라고 했고, 그래서 나는 이제부터 한 부분을 몽땅 연주할 것이라는 걸 이해했고, 머리를 조금 더 들 수밖에 없었는데 니콜 선생님이 말씀하신 이후, 하늘이나 새들에게 적용해 왔던 것과 똑같은 방식을 음악에도 적용하려 했기 때문에 나에게는 오히려 이 자세가 더 좋았다. 니콜 선생님께서 말씀하신 것처럼 몰두하기 위해서 나는 온 힘을 다해서 집중하였다. 평소에는 개인적인 의지를 제외하고는 그 무엇도 이렇게 하게끔 나를 도와주지 않기 때문에 사물에 몰두하는 일은 사실 어렵다. 다른 곳에 있으려고 하늘 위를 헤쳐 나아가려고 시도할 때, 그렇게 하고자 하는 내 마음을 제외하고는 내가 그렇게 하도록 나를 부추기는 것은 아무것도 없다. 이번에는 정말로 아무런 어려움이 없었는데, 그건 나를 단박에 사로잡은 것도 또 나를 데리러 온 것도 바로 음악이었기 때문이다. 지휘자가 지휘를 시작하자마자, 오케스트라는 연주를 시작했고 나는 바로 이것이라고 느꼈으며, 그러자 음악에 몰입하는 데 아무 문제가 없었으며, 음악은 더구나 환상적이었다.

내 인생에서 이런 일이 일어난 것은 처음이었다. 새와 함께 하늘로 오르는 시간은 너무 짧으므로 나의 아쉽고 짧지만 환상적인 순간들 리스트에 올라 있을 뿐인데, 이에 비해서 오케스트라 연주는 새로운 리스트를 만들어 거기에 기록해야 할 정도였고, 내가 머릿속으로 혼자서 하려고 시도했던 수많은 것들보다 더 길었으며 또 아주 훌륭했다. 연주는 베토벤의 〈전원 교향곡〉의 처음 두 악장이었다.

물론 이후에 나는 카세트테이프를 하나 구입했고, 또 집에서 몇 차례나 시도해 보았다. 그러나 이 테이프는 이상하게도 연주회에서 느꼈던 것과는 아무 상관도 없었다. 사람들은 헤드폰을 당신의 머리에 씌우면서, 하이파이 어쩌구, 정품입네 어쩌구 하면서 음반이나 테이프를 당신에게 팔려고 들 것이다. 하지만 연주회장이 훨씬 더 나은 것 같다. 고로 이런 것은 정말 세계적인 차원의 거짓말인 것이다! 세상의 그 어떤 것도 오케스트라의 지휘자 바로 아랫줄에 앉아 얼굴로 모든 음악을 받아들이고 물속으로 들어가는 것처럼 그 속으로 깊숙이 잠수하는 것과는 절대로 바꿀 수 없다는 사실을 나는 알게 되었다. 만약 우리에게 이런 게 습관이 되어 있다면, 심지어 음반이나 카세트테이프를 구입하는 것을 역겨워하며 거부할 수도 있다. 이렇게 할 수 있는 건 우리가 졸도할 정도로 절대적인 무언가를 깨달았기에 가능한 것이다. 도대체 그 누가 이런 소중한 것을 작게 축소된 기계 장치 안에서 다시 발견하려고 하겠는가?

내가 이 노트를 열고 여기에다가 내 인생에서 일어난 일을 적고 있는 건 내가 앞에서 이미 설명했던 여러 가지 이유 때문이기도 하거니와 또한, 확신하건대, 내 자신 스스로 향상되기 위해서이기도 하다. 나에게 이 단어를 설명해 준 사람은 다른 애다. 나는 스스로 향상되어야만 하는 것이다!

노트를 통해서 나 자신을 다시 돌아보고, 또 잘 되지 않는 것이 있다면 내가 왜 그걸 불편해하는지 이해하게 될 것이며, 어쩌면 이렇게 하면서 나 자신을 변화하는 데까지 이르게 될지도 모른다. 짜증 나는 건 내가 충분한 어휘를 갖고 있지 못해 표현에 있어서 너무 빈약하다는 거다. 나는 형편없으며, 또 무지하고도 무식한 여자애다. 사람들은 나에게 아무것도 가르쳐 주지 않았다. 내 부모님은 이런 걸 위해 아무것도 하지 않았으며, 음악이나 예술 같은 것을 사랑하게 도와주지도 않았다. 나는 이런 것들에 대해 아무것도 아는 게 없다. 그러나 음악에 관해서 나는 정말이지 음악이 나에게 느끼게 해 준 것을 보다 잘 표현할 수 있는 말을 찾아내거나 발명하고 싶다. 아마 그걸 묘사하기 위해서는 상당수의 형용사와 동사 그리고 부사와 이미지들이 필요할 텐데 지금 나에게는 아무것도 없다. 음악을 다시 생각하거나 다시 언급하고 그것을 적고자 할 때 정말이지 나는 두근거리는 가슴 외에는 아무것도 가지고 있지 못하다. 하지만 두근거리는 가슴만으로는 무티의 두 팔이 나와 연주자들 위로 펄럭거릴 때 내 머릿속에서 일어났던 모든 것을 이야기하기에 충분하지 못할 게 분명하다. 몇 차례나 나는 연주자들이 오로지 자기들의 악기(특히 바이올린)로 쫓아가기에 급급한 악보를 공중에다 그려 보이려 사방으로 춤추는 무티의 두 팔과 움직이던 그의 몸만을 바라보았다. 다른 때에는 대부분 눈을 감고 있었다. 참 이상한 감정을 느꼈는데 마치 그가 계속해서 내 머릿속으로 들어와서 나와 함께 박자를 맞추고 지휘를 하는 것만 같았다. 나는 꼭 감고 있는 내 두 눈 바로 곁에서 그의 팔과 지휘봉이 움직이는 것을 느낄 수 있었다.

니콜 선생님은 우리에게 "교향곡"과 "전원"이라는 단어를 설명해 주셨고 베토벤이 작곡한 다른 교향곡에 비해 이게 어떤 의미를 갖고 있는지 들려주셨다. 하지만 선생님은 우리에게 부담을 주지 않으며, 또 우리의 입장에서 생각하는 멋쟁이셨기 때문에 우리에게 이렇게 말하는 걸 잊지 않으셨다.

"그런데 이런 얘기에 너무 신경 쓰지 마세요. 음악을 통해 여러분이 연상할 수 있는 것은 교수나 비평가, 더러 부모님들이 부여하는 의미와는 사실 아무런 관계도 없어요."

니콜 선생님이 무엇을 말씀하시려 했는지 내가 그다지 잘 이해한 것은 아니었지만, 나는 무티가 오케스트라를 지휘했을 때, 특히 짧은 순간 잠시 멈추어 선 직후에(숨을 고를 시간이었다고 짐작해 본다) 제2악장을 연주하기 시작했을 때 어렴풋이 짐작할 수 있었다.

"전원" 하면 대개 우리는 들판과 풀, 그리고 포도밭과 양떼, 강 따위를 떠올릴 것이다. 아메리카 대륙의 어느 지방에서 농장 주인이 되고자 하는 계획에 사로잡혀 있는 나는 특히 그렇다. 하지만 오케스트라의 연주를 들으면서 내가 생각한 "전원"은 이런 게 아니었다. 사실상 나는 음악을 들으면서 그 어떤 동물이나 풍경도, 내가 이미 알고 있으며 세상에 존재하는 것들을 닮은 그 어떤 것도 떠올리지 않았다. 그저 내가 음악과 함께 여행을 떠났다는 어떤 사건이 벌어졌을 뿐이다. 매우 빠른 대목이나 급히 올라갔다 내려오는 구절이 등장하면 그 순간 무티는 배의 닻처럼 움직이는 몸이 되었고, 나 역시 매우 빨라지는 것을 느꼈으며, 덩달아 나도 올라갔다 내려갔다 하기를 반복했다. 음악이 진정되고 속도가 줄어들거나 금관악기, 트럼펫, 오보에(모든 악기의 이름을 우리더러 적으라고 한 것은 니콜 선생님이었다)가 늘어지고 오래 끌 때면 나 역시 천천히 바람이 빠져나가고 있는 고무풍선처럼 휴식을 취하게 되는 것을 느꼈다. 둔탁하게 반복되는 박자와 함께 웅장한 대목에 이르러 매우 빠른 속도로 연주가 다시 시작되면 무티는 무대 전부를 옮기기라도 할 것처럼 모든 것을 자신의 커다란 양팔로 장악하고 있다는 느낌을 주었다. 그러면 나는 원래 내 모습보다 천 배나 키가 커지고, 강해지고, 힘이 세지는 느낌을 받았으며, 한 손의 손가락 하나만으로도 객석의 모든 좌석들을 들어올릴 수 있을 것 같다는 느낌마저 갖게 되었다.

또 다른 순간이 있는데, 흥분되기는 마찬가지였다. 무티는 널찍한 이마에 진짜 아름다운 검은 머리칼을 하고 있었고, 더럽거나 길지 않아서 캡 로맨틱한 머리 스타일을 선보이고 있었다. 그의 몸짓이 커지면, 그의 머리칼은 머리나 팔과 함께 사방으로 출렁거렸고, 나는 오로지 그의 머리칼만을 주시하였는데, 그의 머리 타래 안에 베토벤이 적어 놓은 모든 음악이 들어 있었기 때문에, 그것을 지켜보는 것은 정말이지 환상적이었다. 베토벤이 여기에 온 것이다.

무티는 나를 미치게 만들었다.

물론 내가 그렇게 생각한 것은 연주를 들을 당시는 아니었으며, 지금 그걸 적고 있는 것뿐이다. 나를 정말로 미치게 만들었다는 사실을 깨달았는데, 적어도 서른은 되었음이 분명한 이 남자가 바로 그 당사자였고, 얼굴을 유심히 들여다보지는 않았지만 다른 모든 연주자들도 모두 남자 어른들과 여자 어른들이었고, 분명 나처럼 젊지는 않았다. 그들은 정말이지 모두 살아 있었다! 그들은 정말로 살아 있었고, 자신들이 하는 일을 정말로 사랑하는 듯한 표정을 짓고 있었는데, 특히 무티, 이 남자는 그런 상태에 이르렀다. 그는 위대한 사람이다. 나는 모든 것이 정상적으로 괜찮을 때, 그리고 정말로 끔찍할 정도로 집중할 때만 가끔 몇 초 동안 그렇게 되는데, 이 남자는 멈추지 않고 계속해서 그렇게 되었던 것이다. 나는 지휘를 할 때마다 그가 이런 상태가 된다고 생각하였다. 예컨대, 그가 원하는 매 순간을 말이다. 이 남자가 갖고 있는 행운을 무엇에 비교할 수 있을까! 그러자 나는 그가 몹시 흥분했던 순간을 다시 떠올려 보았고, 또 무티는 분명 엄청나게 행복한 사람일 거라고 생각하였다. 연주자들이 무티보다 덜 행복할 이유도 없었는데, 만약 그랬더라면 그들은 두 팔과 머리카락으로 무티가 그들에게 하는 지시를 따르지 않았을 것이다. 나는 내 몸 안에 환상적인 행복을 품게 되었다. 그들과 똑같은 행복 속으로 몰입하고 그것을 품는다는 것만으로도 내 다리와 배, 내 가슴과 심장이 뜨거워지는 것을 느꼈다. 이런 행복감 때문에 나는 울고 싶은 기분이 들었고, 내가 생각하기에도 나는 실제로 울었으며, 이번에는 무언가 목에 걸린 것같이 가슴이 답답해지곤 하던 평소에 우는 것과는 사뭇 달랐다. 그것은 완전히 다른 것이었으며, 나는 내 두 눈에 눈물이 차오르는 것을 느꼈고, 이런 경험은 나를 완전히 감동으로 몰아넣었으며, 나는 이전에는 이런 것이 있었는지조차 알지 못했다. 나는 기분이 매우 좋아졌고, 〈전원교향곡〉이 멈추지 않고 내 인생 내내 지속되었으면 하고 바랄 지경에 이르게 되었다.

무티나 베토벤 그리고 니콜 선생님 같은 어른들, 그들은 결코 잊지 못할 무언가를 내게 알려준다. 이런 사람들은 천

재이다. 이 사람들은 행복이란 실제로 존재한다고 나를 납득시켜 준다. 이런 내 생각을 친구들에게 자세히 이야기하고 싶지 않은데, 왜냐하면 만약 내가 생각하고 있는 다른 차원에 대해서 그 애들에게 자세히 말한다면, 걔들은 나를 하느님이나 믿는 허황되고 정신 나간 애로 여길 것이고, 그러면서 나에게 더 이상 말을 붙여 오지 않을 것이기 때문이다. 어쨌든, 연주가 끝나고 홀에서 우리 모두 다시 모이게 되었을 때, 줄리가 나에게 이렇게 말했다.

"무슨 일이라도 있었어?"

나는 줄리가 이렇게 물어보자 이렇게 말하는 나 자신을 막을 수 없었다.

"정말 좋았어. 정말 소중해서 눈물이 나올 지경이었어."

줄리는 나에게 약간 놀란 듯한 표정을 지어 보이면서 말했다.

"그래, 괜찮았지. 그런데, 어이 친구, 그런 상태로 계속 있지는 말라구."

니콜 선생님은 버스에서 나에게 말을 걸었고, 나에게 뭔가 중요한 일이 일어났다는 사실을 알아채셨다. 나는 몇 번이나 선생님에게 감사하다고 말했고, 내가 감동받은 것을 달리 그녀에게 전할 수는 없었겠지만, 나는 그녀가 죄다 이해하고 있을 거라고 확신한다.

당신이 받은 무언가에 대해 누군가에게(특히 선생님에

게) 감사하다는 말을 하는 건 자주 일어나는 일이 아니며, 나는 내가 느꼈던 모든 것을 얘기하기 위해 무슨 단어들을 사용해야 좋을지 몰랐다. 내가 원하는 것은 무언가를 표현하기 위해서 내 마음대로 단어들을 사용할 수 있게 되는 것이다. 이런 재능을 가지고 있는 사람들, 내가 생각하기에는 무티나 베토벤 같은 사람들, 그들은 하루 중 아무 때나 그들이 원할 때면 행복해질 수 있으며 다른 사람들에게 행복을 줄 수 있다. 그러니 그들은 특혜를 받은 사람들이다.

16

이와 동시에, 좀 이상한 건 그 누구에게도, 심지어 파블로의 동생에게도 이런 내 감정을 들려주고 싶지 않았다는 것이다. 심지어 니콜 선생님에게도 나는 자세히 설명하려 하지 않았다. 그러니 내 부모님은 아예 말도 꺼내지 말자. 부모님에게 베토벤은 전혀 알아들을 수 없는 중국어와도 같을 테니까. 부모님이 좋아하는 것은 록 음악이며, 때문에 나는 아름다운 음악을 듣게 되어 우리가 몹시 행복해지는 순간을 무엇이라 부르는지 부모님께 물어보지는 않을 것이다.

이 모든 것을 완벽하게 이해할 수 있을 것으로 보이며 또한 실망할 염려 없이 이야기할 수 있는 유일한 존재가 바로 가펑클이다. 비록 무티가 지휘한 샹젤리제 연주회에서 나에게 일어났던 것만큼 훌륭할 거라 생각되지는 않지만 지금처럼 음반이나 카세트테이프를 들려줄 때 가펑클이 어떻게 하는지 보면 잘 알 수 있다. 가펑클은 배 아래에다 제 두 발을 가지런히 모으고 엿보는 자세로 쪼그리고 앉아서 기계를 향해 몸을 돌리고는 지긋이 눈을 감고서 조금도 꿈쩍하지 않는다. 내가 그랬던 것과 마찬가지로 음악은 완전히 이 녀석의 머릿속을 점령하고 있는 것이다. 가펑클은 음악이 모두 끝날 때까지 조금도 움직이지 않으며, 심지어 귀도 쫑긋거리지 않는다. 콧수염 아래로 약간 웃어 보이는 것 말고는 골동품 상점에 진열되어 있는 대형 도자기 같다고 말할 수 있다. 내 고양이는 음악광이다. 가펑클은 정말로 나만의 고양이인데, 왜냐하면 니콜 선생님이 나에게 음악의 소중함을 발견하게 해 주시기 전에 나는 가펑클에게 단 한 번도 클래식 음악을 들려준 적이 없기 때문이다. 따라서 그는 교양을 갖추지 못했었다. 하지만 내가 음악을 좋아하므로 지금은 그도 음악을 좋아한다. 내가 받은 모든 광선을 그도 지금 받고 있는 중이다.

내 고양이, 내 고양이는 정말 소중하다.

17

정말로 소중한 것들 리스트 :

리카르도 무티가 지휘하는 베토벤의 〈전원 교향곡〉, 그것은 소중하다.

코르니숑이 들어 있는 바닐라향 막대 초콜릿, 그것은 소중하다.

뭔가 말한다고 믿을 정도로 가평클이 힘차게 가르릉거리는 것, 그것은 소중하다. 게다가, 내가 생각하기에 이건 분명한 사실이다. 그는 진짜로 내게 말을 한다.

인생과 우주 공간에 관해 파블로와 다른 애와 함께 그들의 집에서 걔네 부모님이 아직 돌아오지 않았을 때 이야기를 나누는 것, 그것은 소중하다.

비가 올 때 도랑을 따라 걷기, 그것은 소중하다. 게리 쿠퍼의 비옷과 로렌스 바칼의 머리핀, 그것은 소중하다.

일반적으로 일흔 살이 넘은 모든 사람들과 열다섯 살이 채 되지 않은 모든 사람들, 그들은 소중하다.

나사렛 예수를 다룬 이탈리아 영화, 그것은 소중하다.

몽소 공원의 회전목마 위에서 아이들이 짓고 있는 표정, 그것은 소중하다. 그것은 정말로 소중하다! 그들이 짓고 있는 표정이란! 이 표정은 매우 단순하다. 그들은 거기에 없고,

그들은 내가 잘 모르는 어딘가에 두 눈을 빼앗기며, 웃지도 않을 정도로 자신들이 타고 있는 회전목마에 집중해 있다:

나는 이런 아이들을 좋아한다. 이런 아이들은 나를 미치게 만들며, 그들의 모습을 보았을 때 나는 여동생이나 남동생을 갖고 싶었고, 그러나 부모님께서 낳아 주지 않을 거라는 사실을 나는 잘 알고 있다. 나는 부모님이 왜 나를 낳았는지 나 자신에게 이미 물어본 적이 있다. 또 나는 목마 위에 있는 어린아이들이 약간은 부럽기조차 한데, 나는 있는 곳에 그대로 머물면서 다른 곳으로 가기 위해 그들이 하는 것처럼 집중하는 데에 점점 더 어려움을 느끼기 때문이다. 이와는 반대로 아이들은 아무런 문제없이 그렇게 할 수 있으며, 보는 것만으로 충분히 그렇게 할 수 있다. 회전목마를 돌리는 것만으로 충분할 정도이다. 그러면 그들은 더 이상 거기에 없게 된다.

스스로 향상되는 것, 그것은 소중하다.

자유, 그것은 소중하다.

인생에는 환상적인 것들, 예컨대 부모들이나 학교, 성장이나 생리를 하지 않는다는 사실 등과 같은 지옥으로부터 벗어나 당신을 잊게 만들어 주는 다른 것들이 많이 있다. 내가 사랑하는 또 다른 것들이 상당히 많지만, 내가 정말로 소중한 것들 리스트를 만든 이유는 이런 제목의 리스트 아래에다가 아무거나 되는대로 적어 놓지 않으려 했기 때문이다. 따라서 내 리스트는 완성되었으며, 이 리스트는 여기서 멈춘다. 나는 이 정도의 리스트면 그렇게 나쁘지 않다고 생각하며, 텔레비전 광고, 부모들, 여자 친구들, 남자애들, 그리고 특히 샹젤리제, 레알, 라데팡스의 사계절 광장에 늘어선 갤러리나 거리에서 선전을 하고 있는 조잡한 장치들을 통해 내가 좋아하게끔 하루 종일 나를 강요하고 있는 온갖 바보 같은 것들에 비추어 볼 때, 정말로 나는 나쁜 취향을 갖고 있지는 않다고 생각한다.

이렇게 내 인생에서 정말로 소중한 것들 리스트는 임시로 마감된다.

18

오늘 오후, 우리는 서로의 집까지 바래다주는 대신 농장 출구의 골목 어귀에 있는 카페를 어슬렁거렸다. 나는 여전히 음악이 가져다준 사건 때문에 흥분하고 있었고, 감동이 내 몸을 채 빠져나가지 않은 상태였다.

나는 카페를 좋아한다고 말할 수는 없으나 밖의 날씨가 좋지 않을 때나 친구들과 함께 콜라나 핫초코를 마시거나, 우리들 주위로 지나가는 사람들을 의식적으로 쳐다보지 않으려 하면서 수다 떠는 것을 싫어하지는 않는다. 우리는 핀볼 게임기가 있는 홀의 반대편 구석에 있는 의자로 향했다.

남자아이들이 끔찍한 소리를 내며 즐기곤 하는 핀볼 게임기가 없는 이쪽에서 우리는 보다 평온하게 이야기를 나눌 수 있다.

카페에서 줄리는 성적 쾌감에 관한 얘기를 끄집어내 말하기 시작했다. 요즘 줄리를 사로잡고 있는 주제가 바로 이것인데, 줄리는 자기 엄마가 집으로 가져온 온갖 잡지들을 읽으며, 잡지에서는 오로지 그것에 관한 이야기만 늘어놓는다고 말했다. 줄리는 예전에 어른들을 위한 잡지들은 가구나 요리, 영화나 정치에 관해서 이야기할 뿐, 성적 쾌감 같은 주제는 자주 등장하지 않았는데 요즘은 오로지 이것만을 이야기할 뿐이며, 엄마가 바로 이런 신문이나 잡지를 위해서 일하는 기자이기 때문에 자신은 그 사실을 잘 알고 있다고 말했다. 얼빠지고 멍청한 가수들이 표지를 장식하고 있는 "젊은이들"을 위한 온갖 종류의 잡지들도 마찬가지로 그것에 대해 떠들고 있기 때문에 나는 그녀의 엄마가 썼다는 잡지를 일부러 읽을 필요는 없다고 줄리에게 말했다. 그러자 줄리는 이렇게 말했다.

"그건 덜 재미있어. 내 말을 믿어 봐. 왜냐하면 그건 양도 적고, 상세한 묘사도 훨씬 덜 나오거든."

줄리가 읽었다는 기사는 우리가 섹스를 하게 된 그 첫 순간이 아니라, 성적 쾌감을 누리게 된 첫 순간에 어떤 일이 일어나느냐는 것에 관련된 내용을 다루고 있었다. 기사에서 줄리가 발견한 것은 여자들은 성적 쾌감을 느끼지 않고서도 아무런 문제없이 섹스를 할 수 있다는 내용이었다. 우리가 섹스를 하는 바로 그 순간 성적 쾌감을 느낄 것이라고 나는 믿고 있었다. 하지만 줄리는 이와는 반대로 대부분의 여성들은 쾌감을 느끼지 못하며 느낀다고 하더라도 매우 드물게 느낀다는 것이다. 줄리는 이런 표현 말고, 색다른 어휘들을 사용했는데, 그건 분명 줄리가 얼마 전에 겨우 이 어휘를 알게 되었기 때문일 것이다. 줄리는 우리들과의 대화를 나누는 내내 이런 어휘를 매번 사용하면서 빼기고 있었다.

줄리가 말했다.

"절대 아니지. 그렇게 해서는 쾌감을 느낄 수 없어. 쾌감을 느끼는 문제는 그렇게 단순하지 않거든."

나탈리가 말했다.

"네가 그렇게 똑똑하다면, 쾌감을 느낄 때 정확히 어떤 일이 벌어지는지 우리에게 한번 설명해 봐."

줄리가 말했다.

"나한테 한 번도 일어난 일이 아닌데, 내가 그걸 어떻게 알겠어?"

내가 말했다.

"그럼 어떤 일이 일어날 거라고 생각하는데? 어쨌든 한번 말해 봐."

줄리가 말했다.

"음 내 생각에 그건 말이지, 아주 뜨거운 물로 목욕할 때와 같을 것으로 보여. 내가 읽은 기사에서 몸이 몹시 뜨거워지고, 머리가 빙빙 돌며 자신이 어디에 있는지 더 이상 모르게 된다고 이야기했거든."

오늘은 평소와는 달리 바보 같아 보이지 않는 나탈리가 말했다.

"칫, 그래 봤자 우리가 알고 있는 것 이상으로 알고 있는 것도 아니잖아. 네가 방금 말한 건 늘상 사람들이 말하는 그런 거랑 비슷하잖아."

나는 그것이 샹젤리제 극장의 공연에서 내 머릿속으로 들어왔던 무티의 음악과도 같을 것이라고 생각했지만, 아무 말도 하지 않았다. 이때 줄리가 말했다.

"그래, 네 말이 맞아. 그게 어떤지 알 수 있는 유일한 방법은 직접 해 보는 거야. 하지만 내가 처음으로 그걸 하게 될 시기는 지금 당장은 아니야."

나탈리와 소피, 그리고 발레리도 이렇게 말했다.

"나도 지금은 아니야."

나는 당연히 거기에 덧붙일 말이 없었다. 애들은 적어도 생리를 시작했으며, 따라서 섹스를 할 수 있고, 어쩌면 성적 쾌감을 알게 될 수도 있을 것이다. 그러나 친구들에 비해 나는 엄청나게 지체되었고, 또 이런 사실이 매번 나를 의기소침하게 만든다고 말할 정도였다. 나는 생물학적 지체아이다.

이게 바로 정확한 현재의 내 상태이다.

이렇게 물어본 애가 누구인지 나는 기억하지 못한다.

"성적 쾌감을 느낄 때, 소리도 지르니? 어떤 책에 실린 기사에서는 소리를 지르고 싶을 정도로 강한 느낌이 들고, 또 실제로도 자주 소리를 지른다고 하던데."

나는 말했다.

"내 부모님은 그러지 않는 게 분명해. 부모님이 소리 지르는 걸 한 번도 들어 보지 못했거든."

친구들은 다 같이 말했다.

"나도 들어 보지 못했어."

나탈리는 그녀의 부모님이 시골에 갈 때마다 매번 섹스를 한다는 걸 알고 있었기 때문에 한밤중에, 적어도 새벽 두 시경쯤 되었을 때, 정말로 무슨 일이 벌어지는지 직접 들어 보려고 부모님이 주무시러 들어간 시골 별장 방의 문 뒤를 지나간 적이 있다고 우리에게 말했다. 하지만 나탈리는 한숨소리와 침대가 내는 잡음 외에는 아무 소리도 듣지 못했으며, 단지 침대가 삐걱거릴 뿐이었다고 말했다.

그러자 나는 우리가 알고 있는 우리들 주변 사람들은 결코 쾌감을 느끼지 못하며, 성적 쾌감이란, 사실 나도 잘은 모르겠지만, 어쨌든 사막의 물처럼 귀한 것이라고 생각하게 되었다. 마치 광선, 음악, 그리고 하늘에서 나를 매혹시키는 모든 것들과 그것이 비슷하다고 생각했기 때문인지 어쩐지, 아무튼 내 개인적으로는 이게 나에게 가장 합당한 결론처럼 보였다. 만약 모든 사람들에게 너무 쉽사리 일어나는 것이라면, 그다지 흥미롭지 않을 것이다. 내 생각에 만약 일 년에 한 번만 쾌감을 느낀다면, 평균으로는 손색이 없어 보인다.

내 친구들은 이어서 누구와 함께 성적 쾌감을 느끼고 싶은지 서로에게 물어보기 시작했다. 배우들, 할리우드 스타나 가수들의 이름이 쉴 새 없이 오고갔고 나는 정말 말 그대로, 엄청 짜증 나기 시작해서 자리에서 일어나 화장실로 갔다. 이 카페의 여자용 화장실은 남자용 화장실 바로 옆에 붙어 있었고, 또 바닥에 타일이 깔린 통로가 하나 있었으며, 남자아이들이 남자용 화장실에서 돌아나올 때 우리는 자연스럽게 서로 마주치게끔 되어 있다. 내가 이 통로를 지날 때, 남자아이라고는 할 수 없는, 아빠나 플레르의 아빠 나이쯤 되어 보이는 아저씨 한 사람이 있었는데 그는 나를 등지고 있다가 내가 여자용 화장실 문을 열고 나오는 소리를 듣고는 몸을 돌리면서 이렇게 말하는 거였다.

"안녕."

그러고는 자신의 거시기를 바지에서 꺼내었다. 그것은 크고도 아주 하얬고, 나는 그것이 끔찍하다고 생각했으며, 가슴이 아파 오는 걸 느꼈다. 그는 그것을 손에 쥐고서 약간 흔들어 보였고, 나는 달음질쳐서 핀볼 게임기가 있는 맞은편 홀의 구석 의자에 앉아 있는 내 친구들에게 돌아오는 일 외에 아무것도 할 수가 없었다. 그 남자는 잠시 후 태연하게 우리들 앞을 지나 찻값을 치르기 위해 계산대로 갔다. 그 남자는 거리낌이 없었다.

나는 내 친구들에게 말했다.

"너희들 저 자식 알아?"

발레리가 말했다.

"응, 한 번 본 적 있어. 저 사람 말레르브 서점에서 일해."

나는 말했다.

"저 구역질 나는 새끼가 자기 거시기를 나에게 꺼내 보였어."

내가 방금 받았던 것과 똑같은 충격을 받지 않았다는 점을 제외하고 발레리, 나탈리, 줄리, 그리고 소피는 모두 나만큼이나 역겨워했다. 아니 솔직해져야만 한다. 남자의 거시기는 사진에서 정말 많이 볼 수 있었기 때문에 사실상 내가 그렇게 충격을 받은 것은 아니다. 프랑스는 정말 거시기의 상설 세계박람회장이다. 부모들이 보는 잡지나 심지어 텔레비전과 영화에서 우리는 매번 그것을 보지만, 사진으로 볼 때와 현실에서 그것을 마주하는 것은 어쨌든 같지는 않다. 실제 삶에서 그것을 보면, 내 생각에 그것은 보다 추해 보인다. 심지어 우스꽝스럽기조차 한데, 내가 말하려는 건, '슬프게' 우스꽝스럽다는 것이다. 우리 모두는 그가 무얼 하고 있는지 보기 위해 몸을 돌렸다. 그는 마치 아무 일도 없었던 것처럼 '다음에 또 보자'라고 지껄이면서 자기 잔을 비우는 것이었다. 나는 구역질 난다기보다는 오히려 화가 치밀었고, 그건 내 친구들도 마찬가지였다.

나탈리가 말했다.

"저런 놈들은 정말 구역질이 나. 이모네 엘리베이터에서 나도 똑같은 일을 당한 적이 있어. 창문이 달린 엘리베이터였고, 내가 지하철에서 빠져나온 후 계속해서 뒤를 쫓아온 괴상한 자식이 하나 있었어. 아주 오래전, 아마 여섯 달 전쯤이었는데, 이모네 자러 가는 중이었어. 건물로 들어가려고 내가 뛰니까 그 자식도 덩달아 달리기 시작했어. 나는 엘리베이터를 잡아 타 바로 그 자식 코앞에서 문을 닫는 데 성공했어. 그러자 그 자식이 계단을 오르며 다시 뛰기 시작하는 거야. 나는 그 자식이 뛰는 소리를 들었고, 낡은 엘리베이터여서 그 자식은 내가 탄 엘리베이터보다 빨리 위로 올라갈 수 있었어. 내가 삼 층을 지나는 순간 이미 거기에 도착해서는 엘리베이터 창 앞에 서서 아주 빨갛고 발딱 선 거시기를 나에게 내보이고는 아주 만족스런 표정을 짓는 거야. 그런 후 그 자식은 다시 내려갔고, 나는 구 층 이모네에 도착했어. 이모는 몹시 창백한 내 모습을 보시더니 나에게 무슨 일이 있었는지 물어보셨고, 이모네 현관에서 먹은 걸 다 토해 낼 정도로 나는 완전히 엉망진창이었어."

이어서 발레리가 이야기했다.

"나도 작년에 지하철 빌리에 역에 있는 공중전화 부스에서 그런 일을 겪은 적이 있었어. 전화가 고장이 나서 카페나 광장에 있는 공중전화 부스에 가야만 했고, 또 나는 며칠간 몹시 아팠기 때문에 밀린 숙제를 해치우려 확인해 볼 겸 친구에게 전화를 하려던 참이었어. 너희들이 모르는 앤데, 올해부터 걘 여기에 없어. 지금 기숙사학교에 있거든. 걔가 전화로 불러 주는 숙제를 받아 적고 있는데, 내 등 뒤에서 '톡 톡 톡 톡 톡' 하면서 누군가 공중전화 부스 문을 두드리는 소리가 들려오는 거지 뭐야. 그때가 하필이면 카페와 광장의 전화기 둘 다 사용하는 사람이 있어서 내가 지하철역으로 갔을 때였어. 나는 전화하려는 사람인 줄 알았고, 또 그 소리가 내 신경을 거슬리기도 해서 몸을 돌렸는데, 젠장할! 외투를 입은 자식이었는데, 공중전화 부스 유리문에 '톡 톡 톡 톡' 소리를 낸 것은 바로 그 자식의 거시기였어. 뒤로 물러나더니 그 자식이 글쎄 공중전화 부스 유리문으로 거시기에서 액체를 쏟아내곤 급하게 내빼는 거야. 정말이지 끔찍했어."

소피에게는 이 같은 일이 한 번도 일어나지 않았지만, 줄리 또한 이와 비슷한 종류의 일을 겪었다고 했다. 줄리의 경우는 여전히 남동생과 함께 놀던 아주 오래전, 그러니까 줄리 역시 모래 언덕을 만들 정도로 아주 어렸을 때 몽소 공원에서 봉변을 당했다고 했다. 아주 오래전인데도 줄리가 그 일을 진짜 생생히 기억하고 있는 걸 보니 그 일은 줄리의 뇌리 깊숙이 새겨진 것 같았다. 한 남자가 줄리에게 다가오더니 보여 줄 것이 있다고 말했다. 줄리에게 왕사탕을 보여 주려 한다고 했고, 그 남자가 말했던 왕사탕은 하루 종일 물고 있어도 될 정도로 잘 녹지 않고 맛있는 걸로 유명한 것이었다. 그는 줄리를 수풀 구석으로 유인하더니 '내 왕사탕 아름답지 않니?' 하면서 거시기를 드러내었다고 한다. 줄리는 엄마에게 이 사실을 알리러 황급히 뛰어갔고, 엄마와 그곳에 다시 왔을 때 그 자식은 이미 토낀 후였다고 했다.

나는 세어 보았다. 그 이유는 리스트를 작성하는 것처럼 나의 버릇이기 때문이기도 했고, 라디오에서 말하는 대차대조표 같은 걸 작성하는 걸 내가 좋아하기 때문이기도 했다. 우선 이런 이야기들의 전형적인 특징을 열거해 보면, 남자이며 늘 혼자이고—그들을 다시 보게 되는 법은 결코 없다—이런 짓거리를 신속히 해 버리지 계속해서 질질 끄는 건 아니기 때문에 그들의 관심사가 오로지 거시기를 드러내고 재빨리 사라지는 데 있는 것 같다는 인상을 준다. 또 그들은 항상 황당한 얼굴을 하고 있으며, 그럼에도 우리는 그 얼굴을 잘 기억하지 못하는데, 그건 그들의 얼굴이 누굴 닮았는지 우리가 쳐다볼 시간이 없기 때문에 당연하다고 하겠다. 또 그들은 대체로 말이 없거나, 있어도 아주 조금, 즉 몇 마디만 뱉을 뿐이다. 어쨌든 그들은 음산하며, 또 우리가 그들에 대해 기억하고 있는 것은 그들이 황당한 얼굴을 하고 있으며, 항시 추위를 타는 사람들처럼 옷을 입고 있다는 것이다. 내가 아는 다섯 명의 여자아이들 중에 이런 일을 겪은 아이들이 결국 넷이나 되는 셈이다. 따라서 여덟 살과 열네 살 사이의 모든 프랑스 여자아이들에게 실제로 이런 일이 일어난다는 것을 의미한다.

그리고, 마지막으로 한 가지 더. 이런 자식들에 맞서 우리가 할 수 있는 거라고는 아무것도 없다는 것이다. 누굴 닮았는지 말할 수조차 없고, 또 정말로 창피하기 때문에 경찰서에 고발하러 가지도 않으며, 부모님께 이런 일을 이야기하면, 부모님은 히스테리 증상을 보이거나—내 엄마가 주로 보이곤 하는 그런 종류의 히스테리—학교에 와서 난리를 치기가 일쑤이며, 그러면 우리는 여자애들, 아니 특히 남자애들 앞에서 조롱거리가 되고 만다. 또 사람들이 그 일에 관해 부모님께 언급하면 부모님 자신이 곤란해지기 때문에 결국 부모님이 하는 일이라곤 아무 일도 일어나지 않은 척하는 것뿐이다.

따라서 역겨운 일일 뿐만 아니라, 우리는 모욕감도 느끼며, 결과적으로 우리는 무기력해지고 만다. 내 친구들과 나는 이런 일에 정말 넌더리를 냈으며, 이런 자식들 중 누구든 어디 사는지 알게 되면 토벌대를 조직하기로 결정했다. 완벽한 토벌대! 우리는 모두 의자에 빙 둘러앉아 복수할 계획을 세우기 시작했다. 나탈리가 먼저 말했다.

"서점엘 가서 모든 걸 엉망으로 만들어 버리는 거야. 그 자식이 항의하면서 경찰을 부르면 그 때 경찰에게 그 녀석이 네게 화장실에서 했던 일을 말해 버리는 거야."

가장 좋은 생각을 떠올린 건 소피였다.

"서점엘 가서 마분지 같은 거 자르는 데 사용하거나 바느질 상자에 끼워 파는 커다란 가위를 사러 왔다고 말하는 거야. 가위를 구입한 후, '네 거시기를 잘라 버리겠다'고 큰 소리로 떠들어 대면서 그 자식을 괴롭히는 거야. 그 자식을 서점 구석에 몰아넣은 다음 네게 사과하라고 하고, 그렇게 하지 않으면 단번에 그 자식의 거시기를 아예 잘라 버리자!"

발레리는 서점이 문을 닫는 시간에 거기에 있다가 그 자식이 서점에서 나오기를 기다린 다음, 그 자식의 집까지 뒤쫓아가서, 편지함에다가 똥을 싼다든지 혹은 이 건물에 위험한 성도착증 환자가 살고 있다고 이웃 모두에게 알리고, 만약에 운이 좋아 우연히 그 자식이 결혼이라도 했다면, 그 자식의 마누라에게 이 모든 걸 이야기해서 정말로 그 자식을 우스꽝스런 꼴로 만들어 버리는 게 훨씬 더 나을 거라고 말했다.

이윽고 줄리가 말했다.

"너희들이 지금 말한 게 실현되기는 어려울 거야. 비록 우리가 다섯 명이라고 해도 우리들만 따로 갈 수는 없어. 어쩌면 그 자식이 힘이 셀 수도 있고, 또 우리를 때릴 수도 있잖아. 남자애들하고 함께 가야 해."

이 대목에서 우리 모두는 일시에 소리를 질렀다.

"안 돼! 걔네들한테 스테파니에게 일어난 일을 이야기하면 우리를 우습게 여길 게 뻔해. 걔네들에게 부탁할 순 없어. 그래, 그런다 치자! 근데 남자애들 중에서 누구에게 말하지? 우리는 걔들이 필요 없어. 걔들은 모두 겁쟁이들이야. 안 돼, 안 돼, 안 돼!"

어쩌면 우리는 우리가 신뢰하고 있는 유일한 남자아이에게 부탁할 수도 있었을 것이다. 그 애는 바로 파블로였다. 하지만 파블로는 위협적이지 않을 만큼 정말로 작고 또 왜소했다.

마침내 우리는 아무 말도 하지 않게 되었다. 커다란 가위를 들고 서점 전체를 누비며 그 자식을 괴롭힌다는 생각—제일 좋은 생각이었다—에 우리는 족히 십오 분가량을 떠들어 대고 실컷 웃었지만, 실천하려 꿈꾸면서 그것을 이야기한다는 것과 삶에서 실제로 벌어지는 일 사이에는 커다란 차이가 있게 마련이므로 우리는 콜라나 오랑지나를 홀짝거리며 카페에 계속 머물렀을 뿐 실상 그 어떤 행동도 할 수가 없었다. 우리가 여전히 어린애들일 뿐이라는 사실을 확인하게 되는 것도 바로 이런 순간이다. 우리에겐 구체적인 방법과 수단이 없는 것이다. 우리는 승리할 수 없다. 어렸을 때 내가 읽은 동화책에서처럼 어른들, 그들은 거인이고 우리 모두는 난쟁이인 것이다.

어쨌든 그 자식은 무엇보다도 나에게 동정을 자아냈다. 내가 좀더 자라고, 또 내가 여성이 되어 그 자식을 다시 만나게 되더라도, 나는 그를 아프게 하지는 않을 것이다. 그에게 따귀를 갈기지 않을 것이며, 아무 짓도 하지 않을 것이다. 나는 그를 불쌍하게 여길 것이라고 생각한다. 어쨌든 나는 그러길 바라는데, 그것은 동정이 복수보다 더 낫기 때문이며, 그것이 속을 덜 쓰리게 할 것이기 때문이다.

19

오늘 아침 잠자리에서 일어나서 나는 내 지체된 여성성이 얼마나 진척되었는지 확인하러 갔지만 아무것도 발견하지 못했다.

어쩌면 나는 결코 여성이 되지 않을지도 모른다. 아니 살아 있는 동안 어린아이의 상태로 머물러 있을지도 모른다. 다리 사이에 털이 조금 나 있고 가슴이 조금 솟아 있는 어린아이도 어쨌든 어린아이이다.

짜증 나는 건 내가 정말로 더 이상 어린아이가 아니라는데 있다. 만약 내가 진짜로 어린아이였다면, 나는 이런 이야기 따위를 이렇게 자주 입 밖으로 꺼내지 않을 것이며, 내가 꾸는 꿈도 지금과 같지는 않을 것이다. 내 삶을 가평클에게 이야기하지도 않았을 것이다. 그러나 가평클은 평소에 그러던 것처럼 "어이! 오랜 내 친구. 난 널 이해할 수 있어. 너와 난 같은 배를 타고 있잖니"라고 말하는 듯한 표정으로 나를 바라보지 않았다. 오래되었다고 말하는 이유는 가펑클이 늙어 가고 있기 때문이다. 가펑클은 올해로 여섯 살이 되었는데 고양이에게 이 나이는 사람으로 치자면 마흔두 살에 해당된다는 걸 의미한다. 고양이는 우리 사람의 나이에다가 일곱을 곱해야 하기 때문이다. 따라서 그는 정말로 늙었다고 할 수 있지만 한편 마흔두 살의 가펑클은 모든 걸 죄다 이해한다. 심지어 나는 가펑클이 인생의 철학을 갖고 있다고 말할 수도 있다. 내가 가펑클만큼 늙지 않은 게 확실한데도 나는 요즘, 특히 이 노트에 무언가를 적기 시작한 이래로 자주 늙는다는 느낌을 받으며, 이런 사실이 나를 자주 겁나게 하지만, 그러나 나는 아직도 인생의 철학을 갖고 있지 못하다.

내가 말하려는 것은 내 마음속에서 무언가 하고 싶은 게 생겨난다 해도 그것이 지속되지는 않는다는 것이다. 나는 쉴 새 없이 의견을 바꾸는 데 비해 가펑클은 바꾸지 않는다. 어제 좋아하지 않았던 사람은 내일도 좋아하지 않는다. 그는 늘 같은 시간에 똑같은 히터 위에서 잠을 자며, 이따금씩 내가 내 햄스터의 시체가 평화롭게 쉬고 있는지 확인하려 할 때, 가펑클은 열린 창문으로 눈길을 주며, 위아래 있는 모든 것을 한번 '쓱' 하고 쳐다보고 나서는 몹시 난처하다는 듯한 표정으로 다시 방으로 들어올 때를 제외하고는 결코 밖으로 나가는 법이 없다. 아래층에 내려와 마주하게 될 모든 것이 그를 괴롭힌다는 사실을 나는 잘 알고 있다. 심지어 이따금씩, 만족스럽지 않을 때 그러는 것처럼 가평클은 정상적이라고 할 수 없는 소리를 내기도 하며, 내가 미친 것은 아니지만, 어떤 때는 심지어 이런 소리가 들려오는 것 같기도 하다.

"얼간이, 얼간이, 얼간이."

언젠가 가평클과 내가 진짜로 함께 이야기를 나눌 수 있는 그런 날이 오고, 그가 나에게 말하는 모든 것을 내가 이해할 수 있게 될 때, 나는 내 인생에서 상당히 진보를 하게 될 것이다.

그런 날이 오기 전까지 나는 나 자신을 좋아하지 못할 것 같다. 그것은 내가 매번 똑같은 태도를 유지하는 데 성공하지 못하기 때문이다. 한번 뾰로통해지거나 짜증을 낸 후면 뾰로통해진 상태로 하루 종일 있는 것이 좋을 텐데, 사실 나는 그렇게 하지 못한다. 게다가 나는 내가 왜 뾰로통해지는지 그 이유조차 잘 알지 못한다. 내가 행복해질 때, 다시 말해서 평소보다 덜 거지 같다고 느낄 때도 이 또한 지속되지 않는다. 나는 요요 장난감처럼 올라왔다 내려갔다를 반복하며, 이것이 나를 피곤하게 만들고, 그러면 내 두 다리는 이내 묵직해진다. 나는 무기력하고 둔해지는 것을 느끼며, 머리는 텅 비고, 녹초가 되고 만다. 다음 날이나 심지어 오 분 후, 갑자기 모든 것이 내 신경을 거슬리기 시작하고, 그러면 또 나는 모든 사람들, 특히 사업상 바쁜 스케줄에서 잠시 짬을 내 빠져나온 아빠를 겨우 만날 수 있게 된다면 아빠를, 그도 아니면 멍청하고 바보 같은 생각들로 나를 성가시게 만드는 남자애들을 괴롭히고 싶어진다. 나는 잠자코 한자리에 있지도 못한다. 춤을 추거나, 벽을 발로 차거나, 혹은 거리에 멈춰 서서 한 달에 한 번씩 정오에 울리곤 하는 사이렌처럼 고함을 지르고 싶어지거나, 우리 집 바로 아래 있는 조그만 광장 주위를 열 바퀴쯤 달리고 싶어지기도 하며, 새벽 세 시까지 잠을 이룰 수 없는 때가 있는가 하면, 화장실을 스무 번은 들락거리기도 하고, 샌드위치를 먹거나 오보말타인을 섞은 우유로 배를 채우기 위해 식당을 열 번 들락거리고는 시계추처럼 다시 내 방으로 올라오기도 한다. 정말이지, 기가 막힐 노릇이다.

무슨 말이냐 하면 내 몸에서 일어나고 있는 일을 내가 조금도 이해 못하고 있다는 것이다. 나는 가펑클처럼 되고 싶다. 왜냐하면 우리가 보듯이 그의 몸은 늘 그의 머리와 일치하기 때문이다. 그는 고양이가 가질 법한 몸과 고양이가 가질 법한 머리를 갖고 있다. 이에 비해 나는 내 머리가 직접 통제하지 못하는 현상이 내 몸에서 일어난다는 느낌을 받는다. 나를 환장하게 만드는 것은 내가 뾰로통해질 때나 광장 주위를 달릴 때, 사실은 뾰로통해지고 싶거나 광장 주위를 달릴 마음이 없다는 것이다. 나는 내 머릿속에서 이런 것들을 결정하는 게 나라는 느낌을 받지 못한다.

내가 갖고 있는 것이 무언지를 정확히 설명하는 방법은 단 하나밖에 없다. 그건 바로 내가 갖고 있는 것을 내가 모르고 있다는 것이다.

20

나는 내가 무엇을 가지고 있는지를 잘 모를 뿐만 아니라, 마찬가지로 내가 누구인지도 잘 모른다.

나는 화장실 변기에서 일어나, 선 채로 거울에 코를 박고서 내가 누구인지 알게 될 때까지 나를 쳐다보기로 결심했다.

나는 나 자신을 향해 질문을 던졌고, 리스트를 만들었다.

나는 여자인가? 아니다.

나는 여자아이인가? 아니다.

나는 남자아이인가? 아니다.

나는 어린아이인가? 아니다.

나는 내 두 눈으로 내 두 눈을 바라보았다. 다시 말해서 내 눈 흰자위의 한복판에 있는 갈색 눈동자 안에 자리 잡은 작고 검은 동공만을 우선 바라보았다. 그런 다음 검은색 동공 속으로 들어가려고 시도해 보았다. 몹시 집중을 하면 아주아주 큰 것, 다시 말해 하늘 속으로 들어갈 수 있는 것처럼, 우리는 아주아주 작은 것 속으로도 들어갈 수 있다. 하지만 이번에는 평소보다 훨씬 더 집중을 해야만 했고, 눈 안의 검은색 동공 속으로 내 눈을 집어넣는 데 성공했을 때, 머리가 빙빙 돌기 시작했고, 결국 화장실 바닥의 모케트 위로 벌러덩 나자빠졌다. 우당탕 소리를 낸 것이 분명한데, 내가 괜찮은지 확인하러 문의 바깥쪽을 긁고 있는 가평클의 소리가 들려왔기 때문이다. 나는 가펑클에게 말했다.

"걱정하지마, 가펑클. 아무것도 아니야. 그냥 넘어진 것뿐이야."

가펑클은 나에게 말했다.

"알았어. 근데 너, 바보 같은 짓은 하지 마라."

나는 고양이가 나에게 대답을 한 이 초인적이고도 놀랄 만한 사건에 주의를 기울이지 못했다. 그건 분명 넘어지면서 내가 완전히 맛이 갔고, 머릿속이 계속해서 '윙윙윙'거렸기 때문이다. 나는 꼿꼿이 선 상태에서 뒤로 단 한 번에 쓰러졌는데, 아래층 이웃들은 모든 것을 파괴하고야 말 세계 핵대전이 시작되었다고 믿었을 게 분명하다.

나는 다시 일어났고, 그런데도 내가 누구인지 여전히 모르겠는 상태였고, 그래서 또다시 나를 쳐다보려 하였지만 이번에는 작전을 바꾸었다.

나는 현재 나의 이 국가적 차원의 재난 상태에 접근할 보다 폭넓은 관점을 확보하기 위해 뒤로 물러서는 것이 더 나으며, 또한 아까는 내가 지나치게 거울 가까이 접근했다고 생각했다.

우선 나는 샐러드 집게 같은 내 두 발부터 쳐다보기 시작했고, '플로트'라고 부르는 바게트 빵처럼 길게 뻗은 내 두 다리를 훑으면서 거슬러 올라간 다음, 털이 나 있는 내 거시기를 바라보았고, 오줌을 누는 것을 제외하고 이것이 정말로 어느 쪽에 쓸모가 있을까 나 자신에게 물어보았으며, 아주 납작하지만 그 안에 고무가 들어 있다는 사실을 이미 알고 있는 내 배와 끝이 약간 일어서고 물러 터진 무화과 두 알 같은 내 가슴, 내가 조금도 좋아하지 않는 그런 내 가슴을 바라보았다. 어떤 종류의 브래지어를 내가 착용해야 하는지 잘 몰랐기 때문에 나는 내 가슴의 상태를 분명하게 알고 있어야 했지만, 그럼에도 나에게 딱 들어맞는 사이즈는 아예 없었고, 생각해 보건대 나중에 치수에 맞추어 브래지어를 별도로 주문해야 할 것 같았다. 무화과처럼 생긴 꼭지와 더불어 길쭉하게 늘어진 나의 가슴을 일시적으로 감싸기에 적당할 것이라 생각되는 유일한 것은 양말, 그러나 짧은 양말, 그것도 끝이 발가락 하나로 둥글게 되어 있는 베이비용 양말일 것이다. 그런 다음 나는 두루미의 그것처럼 길게 늘어진 내 목을 보았고, 또 그런 다음에 내 얼굴을 바라보았다. 나는 나 자신을 향해 끔찍한 우거지상을 지어 보였고, 나의 자존심을 뭉개 버리는 우거지상 하나, 내 마음을 갈기갈기 찢어 버리는 우거지상 하나, 그리고 나를 완전히 내팽개쳐 버릴 것 같은 우거지상 하나를 지어 보였는데, 그렇게 해야 우거지상 짓는 짓을 그만둘 때, 정말로 아름다운 내 자신의 모습을 발견할 수 있을 거라고 내가 생각했기 때문이다. 우리가 우거지상을 지으면 지을수록, 그런 다음 보다 훌륭한 우리 자신의 모습을 발견하게 되며, 이건 아주 좋은 전략이라고 할 수 있다.

나는 대체 누구를 닮았을까?

나는 양처럼 짧은 파마머리를 한 흑백영화 속의 잉그리드 버그만이나 어떤 남자 앞에 앉아서 무릎 아래를 계속해서 긁적이고 있는—그녀는 분명 이 남자를 난처하게 하려 애쓰는 중이다—흑백영화 속의 로렌스 바칼을 닮고 싶다. 하지만 그럼에도 불구하고 나는 옛날 흑백영화 속에 등장하는 여배우들을 닮는 일에 내가 정말로 사로잡혀 있다고 말할 수는 없다. 나는 〈전원 교향곡〉을 지휘할 때의 무티의 머리카락이나 주어진 속도보다 더 빨리 하늘을 날 때의 갈매기의 날개, 그리고 내 햄스터가 죽기 바로 직전에 품고 있던 최후의 생각을 닮는 걸 더 선호하는데, 왜냐하면 이런 것들이 바로 아름다움이며, 내가 닮고자 하는 것도 바로 이런 것들, 바로 이런 아름다움이기 때문이다.

여기서 나는 이런 질문을 나에게 던져 본다. 만약 내가 이런 아름다움을 갖추고 있다면, 그 누군가 나를 사랑할 수도 있을까? 내가 말하고자 하는 사랑이란 진정한 사랑으로 나를 사랑하는 것이지, 모든 사람들이 서로 사랑한다고 말하는, 다시 말해서 습관이나 예의, 혹은 거짓에 의해서, 혹은 그것이 편하고 또 가족이기 때문에 늘상 하곤 하는 그런 식의 사랑으로 나를 사랑하는 것을 의미하는 건 아니다. 그런 건 사랑이 아니다. 사랑한다는 것을 나는 아직 이해하지 못했지만 말이다. 그런데 그 사람은 과연 누구일까? 당연히 남자애일 것이며, 이와 달리 어떻게 될 수 있을지 나는 상상할 수도 없지만, 한편 내가 남자애들에게 전혀 관심이 없기 때문에 그 누가 이 진정한 사랑으로 나를 사랑할 수 있을지 나는 상상할 수 없다. 따라서 나에게는 아무런 일도 일어나지 않는다.

나는 오늘 아침 화장실의 거울 앞에서 많은 걸 발견하였다. 우선 눈의 검은 눈동자 속에 있는 동공을 지나치게 쳐다보면 곧바로 기절한다는 사실을 발견했다. 두 번째로 또 다른 질문들을 계속해서 만들어 내는 질문들을 지나치게 자주 자신에게 던지지 말아야 한다는 사실도 발견했는데, 그 이유는 그래서 얻어 낼 수 있는 결과가 거의 제로에 가깝기 때문이다. 나는 거울에 오래도록 자신의 모습을 비추어 보는 건 아주 나쁜 거라고 생각한다. 지금부터 나는 오로지 멀리서만 바라볼 것이며, 그것도 순전히 기술적인 이유, 예를 들어 코에 검은 점들이 지나치게 많이 생겼다든지, 머리를 감을 필요가 있다든지 할 때를 제외하고는 더 이상 그렇게 하지 않을 것이다. 바보 같은 짓거리들, 만약 우리가 머리 모양이나 피부, 돈이나 음란한 것들만을 이야기할 뿐인 도빌이나 아보리츠에서 할망구들이 하는 그런 짓거리들과 비슷한 것들을 하는 상태에 계속 머물러 있다면 우리는 결코 고통스러워하지 않을 것이다. 이것 역시 내가 거울 앞에서 깨달은 것이다. 예컨대 어떤 사람을 두고 '행복한' 멍텅구리라고 말할 때, 우리는 잘못 말하지는 않은 것이다! 지금부터 나는 멍텅구리가 되기 위해 정말로 애쓸 것이다. 나의 이런 상태는 내가 노트에다가 계속해서 다른 글을 쓸 때까지이지, 그다지 오래 지속되지는 않을 것이다.

21

어쨌든, 어른들은 거짓말쟁이나 나쁜 놈들이 아니면 대부분 비열한 인간들이다. 어른들과 함께 있으면 우리는 실제로 어떤 일이 일어났는지 정말로 알지 못하게 된다. 오늘 농장에서는 세상이 불공평하며, 사람들도 구역질이 난다는 사실을 증명할 만한 좀 복잡한 사건이 발생했다.

우리 반에는 늘 소란을 피우는 남자아이가 한 명 있는데, 내 생각엔 그 애의 머릿속이 좀 혼란스러운 것 같다. 왜냐하면 그렇게나 자주 소란을 피운다는 것은 극적인 무엇, 즉 뭔지는 나도 잘 모르겠지만, 아무튼 무언가를 저지르려고 늘 물색 중에 있다는 걸 의미하기 때문이다. 나 역시 집에서 부모님의 주의를 끌기 위해 자주 이상한 일을 벌이곤 한다. 하지만 나는 얼마 안 가서 잠잠해지며, 특히 학교에서는 항상 찌그러져 있어야 한다는 사실을 잘 알고 있다. 그러나 그 애, 크자비에라 불리는 이 애는 정말이지 유별난 애였다.

실제로 학급에서 말썽이 일어날 때 모든 애들이 "또 재야"

라고 말하는 듯한 표정을 지으면서 크자비에를 향해 몸을 돌릴 정도로, 간략하게 말해서 그 애는 정말이지 별난 아이가 되어 갔다.

이 아이의 코 언저리에는 주근깨가 있었는데, 만약 두 볼과 이마, 그리고 턱 위에 여드름이 없었더라면 애는 훤칠하게 잘생긴 편에 속할 것이다. 주근깨가 어디에 있는지 여드름이 어디에 있는지 더 이상 구분이 안 될 정도였다. 이 아이는 말할 때도 늘 이상하게 발음했고, 또 항상 희희낙락거렸다. 한마디로 별난 애, 별종이었다.

오늘 아침 수학 수업이 시작되기 전에 이 층의 복도에는 우리들처럼 "이"로 끝나는 이름을 갖고 있지만 우리 클럽에 속하지는 않은 실비 라카이유라는 여자애가 있었다. 걔는 반에서 대단히 공부를 잘하는 아이들 중 한 명이었고, 위선자이자 잘난 척하는 못된 계집애이기도 해서 좋아하려야 좋아할 수 없었지만, 내가 분명히 알고 있는 건 걔가 정말로 강하다는 사실, 또 누구를 건드리거나 딴 짓을 하지 않고서도 오로지 태연한 표정 하나만으로도 상대방에게 믿을 수 없을 정도의 타격을 준다는 사실이다. 실비 라카이유는 우리에게 아주 작은 병 하나를 꺼내 보여 주었고, 아니 오히려 향수 병 같은 것이었는데 그 안에는, 뭔지는 정확히 모르겠지만, 액체 같은 게 담겨 있었다. 그러고 나더니 그녀는 수학 선생님의 의자를 가리키는 시늉을 해 보이는 거였다. 무슨 일을 했는지 우리에게 단 한 마디도 하지 않은 채, 그녀는 작은 병을 흔들면서 오로지 머리를 까딱거려 선생님의 의자를 가리킬 뿐이었다. 때문에 솔직히 말해 우리는 의자 위에 액체를 뿌려놓은 사람이 그 애였는지 그 여부를 알 수 없었고, 하지만 그럼에도 그 애가 그랬을 가능성은 상당히 농후했다. 그 애가 그렇게 했을 때 우리가 그 자리에 없었던 것은 사실이지만, 한편 희한하게도 그 애는 자신이 방금 무언가를 했다고 우리 모두가 이해하기를 바라고 있는 것이었다.

내가 이 모든 것을 세세히 말하는 것은 수학 선생님이 누군가 의자 위에 액체를 뿌려 놓았다는 사실을 알아채자마자 마치 자신의 팬티 속에서 쥐라도 발견한 것처럼 고래고래 고함을 지르면서 자리를 박차고 일어나 즉각 손가락을 치켜들어 크자비에를 가리켜 이렇게 외쳤기 때문이다.

"크자비에 뒤카스, 밖으로 나가!"

수업이 중단된 상태로 우리 반을 그냥 놔둔 채, 수학 선생님은 크자비에를 학생주임실로 데리고 갔다. 우리는 실비 라카이유를 쳐다보았지만 그 애는 아무것도 모른다는 듯 행동했다. 좀처럼 선생님이 돌아오지 않아 우리는 모두 복도로 나갔다. 선생님은 결국 한 시간이나 지나 다음 수업시간에 맞추어 크자비에 없이 혼자서 교실로 돌아왔으며, 파마 컬로 머리를 말아 올린 모습의 학생주임도 함께 따라와서는 크자비에가 학교에서 퇴학당하게 되었다고 우리에게 알렸다. 우리는 서로 아무 말도 하지 않았다. 수업이 끝난 후, 우리는 실비 라카이유에게 가서 정말로 구역질이 나며, 크자비에가 매번 말썽을 부리는 것은 사실이지만 이번에는 그녀가 연루된 확실하고, 또 그렇기 때문에 사실을 털어놓아야만 한다고 말했다. 실비 라카이유는 자신은 아무 짓도 하지 않았으며, 또 우리들 사이에 자기를 밀고하러 갈 만한 위선자도 없을 것이라 생각한다고 대답했다.

실비 라카이유, 그 아이는 참으로 영악했는데, 왜냐하면 평소에 우리들끼리 늘 하는 말처럼 우리에게는 공공의 적이 있으며, 그 공공의 적은 바로 어른들이었고, 따라서 어른들에게 무언가 고자질하러 가지 않는 것이 우리들 사이의 불문율이었기 때문이다. 따라서 실비 라카이유는 이 원칙을 미리 염두에 두었던 것이고, 아니 나는 심지어 개가 이 원칙을 이용해 장난을 친 것이라고 말할 수조차 있다. 더구나 우리들 사이에서, 그것도 개 앞에서 이 원칙이 다시 한 번 반복되어 널리 확인된 지금에는 그 누구도 개를 밀고하러 갈 위험을 무릅쓰지 않을 것이다. 왜냐하면 밀고자는 저절로 알려지기 마련인 때문이다.

학교를 파한 후 우리는 학생들이 버스를 기다리는 거리 맞은편의 벤치에 쭈그리고 앉아 있는 크자비에를 보았다. 크자비에는 울고 있었으며, 그 모습이 우리에게 충격을 주었다. 왜냐하면 크자비에는 매번 소란을 피워서 이미 사립학교나 다른 학교 등지에서 백일흔두 번이나 퇴학을 당했던 것처럼 보였고, 그렇게 보였기 때문에 우리는 걔가 정말로 힘들어할 거라고는 그 누구도 생각할 수 없었기 때문이다. 크자비에가 정상이라고 말하기에는 지나치게 소란을 피운다고 내가 앞서 설명한 것은 우리가 그만큼 영리하지 못했다는 증거인 셈이다. 어쨌든 나는 그 애를 좀 별난 아이로 알고 있었고, 그런데도 이처럼 불행해한다는 사실에 우리는 정말이지 놀라고 말았다.

소피가 크자비에에게 말을 걸었다.

"아까 차가운 액체, 너였어?"

크자비에는 말했다.

"아니 사실 나 혼자는 아니었어. 거기에 놓은 건 나지만 병을 가져온 건 내가 아니야. 나를 도와준 애가 있어."

나는 그에게 말했다.

"실비 라카이유였지?"

크자비에가 말했다.

"나는 고자질쟁이가 아니야."

나는 그에게 말했다.

"너 이 사실 학생주임한테 말했어?"

그는 나에게 말했다.

"암튼 학생주임은 내가 늘 소란을 일으켰고, 또 오래전에 퇴학당했어야 했다고 말했으니까."

소피와 줄리가 말했다.

"그럴 수도 있겠지. 하지만 이번 일은 정당하지 않잖아."

크자비에는 말했다.

"그래, 정당하지 않아."

크자비에의 수많은 주근깨 속에서 아주 작은 눈물방울이 언뜻 비쳐졌고, 나는 그걸 보았다고 확신했다.

내가 그에게 말했다.

"너희 엄마 아빠한테 뭐라고 말할 거야? 어떻게 말할 건데?"

그는 나에게 말했다.

"어쨌든 부모님은 신경 안 쓰셔. 이미 오래전부터 나를 기숙사학교에 보내려고 안달이셨는데 뭐. 아마 이번 말썽이 성공리에 끝났다는 사실에 엄마 아빠는 몹시도 흡족해하실 걸."

버스가 도착하자 크자비에는 안으로 올라탔다. 떠나면서 우리에게 승리의 브이 자를 그려 보였지만, 그런 자신을 정말로 확신하는 듯한 표정을 하고 있지는 않았다. 소피, 나탈리, 줄리, 발레리와 나는 집으로 발걸음을 옮겼다. 파블로도 우리와 합류했으며, 이 일에 대해 이야기하기 시작했고, 헤어질 무렵 크자비에를 구출하기 위한 역공 계획에 모두가 동의를 하게 되었다.

다음 날, 우리는 음악 선생님을 만나러 갔는데, 그녀는 우리가 믿는 유일한 사람이었고, 또 우리는 그녀가 배신하지 않을 것이라는 확신이 있었기 때문이기도 했다. 우리는 선생님에게 우리를 배신하지 않을 것을 맹세하라고 요구했으며, 선생님은 맹세했다. 우리들 중에서 가장 말을 조리 있게 하는 게 소피였기 때문에 소피가 선생님에게 모든 사실을 이야기했다. 나는 노트에 글을 쓸 때나 혼자 있을 때는 나 자신을 잘 표현하는 편이지만, 사람들 앞에서 말할 때는 또 달랐다. 소피가 말했다.

"우리는 크자비에 뒤카스 혼자에게만 책임이 있는 것이 아니라 실비 라카이유도 이 일에 연루된 것으로 알고 있습니다. 따라서 크자비에가 두 사람 몫의 대가를 치를 이유는 없다고 생각합니다. 평소처럼 이틀간의 정학을 주었어야 마땅하며, 퇴학은 적절하지 않을 뿐만 아니라, 정당한 조치도 아니라고 생각합니다."

니콜 선생님께서 말씀하셨다.

"어쩌면 너희들 말이 옳을지도 모르겠다. 그게 사실이라면 실비도 마찬가지로 이틀간 정학을 받아야 하고, 그렇게 나누어 처벌을 받아야 옳을 듯하구나. 내가 학생주임 선생님께 실비 라카이유 이름을 말하는 거 너희들이 허락해 줄 수 있겠니?"

우리는 말했다.

"그건 절대 안 돼요. 우리는 고자질쟁이가 아니에요."

니콜 선생님은 말씀하셨다.

"그럼 내가 어떻게 해 주기를 바라니?"

소피는 말했다.

"우리도 잘 모르겠어요."

니콜 선생님은 난처한 표정을 지으셨다. 골똘히 생각하는 표정을 지으시더니 이윽고 우리에게 이렇게 말씀하셨다.

"정리해 보자. 그러니까 너희들이 나에게 부탁한 요지는 내가 이 사건의 책임자를 알고 있다고 말하러 학생주임 선생님께 가서는 정작 그 사람이 누구인지는 말할 수 없지만 그냥 내 말을 믿고 크자비에 뒤카스를 엄하게 벌주지 말아야 한다고 말해 달라는 거지. 또 개를 대신하거나 어쨌든 개와 공평하게 나누어 벌을 받아야 하는 학생이 누구인지도 말하지는 말라는 거지. 그런 거라면 너희들이 내게 한 이 부탁은 승산이 없어!"

소피가 말했다.

"네. 하지만 선생님께서 해 주셔야 할 게 정확히 그거예요. 이게 바로 정당해지는 유일한 방법이거든요."

니콜 선생님은 말씀하셨다.

"그래, 한번 해 볼께."

하지만 선생님은 난처한 표정을 하고 있었고, 나는 그 이유가 니콜 선생님이 학생주임을 우리보다 더 잘 알며, 또 학생주임이 이 일로 선생님을 만나려 하지 않을 거라 생각하기 때문이라고 나는 생각했다. 또한 선생님도 그럴 마음, 예컨대, 학생주임을 볼 마음이 없을 거라고 나는 생각했는데, 왜냐하면 어쨌든 학생주임도 선생님이니까 니콜 선생님은 학생주임과 원만히 지낼 필요가 있으며, 선생님의 승진 역시 저절로 보장되는 것이 아닐 것이기 때문이었다. 이게 바로 어른들과의 함께할 때 늘 생기게 되는 문제이다. 어쨌든 어른들은 자신들이 하고자 하는 모든 일을 미리 계산해야만 한다.

우리가 니콜 선생님을 매일 보는 것이 아니며, 또 선생님이 학교에 매일 나오시는 것도 아니었기 때문에 이 일은 이틀이나 걸렸다. 그사이에 우리는 크자비에와 실비 라카이유를 학교에서 더 이상 볼 수 없었다. 실비 라카이유는 아프다고 했다. 이 애는 정말이지 영악한 위선자다. 지금은 자신의 모습이 잠시 잊혀지는 게 더 낫다고 판단한 것이 분명하다. 우리가 선생님을 다시 보았을 때 선생님은 전보다 더욱 난처해하는 표정을 짓고 계셨고, 수업 중에는 우리를 보지 못하신 듯 행동하셨다. 플루트를 연주하라고 하시거나 전에 배운 곡들을 불러 보라고 하시던 평소와 달리, 우리 클럽의 그 누구에게도 질문을 던지지 않으셨다. 수업 시간 내내 선생님은 우리들 중 아무도 교실에 없는 것처럼 행동하셨고, 그런 한편 계속 당혹스런 표정을 짓고 계셨다. 수업이 거의 끝나갈 무렵 선생님은 재빨리 물건을 챙기시고는 벨이 아직 울리기도 전에 겉옷을 입기 시작하시더니, 벨이 울리자마자 아이들이 자리에서 일어나기도 전에 서둘러 교실을 빠져나갔다. 친구들은 모두 얼빠진 얼굴로 서로를 번갈아 바라보면서 놀람을 감추지 못했다. 우리는 모두 선생님이 우리와 말하지 않으려고 황급히 내뺐으며, 따라서 다른 어른들과 마찬가지로 선생님도 비겁한 인간이라고 생각했다. 우리들 중에서 누군가 이렇게 말했다. 내 생각에는 소피 같았다.

"만약 일이 이렇게 된 거라면, 끝난 셈이지. 이쯤에서 때려치우자."

나는 니콜 선생님에게 정말로 커다란 믿음을 갖고 있었기 때문에 소피의 이 말에 동의할 수 없었다. 어쨌든 니콜 선생님은 언젠가 나에게 "나를 실망시키지 마"라고 말했던 사람이었고, 또 "음악에 몰두해야만 한다"는, 내 인생이 끝날 때까지 내가 추구할 충고를 내게 건네준 분이시기도 했다. 나는 친구들을 복도에 그냥 놔두기로 했다. 어쨌든 애들은 정말로 의욕이 있는 건 아니었으며, 또 이 이야기가 돌기 시작한 지 이미 이틀이 지났고, 게다가 애들은 자기들 얘기를 하고 있을 남자아이들이나 파티, 혹은 자기들을 여자처럼 보이게 해 줄 메이크업 따위를 '절대적이고 총체적으로' 중요하다고 여기는 데 이미 몰두하기 시작한 터였다. 나는 복도를 가로질러 달리기 시작했고, 그런 후 계단 위를 달렸고, 이윽고 운동장을 가로질러 거리를 달렸다. 내가 달리고자 진짜로 마음을 먹으면, 체육시간을 면제받은 건 순전히 뻥이었다는 사실이 금새 탄로 날 텐데, 왜냐하면 내 생각에 나는 북부 지역

제17구에서 가장 빠른 소녀이기 때문이다. 나는 니콜 선생님이 항상 빌리에 역에서 지하철을 타신다는 사실을 알고 있었다. 나는 짧은 거리를 가로질러 달렸고, 또 거리를 죄다 외우고 있었으므로 지하철역에 선생님보다 먼저 도착할 수 있었다. 선생님이 도착했을 때, 선생님은 나를 보시고는 깜짝 놀란 표정 대신 내 예상과는 반대로 웃음을 지으셨다. 선생님이 나에게 말했다.

"내 귀여운 스테파니야. 할 만큼 해 보았지만, 나는 아무것도 할 수 없었단다."

"왜요, 선생님?"

선생님이 말씀하셨다.

"네가 참 각별하기 때문에 너에게는 말할 수 있을지도 모르겠지만, 네 친구들에게는 말하지 말아 주렴. 어떻게 된 건지 내가 알고 있기 때문에 크자비에를 퇴학시키지 말아야 한다고 학생주임 선생님께 내 명예를 걸고 장담한다고 말했는데, 아마 그것으로는 충분하지 않았던 모양이다."

나는 말했다.

"왜요?"

선생님은 말씀하셨다.

"학생주임 선생님은 나에게 다른 애의 이름을 말해야 한다고 하셨고, 내가 명예를 걸고 장담한 것만으로는 충분하지 않다고 했단다. 그래서 내가 너희들과 약속했다고 했더니,

학생주임 선생님은 나에게 고집 좀 그만 피우라고 하시더라. 이렇게 된 거야, 내 귀여운 스테파니야. 정당하지 않지만 이렇게 되었단다. 네가 모든 것을 알고 싶다면 말해 주마. 학생주임 선생님은 내가 그 아이의 이름을 말하더라도, 자신이 내린 조취를 취소하는 것이 가당치 않으며, 자신의 결정을 번복할 수 없다고 말했단다."

나는 말했다.

"그게 뭘 뜻하는 거예요?"

선생님은 한숨을 내쉬면서 말씀하셨다.

"이게 뜻하는 건 어른들은 진실보다 자기들의 체면을 훨씬 더 중요하게 여긴다는 뜻이지."

나는 말했다.

"잘 이해하지 못하겠어요."

니콜 선생님은 말했다.

"언젠가 이해하게 될 거다. 너희들을 위해서 내가 해 줄 수 있는 게 아무것도 없구나."

그녀는 슬픈 표정을 짓고 있었고, 심지어 창피해하고 당황한 듯한 얼굴이었는데, 그건 아마 이 사건이 그녀를 정의롭지 못하게 만들었기 때문일 것이다. 선생님은 나를 안아 주셨다. 나는 집으로 돌아왔다.

집에는 아빠가 있었는데 이건 루르드 샘물의 기적보다도 더 커다란 기적이었다. 나는 이 시간에 아빠가 집에서 무얼 하고 있는지 눈치 채지 못했고, 내가 발견할 때까지 아빠는 계속 거실에서 뭔지는 잘 모르겠지만, 무언가를 마시고 계셨다. 아빠의 몸을 덥혀 주는 이상한 술일 게 분명했고, 아빠는 평소처럼 피스타치오나 땅콩 같은 짭짤한 것들을 깨작거리고 있었다.

내가 말했다.

"아빠, 정의롭지 못한 일을 바로 잡기 위해서 아빠가 좀 도와줘야만 해."

아빠는 나를 이상한 표정으로 쳐다보았다. 우리가 정의의 문제로 도와 달라고 요구하는 순간 어른들은 발뺌을 하기 시작한다. 그럼에도 불구하고 나는 아빠에게 이름을 대 가면서 신문 잡지의 연재소설에 등장하는 전편 연재분 요약 등을 포함해 사건의 전말을 죄다 말씀드렸다. 그 과정은 길고도 길었으며, 심지어 이야기의 핵심에서 몇 번 벗어나기도 했지만, 결국에는 학생주임을 찾아가서 실비 라카이유라는 이름을 직접 말해 달라고 아빠에게 부탁했다. 친구들이 나를 고자질쟁이로 취급한다 해도 어쩔 수 없다. 불의를 생각하면 더 이상 견딜 수 없었고, 또 버스 안에서 눈물을 글썽거리며 손을 들어 브이 자로 승리를 그려 보이던 크자비에가 계속해서 생각났다.

아빠는 나에게 말했다.

"네가 나에게 부탁한 것만으로는 아무것도 바뀌지 않을

거야. 만약 네 선생님이 학생주임이 결정을 번복하지 않을 거라고 말했다면, 네 계획은 이미 물 건너간 거나 다름없어."

나는 말했다.

"왜?"

아빠는 나에게 말했다.

"원래 그런 거니까."

나는 말했다.

"아빠, 그래도 제발 내 부탁 좀 들어줘. 학생주임을 한번 만나러 가 줘."

아빠는 나에게 말했다.

"내 귀여운 스티브야, 나는 시간이 없단다. 조금 있다가 뉴욕행 비행기를 타야 해. 십 분 후면 아빠랑 같이 일하는 사람이 자동차로 아빠를 데리러 이리로 오기로 되어 있단다."

아빠가 이 시간에 집에 있는 건 바로 이것 때문이었던 것이다. 평소에 비행기를 탈 때면 아빠는 사무실에서 짐을 싸고, 갈아입을 여벌 옷도 거기에 있을 것이다. 심지어 침대나 샤워기 같은 것도 사무실에 있고, 때문에 집에 자주 오지 않는 것이며, 이러한 사실이 그의 아내, 즉 내 엄마를 만날 확률을 최소로 줄여 준다. 나는 아빠의 사무실을 한 번도 본 적이 없으며, 어느 날엔가 내가 예고도 없이 그곳을 방문하면 사무실에 여자를 데리고 있는 아빠의 모습을 발견하게 될지도 모르고, 어쩌면 사무실은 또 다른 가정집일 수도 있다. 내 생각에는 아마도 이를 통해 모든 게 설명될지도 모른다. 어쨌든 나는 아빠에게 무언가 조치를 취해야 한다고 간곡하게 부탁했고, 그래서인지 아빠는 나에게 이렇게 말했다.

"좋아. 그럼 너희 학생주임 선생님께 네가 전화한 것처럼 해서 한번 전화를 걸어 보자."

아빠의 이 말은 정말이지 나를 기쁘게 해 주었다. 아빠는 전화를 걸어 학생주임 선생님과의 통화를 요구했고, 결국 전화통화를 하게 되었다. 만약 내가 시도했더라면 절대로 성공하지 못했을 텐데 어른들은 서로 보지도 않고 전화상으로 사람들과 연결될 수 있다니 참으로 놀라웠다. 아빠가 학생주임에게 이번 사건에 대해 서너 마디를 건네자 학생주임이 재빠르게 말을 가로막았는지 아빠는 말을 듣는 처지가 되어 이따금씩 고개를 끄덕일 뿐이었다. 아빠는 이렇게 말했다.

"물론 그렇고말고요. 예, 잘 알겠습니다, 예, 선생님 말씀 잘 이해하겠습니다. 예, 잘 알겠습니다. 예, 예."

아빠는 오직 학생주임이 한 말에 시인할 뿐이었다. 학생주임은 아빠에게 감언이설을 늘어놓았을 것이 분명했는데, 왜냐하면 계속 듣기만 했을 뿐 아빠가 좀처럼 대화에 끼어들지 못했기 때문이다. 궁금해진 나는 연결되어 있는 수화기를 집어 들려고 했으나, 아빠가 거칠게 나를 가로막았다는 사실을 말해야만 하겠다. 나는 좀 이상하다고 생각했는데, 왜냐하면 평소에 그렇게 할 수 있었던 것에 비해 이번에 아빠는 내가 통화 내용 듣는 걸 원하지 않으셨기 때문이다. 잠시 후 아빠는 얼굴을 붉히면서 이렇게 말했다.

"선생님, 제가 최근 들어 시간이 좀 없는 편입니다. 사업 때문에 외국 출장이 잦아져서 그렇습니다."

아빠는 사과하는 듯한 표정을 지었고, 나는 더 이상 아무것도 이해할 수 없었다. 학생주임이 아빠의 면전에 대고 예고도 없이 전화를 끊어 버린 게 분명했는데, 왜냐하면 아빠가 '다음에 뵙겠다'는 인사말을 전할 시간도 없이 이상하게도 갑작스레 통화가 끝나 버렸기 때문이다. 아빠는 화난 얼굴로 나를 바라보더니 이렇게 말했다.

"너희 학생주임도 모든 걸 알고 있더구나. 심지어 그 친구의 잘못만은 아니라는 사실도 알고 계시더라. 하지만 선생님은 본보기로 처벌을 해야만 한다고 말씀하셨다. 또 이번 케이스에 대해서 다시는 거론하지 않았으면 하신다."

나는 말했다.

"그게 다야?"

"아니, 그게 다가 아니다. 학부모 회의에 한 번도 나가지 않았기 때문에 나는 자격 없는 아버지 취급을 받았다. 그러고는 나와 상관없는 일에 간섭하는 것보다 형편없는 네 성적에 관심을 두는 편이 나을 것이라고 하더구나. 기특하다, 스테파. 아주 잘했다. 너는 레드카드야! 나보고 도와 달라고 부탁했지만 나에게 돌아온 것은 오히려 꾸중이구나. 내 딸이

나를 잘도 속였구나."

부성애 부족에 관해서 학생주임이 아빠에게 핀잔을 준 것 때문에 아빠는 대단한 모욕감을 느끼고 있는 것 같았고, 비록 학생주임이 못된 인간이긴 하지만 한편 나는 학생주임이 전적으로 틀렸다고 말할 수가 없었다. 나 역시 나와 직접적으로 상관없는 일에 간섭했다는 사실을 깨달았지만, 아빠에게 감히 사과할 수 없어 이렇게 말했다.

"하지만 아빠, 그래도 정당하지 않은 건 인정해야 해."

아빠는 나에게 말했다.

"나 나간다. 같이 일하는 사람이 아래서 나를 기다리고 있어. 비행기를 놓칠지도 몰라. 잘 있어 내 귀여운 스텝. 네 학교 생활에 조금 더 신경 써야 한다고 네 엄마한테 전해 주렴."

아빠는 자리에서 일어나 나를 끌어안았고, 떠나갔다. 문에서 뒤돌아보더니 나에게 이렇게 말했다.

"너무 걱정하지 마, 스티브. 정의라는 건 원래 존재하지 않아. 네가 겪은 건 아주 전형적인 이야기일 뿐이야. 인생에서는 늘 그런 일이 벌어진단다. 작은 사건일 뿐, 사실 아무것도 아니야. 게다가 네 친구는 새로운 학교에 들어가게 될 거야. 두고 보렴."

나는 아빠에게 이렇게 말할 시간이 있다고 생각했다.

"그렇겠지 뭐. 알았어."

하지만 아빠는 문을 뒤로 한 채 이미 떠난 후였다. 얼마 후 실비 라카이유를 다시 보게 되었지만 그 아이는 아무 일 없었던 것처럼 행동했고, 심지어 이전보다 더 개와 친해지려는 여자아이들도 더러 눈에 띄었다. 이 여자아이들은 이렇게나 어려운 상황에서 훌륭히 빠져나올 정도로 영리하게 행동한 실비 라카이유에게 감탄하고 있다고 말해도 그다지 틀리지 않을 것 같다. 반면 그 누구도 크자비에를 다시 보지는 못했고, 나는 이와 같은 불의보다 세상에서 더 나쁜 것은 없다고 생각했다. 이번 일은 나를 진짜로 망가뜨렸다.

크자비에 뒤카스 사건과 그 결과에 대해 리스트를 작성해 보면 다음과 같다. 이 사건에서는 모두가 패배했다. 아무런 결과도 얻을 수 없었기 때문에 내 친구들과 나는 패배했다. 정직해지려 노력했고 우리를 보호해 주려 했기 때문에 니콜 선생님도 패배했다. 선생님은 원래 자기가 있던 자리로 되돌아갔다. 학생주임에게 모욕을 당했기 때문에 아빠도 패배했다. 불의의 피해자였기 때문에 크자비에도 패배했다. 사실 이 사건에서 승리한 사람은 진실을 알고 있으면서도 정의를 실현하려 하지 않았던 학생주임과 적어도 절반의 책임이 있지만 아무런 증거가 없었으며 학급에서 우등생이라는 이유로 처벌받지 않았고, 더욱이 지금은 다른 애들과 더 가깝게 된 실비 라카이유, 오로지 이 두 사람뿐이었다.

정의의 편에 섰던 사람들은 빵점을 받았고, 위선자였던 사람들은 이십 점 만점에 이십 점 전부를 받았다. 리스트를 작성한 이후 나는 훨씬 더 망가져 갔다.

어쩌면 바로 이 일 때문에 내가 다시 착수했는지도 모른다. 내가 말하고자 하는 건 내가 두 번째로 가출을 했다는 것이다.

22

나는 다른 애에게 전화를 걸었다.

다른 애를 만난 이후 좋아진 것이 있다면, 그건 내 인생에서 아는 누군가가 있으며, 또 내가 대화를 나누고 싶을 때면 항상 자기 집 전화기 가까운 곳에 그가 있다는 사실을 내가 알게 되었다는 것이다. 이런 생각을 하게 된 이유는 작은 의자 위에 앉아 있을 게 분명한 그 애가 집을 떠나는 법은 없을 것이고, 또 전화하는 것을 좋아하기 때문이다. 비교적 최근에 내가 몰두하기 시작한 것이긴 하지만, 나는 전화 통화 시간 분야에서 세계기록을 세우고 있는 중이며, 다행히도 집에는 전화선이 여러 개 있었다.

아빠의 업무에 사용되는 전화선 하나가 있고, 엄마가 자기의 요크셔나 파마머리 따위에 관해 수다를 떠는, 엄마의 친구들을 위한 전용선이 하나 있으며, 모두를 위한, 바꾸어 말해 나를 위한 세 번째 선이 있었다. 나는 부모님께 내 방에 전화기 한 대를 놓아 달라고 부탁했고, 부모님이 너무 쉽게 이 부탁을 들어주셔서 나는 정말로 놀랐으며, 이로써 내가 방에서 진지하게 공부하는지 어떤지를 알아보는 일 따위에 부모님이 정말로 개의치 않는다는 사실이 증명되었는데, 왜냐하면 전화를 하면서 내가 아무것도 하지 않을 수 있을 거라고 부모님이 충분히 짐작할 수 있었을 텐데도 불구하고 전화기를 내 방에 놓아 주었기 때문이다. 어쨌든 나는 전화를 자주 사용하며, 특히 다른 애에게 자주 전화를 건다. 나는 사람들이 서로 볼 때보다 전화할 때 훨씬 더 많은 이야기를 주고받는다는 사실을 알 수 있었다. 어쩌면 사람들은 전화할 때 덜 무서워하는지도 모르겠다. 왜냐하면 서로의 눈을 보지 않기 때문에 더 이상 진실이나 뭐 어쨌든 진지한 것을 말하지 않아도 된다고 생각하기 때문이다.

내가 전화를 할 때면 가펑클은 내 무릎 위로 잽싸게 올라앉아 가르릉거리기 시작한다. 가펑클은 내가 누군가와 전화하는 걸 좋아하지 않는데 그건 가펑클이 질투에 있어서 세계 챔피언이기 때문이다. 하지만 가펑클은 적어도 전화하는 동안은 내가 움직이지 않기 때문에 내 무릎 위로 올라와 가르릉거릴 수 있다는 걸 잘 알고 있다. 더구나 내 생각에 가펑클은 내가 하는 이야기를 죄다 알고 싶어 하는 게 분명하다.

나는 다른 애에게 크자비에 뒤카스 사건을 설명해 주었다. 정말이지 구역질 나는 사건이며, 이 사건 때문에 완전히 몰락

하는 느낌을 받았다고 그에게 말했다. 그러자 그는 내가 상상할 수 없는 사실을 내게 말해 주었다.

"어쨌든 중요한 것은 네가 크자비에를 도우려고 노력했다는 사실이야. 너의 노력이 그 애를 기쁘게 해 줄 거야."

나는 말했다.

"그렇지 않아. 왜냐하면 내가 도우려 시도했다는 사실을 걔는 모르거든."

그는 말했다.

"어쩌면 알 수도 있지. 네가 도우려고 애썼을 때 걔가 그걸 느꼈을지도 모르지. 이거 말고도 중요한 것이 있는데, 그건 바로 네가 향상되었다는 사실이야. 왜냐하면 너는 아주 아름다운 행동을 했거든. 그러니 너무 걱정하지 마."

내가 말했다.

"나를 기쁘게 하려고 그런 말 하는 거 다 알아."

그는 말했다.

"아니. 내가 이렇게 말하는 것은 그게 사실이기 때문이야. 스테파니, 너는 정말 멋진 아이야."

나는 더 이상 아무 말도 하지 않았다. 그 이유는 내가 아무 말도 할 수 없었기 때문이었고, 나는 또 조금 당황했는데, 어쨌든, 그도 더 이상 아무 말도 하지 않았다. 때때로 이렇게 사람들은 수화기를 든 채 아무 말도 하지 않지만, 그럼에도 귀에서 다른 사람이 침묵하는 소리를 들을 수 있다는 건 정말 끝내주게 좋은 느낌을 준다. 그리고 나는 이런 얘기를 그에게 해 주었다. 그러자 그가 나에게 말했다.

"그것보다 더 좋은 게 하나 있어. 너 전화기 없이 통화하려고 시도해 본 적 있어?"

나는 정말 이 말에 놀랐다. 나는 말했다.

"무슨 말인지 모르겠어."

그는 나에게 말했다.

"그다지 복잡하지 않아. 전화를 끊은 다음, 각자 전화기 바로 옆에 붙어서 둘이서 계속 이야기를 나누기로 결심하는 거야. 엄청나게 집중한다면 우리는 다른 사람이 말하는 소리를 계속해서 들을 수 있게 될걸."

나는 말했다.

"그거 정말 끝내주겠는데. 우리가 정말 그렇게 될 수 있으리라고 생각해? 너무 어렵지 않을까?"

그가 나에게 말했다.

"아니. 만약 네가 원한다면 지금 당장이라도 시도해 볼 수 있어. 전화를 끊고 서로 계속해서 이야기해 보는 거야. 알았어? 자, 셋을 세면 전화를 끊는 거야. 동시에 전화를 끊는 게 굉장히 중요해."

나는 굉장히 멋진 경험이 될 거라고 생각했다. 만약 그렇게 된다면 정말로, 정말로 멋질 것이다. 우리는 정확히 그리고 동시에, 하나, 둘, 셋을 헤아렸고 그도, 그리고 나도 전화를 끊었다. 나는 전화기를 정말 뚫어지게 바라보았고, 다른 애가 나에게 하는 소리를 들어 보려고 노력해 보았지만 아무것도 들을 수 없었다. 그래서 어쩌면 내가 하는 소리를 그가 들을 수도 있겠다는 생각이 들어 나는 혼자 말하기 시작했다. 일시적으로 마비된 게 아니라 평생 그런 상태로 지내야 하며, 그의 부모님께서 지금부터 매일 가정교사를 부르기로 결심했으며, 어쩌면 얼마 안 가서 그의 부모님이 덜 창피해하게 되면 그가 다시 학교로 돌아올 수 있을지도 모른다고 파블로가 어제 나에게 알려 주어서 나는 지금 너무나 슬픈 마음이라고 그에게 말했다. 나는 그에게 규칙적으로 그를 만나러 갈 것이며, 만약 그가 원한다면 그의 침대 바로 옆에 앉아 《조나단 갈매기의 꿈》을 마저 읽을 것이며, 평생 그의 친구로 남아 있을 거라고 말했다.

그렇게 말하고 나서 나는 그가 나에게 대답해 주기를 기다렸다. 내가 방금 그에게 말한 것이 매우 중요하다고 생각했고, 그럼에도 아무 일도 일어나지 않아서 엄청나게 불안해지기 시작했다. 그래서 나는 수화기를 다시 집어 들었고, 번호를 돌렸다. 그가 곧바로 전화를 받더니 나에게 말했다.

"왜 슬픈 얼굴을 하고 있어, 스테파니. 너 울고 있니?"

나는 그에게 말했다.

"아무 소리도 듣지 못했어. 네가 말하는 걸 듣지 못했단 말이야. 정말 짜증 나고 역겨워. 아무 소리도 듣지 못했어! 너에게 말했는데, 너는 나한테 아무런 대답도 하지 않았어!"

그러고 나서 왜 그랬는지 잘은 모르겠지만, 아니, 어쩌면 잘 알고 있을 테지만, 나는 갑자기 오열을 터트렸고, 진짜 울보처럼 큰 소리를 내어 가며 엉엉 울기 시작했다. 내게 무슨 일이 일어났는지 나는 알지 못했고, 다만 나는 완전히 기진맥진한 상태에 놓여 있었다. 다른 애는 나를 위로하면서 이렇게 말했다.

"진정해 스테파니. 진정해, 넌 지금 너무 예민해 있어. 그렇게 되지 않았다고 해서 울 필요는 없어. 진지하게 한 말은 아니었어. 내가 아까 한 말, 아무 의미도 없다는 거, 너 알지?"

나는 그에게 물어보았다.

"정말 내가 너에게 하는 소리 못 들었어? 내가 너한테 한 말 못 들었냐고?"

그는 나에게 말했다.

"나한테 뭐라고 말했는데?"

나는 말했다.

"나에게 이렇게 물어보는 걸 보니 내가 한 소리를 듣지 못했구나."

그가 말했다.

"스테파니, 사실을 고백하자면, 아무것도 듣지는 못했어. 이번 시도는 잘 되지 않았지만 다음에는 더 나아질 거야. 어쩌면 우리가 상대방에게 던질 질문을 충분히 고려하지 않았기 때문인지도 모르지. 그렇게 되기 위해서는 진지하게 훈련을 해야만 하거든."

나는 말했다.

"너 예전에 다른 사람이랑 그렇게 해 본 적 있어? 네가 이미 해 본 것처럼 나에게 말하지는 않았잖아?"

그는 나에게 말했다.

"사실 내가 거짓말한 거야. 한 번 시도해 본 적도 없어. 네 관심을 끌려고 내가 꾸며낸 이야기일 뿐이야. 가끔씩 나는 아무 말이나 막 해. 내가 말한 것만큼이나 실제의 내가 굉장할 거라고 믿어서는 안 돼."

이런 그의 말이 나를 고통스럽게 했고, 나는 울음을 멈추었다.

그는 오랫동안 기다렸고 나도 아무 말도 꺼내지 못했는데, 왜냐하면 누군가 뻥을 쳤다고 사과하거나 사람들이 믿고 있던 것만큼 자신이 괜찮은 사람이 아니라고 이야기할 때 어떻게 해야만 하는지 나는 잘 알지 못했기 때문이었다.

나에게는 지나치게 복잡한 상황이었다. 이 경우 어떻게 해야 할까? 나는 그가 말하기를 기다렸다.

이윽고 그가 말했다.

"나는 늘 연극배우처럼 가장을 해. 내가 너에게 한 말 중에서 단 한 마디도 믿지 마."

나는 말했다.

"조엘, 너 정말 아무 말이나 마구 지껄이는구나."

그 애의 원래 이름은 조엘이었고, 내가 적을 때, 그리고 지금처럼 그에 관해 언급할 때 그냥 다른 애라고 부르는 것이 습관이 되어 있을 뿐이다.

그는 나에게 말했다.

"너 나한테 화났니?"

나는 말했다.

"뭐 때문에?"

그는 말했다.

"음, 너에게 실없이 농담한 거 말이야."

나는 말했다.

"아니, 너한테 화나지 않았어."(나는 그에게 거짓말을 조금 해야만 했다.)

그는 나에게 말했다.

"그런데 왜 내가 너에게 말하고 있는 지금 이 순간, 딴 생각하고 있어?"

나는 다시 울기 시작했고, 그에게 말했다.

"이 모든 게 나에게는 너무 복잡해. 전화 끊어야겠어."

그는 말했다.

"그래, 네가 그러길 원한다면. 나를 포기하지 마, 부탁해. 만약 그럴 마음이 있으면, 나 보러 와도 돼."

우리는 전화를 끊었다. 내가 이상한 상태에 있었던 것은 사실이었다. 그 부당한 사건 이후 나는 다른 차원에 놓여 있었다. 그것은 실망이라는 차원이었고, 이 차원, 모든 사람들이 그랬을 것이라고 믿었던 것과 그들이 정작 다르다고 생각하게 된 이 차원을 나는 더 이상 이해하지 못했다. 말하지 않고도 전화기를 통해 생각을 전송할 수 있다고 나는 정말로 믿었었고, 때문에 나에게 뻥을 치고 나를 속였던 다른 애에게 약간은 화가 나 있었다. 그것은 마치 내 마음속 깊숙이 간직하고 있었던 실망과도 같았지만, 나는 오래도록 그에게 화를 낼 수는 없었다. 사람이 하루 종일 방에서 의자 위에만 있다 보면 '아무거나' 꾸며 낼 수 있으며, 또 약간은 '미칠 것 같은 상태'가 될 것이다. 나는 마비되지는 않았지만, 항상 '아무거나'와 '미칠 것 같은 상태'의 경계쯤에 있다. 그러자…

나는 눈물을 닦아 내었고 또 두 시간이 흘러간 사실을 깨달았다. 오후 첫 수업 시간을 빼먹은 것인데, 기술적으로 말하자면 그럴 의도가 없었음에도 불구하고 수업을 '째는' 중이었다고 볼 수 있다. 니콜 선생님을 따라잡기 위해 내가 뛰었을 때는 오전 수업이 끝난 후였고, 아마 열두 시 반이나 오후 한 시쯤이었을 것이다. 어쨌건 정확히는 잘 모르겠다. 학교에서 점심시간은 한 시간이었다. 그 후에 나는 아빠와 함께 있었으며, 그 다음에는 다른 애와 전화 통화를 했고, 시간이 지나가는 걸 미처 보지 못했으며, 심지어 점심도 먹지 않았다. 평소 같으면 점심시간에 나는 집으로 와서 요구르트

나 장봉, 더러는 가증스러운 라비올리를 먹은 다음, 오후 수업을 들으러 다시 학교로 돌아가곤 했는데, 이번에는 점심을 먹지 않았다. 그리고 지금은 두 시간이나 지난 후이고, 또 아무것도 먹지 않았으며, 게다가 오후 수업을 놓쳐 버렸고, 다시 학교로 돌아가고 싶은 마음도 없었다. 나는 정말로 축 늘어진 상태였다. 정신적으로나 육체적으로나 제로였다. 가펑클은 어떻게 내가 이렇게 처질 수 있는지 궁금해하는 표정으로 나를 바라보았다. 나는 내 방에 그냥 머무르면서 상당히 오랜 시간 동안 아무것도 하지 않았고, 정말로 공허한 느낌을 받았다.

그러던 중 집 문 열쇠 구멍에서 달그락거리는 소리가 들려왔다. 엄마의 발소리를 확인할 수 있었다. 엄마는 어떤 남자와 함께 집으로 들어왔다.

23

나는 내 방에서 꼼짝하지 않고 있었다. 나는 엄마가 늘 그렇게 하듯이 예고 없이 내 방문을 열거나 나를 부를 것이라고 내심 기다리고 있었지만 실제로 아무 일도 일어나지 않았다. 나는 왜 아무 일도 일어나지 않았는지 재빨리 알아챌 수 있었다. 그건 대낮 이 시간에 내가 학교에 있을 거라고 엄마가 굳게 믿고 있었기 때문이다.

그래서 나는 가펑클을 옆에 두고 내 침대 위에 가만히 누워 있었다. 가펑클은 두 귀를 쫑긋 세우고 나와 마찬가지로 무슨 일이 일어나는지 주위 깊게 듣고 있었다.

엄마는 정말로, 그리고 아주 예외적으로 즐거워하고 있는 것 같았고, 어쩌면 몇 년 전부터 엄마의 이런 모습을 나는 보지 못했던 것 같다. 엄마는 신이 나서 콧노래를 흥얼거렸고, 심지어 늘 질질 끌어 무겁다고만 느껴지던 엄마의 발소리, 그래서 내가 왕 짜증 내고 있는 여자의 발소리라고 즉각 알아챌 수 있었던 그런 엄마의 발소리조차 평소 같지 않았다. 엄마의 발소리는 아주 경쾌했고, 햇볕이 내리쬐는 모래사장 위를 한창 달리고 있는 맨발의 소녀처럼 매우 빠르게 움직였다. 엄마는 누군가에게 말을 건넸지만, 나는 엄마가 하는 소리를 잘 듣지 못했는데, 엄마의 방과 내 방 사이에 우스꽝스러운 풍의 하얀색 현대식 가구들이 들어서 있는 거실이며 식당과 복도가 있었기 때문이었고, 더욱이 이웃 따위는 아랑곳하지 않는다는 듯 엄마가 음악을, 그것도 아주, 아주, 크게 틀어놓았기 때문이었다. 그런 가운데 엄마가 부엌에 가기 위해 내 방문 앞을 지나가는 소리가 몇 차례 들렸고, 냉장고 문을 여는 소리도 들렸으며, 얼음과 포도주 병을 만지작거리는 소리와 잔 부딪치는 소리도 들려왔다. 이어서 엄마는 깔깔거리기 시작하더니, 흥분으로 들뜬 듯했고, 그건 화가 나서 흥분한 그런 건 아닌 것 같았다. 이어서 음악 소리가 낮아졌으며 문이 닫히는 소리가 들린 것 같았고, 그 다음에는 거의 아무 소리도 듣지 못했다.

만약 내가 엄마의 방으로 엄마를 보러 가거나 모습을 드러낸다면, 학교에 있지 않다고 꾸중을 들을 게 뻔해서 나는 뭘 해야 할지 모른 채 마냥 기다리기만 했다. 하지만 내가 집에 그냥 있어도 엄마가 나를 발견하게 될 건 마찬가지였다. 더구나 나는 배도 고팠다.

샌드위치를 만들어 먹으러 부엌에 가고 싶었다. 그런 다음 어디로 갈지는 잘 모르겠지만 어쨌든 집을 빠져나와서 시간이 흐르기를 기다렸다가 수업을 빼먹지 않았다는 듯 평소 시간에 맞추어 집으로 다시 돌아온다는 구상을 한번 떠올려 보았는데, 그건 엄마가 계속해서 집에 있을 것이며, 다시 집을 나가지 않고 수업을 마치고 돌아오는 나를 기다릴 것 같다는 인상을 받았기 때문이다. 나는 문을 열었고, 그러자 식당 거실의 모케트 위에는 엄마의 모피 외투가 아무렇게나, 그러니까 내가 말하려 하는 건 정리되지 않은 채 널브러져 있었다는 것이고, 굽이 아주 높은 엄마의 구두가 있었는데, 엄마는 난쟁이여서 아주아주 높은, 내 생각에는 이십오 센티미터 정도는 충분히 되고도 남을 뾰족한 굽을 대었고, 그 구두 역시 아무렇게나 모케트 위를 뒹굴고 있었으며, 엄마의 구두 옆에는 남자 구두 한 켤레가 있었고, 의자 위에는 남성용 외투, 즉 전부 메르세데스를 가지고 있고 바닷가에는 무관심한 채 카지노와 경마를 즐기거나 여자나 돈 이야기를 하러 도빌에 가곤 하는 아빠 친구들의 외투처럼 캐러멜 색, 혹은 우리가 흔히 '낙타 털'이라 부르는 버터 색의 외투가 하나 놓여 있었다. 음악은 더 이상 흐르지 않았고, 오히려 갑작스러울 정도로 기이하게 침묵이 꽤 흘렀고, 왜 그런지 나도 잘은 모르겠지만, 이런 것 때문에 나는 약간 겁을 먹고 있었다.

내가 방금 한 짓 같은 것들은 결코 하지 말아야 하는 게 확실하다. 왜냐하면 그렇게 한다면, 나이 많은 어른들이 위선자인 반면에 우리는 덜 허세를 부린다거나, 어른들이 구역질나는 반면에 우리는 그렇지 않다고 말할 권리가 우리에게 있다고 보기 어려울 것이기 때문이다. 하지만 나는 그럼에도 불구하고 무슨 일이 일어나고 있는지 알아보려고 했다. 나는 엿들으러 부모님 침실 문 가까이로 다가갔는데, 이런 일은 결코 하지 말아야 하는 것처럼 보이며, 또 내가 이렇게 하는 건 아주 드문 일인데, 내 인생에서 딱 세 번 해 보았던 것 같다. 처음 두 번은 내가 시험에서 아주아주 나쁜 성적을 받아왔을 때 부모님이 나에 관해 어떻게 말하는지 듣고 싶었을 때였고, 부모님은 다시 한 번 나를 기숙사학교에 보낼지 여부에 대해 논의하고 있는 중이었다. 하지만 부모님 방의 이중문과 소리를 막아 주는 커튼이나 모케트를 비롯한 여러 가지 물건들이 사방에 있어서 나는 그다지 많은 내용을 들을 수 없었으며, 결국 아무것도 알아내지 못한 바 있다. 어쨌든 부모님은 나를 기숙사학교에 보내지는 않았다.

하지만 이번에는 이전과는 사뭇 달랐다. 내가 문 가까이로 가서 엿들으려고 한 이유는 어쨌든 아빠가 동업자와 함께 아메리카 대륙의 미국으로 떠난 지 몇 시간 되지 않은 바로 그 때 기묘하게도 엄마가 다른 남자와 함께 집에 온 게 이상하다고 여겨졌기 때문이다. 그래서 나는 엿들었으나, 아무 소리도 들리지 않았으며, 그런 게 더 이상하다고 생각할 정도로 정말로 아무 소리도 들리지 않았다. 저쪽에서 엄마는 도대체 무슨 일을 하고 있었던 걸까?

나는 포기하였고, 가펑클과 함께 부엌으로 갔다. 가펑클에게 닭 가슴살 위스카스를 세 숟가락 주었고, 코르니숑을 넣어 그 위에다가 초콜릿을 바르고 거기다 다시 무타르드를 약간 첨가하고 나서 반 토막 낸 토마토를 집어넣어 세 겹으로 된 초대형 샌드위치를 만들었고, 그 다음 그걸 아주 세게 눌렀으며, 또 그렇게 해야만 토마토 즙이 빵 속에 제대로 스며들 수가 있었고, 그래야만 정말이지 맛이 좋았다. 나는 커다란 잔 하나를 꺼내어 우유를 가득 담았고 오보말틴 가루를 섞은 뒤 단숨에 마셔 버렸다. 그런데도 여전히 배가 고파 와서 이번에도 첫 번째 샌드위치만큼이나 커다랗게 두 번째 샌드위치를 만들었다. 하지만 찬장에는 코르니숑도 초콜릿도 남아 있지 않았기 때문에 이번에 나는 토마토 위에다가 무타르드만 발랐다. 왜 이렇게 배가 고픈지 나는 그 이유를 알 수 없었고, 왜 계속해서 배가 고프고 목이 마르며, 잠이 오지 않고 가슴이 목까지 차올라 온 듯 답답한 느낌에 울고 싶은 기분이 드는지 그 이유를 따져 물었다. 그러던 중 결국 나는 그 이유를 발견한 것만 같았는데, 그토록 배가 고팠던 건 내가 겁을 먹고 있었기 때문이었다.

아파트의 다른 편에서 일어나고 있는 일의 실체를 알게 될까 봐 나는 겁을 내고 있었던 것이었다. 나는 아무 일도 일어나지 않았으면 했고, 심지어는 내가 학교에 가지 않았다고 엄마가 나를 혼내러 오기를 바랐다. 하지만 엄마는 오지 않았고, 나는 하느님께 아무 일도 일어나지 않거나, 혹은 평범한 일이 일어나게 해 달라고, 끔찍하지 않았으면 좋겠다고, 평소처럼 엄마가 나를 혼내러 오게 해 달라고, 그게 뭐든 더 이상 진행되지 않게 해 달라고 부탁했다. 내가 기도하는 동안 나는 계속 샌드위치를 먹었고 우유를 마셨다. 그러나 오후 내내 이렇게 계속 먹을 수는 없었고 게다가 차츰 토하고 싶은 마음이 들기 시작했다.

(사실을 말하자면 나는 절대로 기도하지 않는다. 내 생각에 일 년에 한 번 정도 기도하게 되는데, 그럴 때는 항상 내가 불가능한 것을 원할 때이며, 게다가 기도는 아무짝에도 소용없다. 하느님은 불가능한 일이 이루어지기를 바라는 나 같은 여자애들의 말을 들어 주기 위해서 존재하는 것은 아닌데,

그렇지 않다고 한다면 모든 일이 지나치게 쉬워질 것이다. 근심이 있을 때마다 우리가 기도를 하고 또 하느님이 그 근심을 없애 준다고 하더라도, 이렇게 될 수 있을 거라고 진짜로 믿는 길은 멍청이에다가 얼간이가 되는 수밖에 없다. 매우 합리적이고 차분한 상태에서 이런 생각을 하면 기도란 정말이지 아무짝에도 쓸모없다는 사실을 확인하게 된다! 어쨌든 나는 너무 고통스러웠기 때문에 기도하는 나 자신을 막을 수 없었다.)

나를 고통스럽게 한 건 갑자기 아무 소리도 들리지 않는 대낮의 유령의 집처럼 변해 버린 아파트였다. 하지만 나는 저쪽에서 무언가가 일어나고 있다는 걸 알고 있으며, 그럼에도 부엌을 떠나지 못하고 있었으며, 가평클은 지금 일어나고 있는 이 모든 일을 머릿속으로 이해하고 있다는 듯 나처럼 하고 있는데, 또 쪼그라든 것처럼 구석에서 네 발을 모으고 귀를 쫑긋 세우고 있었으며, 우리 둘은 우리들의 모습을 그다지 자랑스러워하지는 않았고, 나는 시간이 얼마나 지났는지 알 수 없었으며, 그게 가평클이었는지 나였는지 잘 모르겠지만, 어쨌든 우리 둘 중 하나가 이렇게 말했다.

"짜증 나."

나는 가슴이 덜 아파 왔고, 갑자기 아주 어색하고도 비참한 기분이 들었으며, 그 기분은 평소처럼 자존심이 상한다거나 가슴이 찢어지는 그런 느낌이 아니라, 오히려 오싹거리는 느낌이었다. 나는 이런 나를 바라보면서 나 자신에게 이렇게 말했다. "너는 무슨 일이 벌어지고 있는지 보러 가야만 해."

자리에서 일어난 나는 가펑클과 부엌을 떴다. 우리는 구두와 외투가 아무렇게나 어질러져 있는 거실과 식당을 통과했고, 문 앞에서 오랫동안 머뭇머뭇 서성거린 다음, 잠이 오지 않아 한밤중에 화장실 가려고 방을 떠날 때처럼 아주 조심스레 손잡이를 돌려서 부모님 방의 문을 살그머니 열었다. 부모님 방의 손잡이를 돌릴 때면 항상 작은 소리가 나곤 하였다. 방 안에는 헝클어져 있는 침대와 모케트 위 이곳저곳에 흩어져 있는 옷을 제외하고는 아무도 없었다. 우리는 방구석의 욕실 문이 열려 있는 것을 보았고, 거기서 물이 흐르는 소리와 처음 집에 들어왔을 때처럼 콧노래를 흥얼거리는 엄마의 소리가 들려왔다. 방에서 한 발짝도 움직일 수 없었지만, 보다 잘 볼 수 있었고, 바닥에 있는 엄마의 옷가지와 스타킹, 내가 결코 본 적이 없던 남자의 바지, 노란색 와이셔츠와 밤색 넥타이, 보면 볼수록 더 심하게 구역질이 났다. 나는 이 모든 것이 끔찍하고도 저질스럽다고 생각했다.

"아이, 그만, 그만. 이러다가 우리 둘 다 녹초가 되겠어!"

귀에 대고 비밀을 속삭인 다음 억지로 웃지 않으려 하면서도 웃음을 참지 못할 때처럼 엄마는 미친 듯이 웃음소리를 흘려보냈으며, 나는 온몸에 소름이 돋아나는 것을 느꼈다.

엄마가 내 인기척을 듣지 않게 뒤꿈치를 들고서 나는 조심스레 그곳을 빠져나오려고 했다. 그 어떤 소리도 내지 않기 위해 문의 손잡이를 완전히 잠가 놓진 않았지만, 나는 가평클을 까맣게 잊고 있었고, 그 때까지 내 다리 사이에서 가만히 숨죽이고 있던 가평클이 점화된 로켓처럼 갑자기 전속력을 다해 엄마의 욕실을 향해 달음질쳤고, 동시에 나는 욕조의 반대 방향인 부엌 쪽으로 달음질쳤다. 방금 전 웃을 때와는 완전히 다른 날카로운 목소리로 고함을 질러 대는 엄마의 목소리가 들려왔는데, 그건 다름 아닌 바로 성난 목소리였다.

"이게 여기서 뭐하는 거야? 어디서 튀어나왔어?"

나는 부엌 식탁 위에 앉아 좀 전에 비운 우유 잔을 앞에 두고 꼼짝도 하지 않고 있었다. 그러자 문이 열리고 엄마가 달려오는 소리가 들려왔는데, 마룻바닥이 쿵쾅 쿵쾅 쿵쾅거릴 지경이었다. 마구 헝클어진 머리칼에, 원래 파란데도 아주 음흉한 눈을 하고서 부엌으로 들어와 거기에 있는 나를 발견하고 나서 이렇게 말했다.

"스테파니! 너 지금 여기서 무슨 짓거리 하고 있는 거야?"

그러고 나서 나에게 성큼 다가오더니, 팔을 잡아채 의자에서 나를 강제로 끌어내렸는데, 이런 엄마의 모습은 완전히 미친 사람 같았고, 나는 엄마가 나를 때리려 한다고 생각했으며, 아무 대답도 하지 않았다. 엄마는 갑자기 동작을 멈추더니 나를 놓았고, 얼음장 같고 차가운 톤의 목소리를 내리깔고서는 앞의 질문과 거의 흡사하게 이렇게 말했다.

"너 도대체 이 시간에 여기서 뭐하고 있는 거야?"

엄마는 허리춤에 양손을 올리고는 주먹을 불끈 쥐었고, 양다리를 벌린 상태로 아빠의 목욕 가운을 등에 걸치고 있었는데, 내 생각에 가평클이 거기에 도착했을 때 엄마는 벌거벗고 있었기 때문에 아주 난처한 상태였을 테고, 그래서 아무거나 손에 잡히는 대로 옷가지를 주섬주섬 걸치고 부엌까지 달려 나왔던 것 같다. 엄마는 내 앞에 서서 눈을 부라리며 나를 쳐다보았지만, 일순간 나는 아무것도 겁나지 않게 되었다. 전혀 겁이 나지 않기 시작했다. 나는 완전히 달라졌던 것이다. 만약 엄마가 나에게 다가온다면, 엄마의 배에 주먹이라도 한 방 날릴 수 있다고 생각했다. 내 생각에 엄마는 내가 엄마의 방에서 뭘 보았는지, 그 시간에 낯선 남자와 방에서 하는 짓거리를 내가 보았는지, 이 싸움에서 어떻게 이길 것인지 등등을 생각하느라 머릿속이 지나치게 바삐 돌아가고 있었기 때문에 엄마는 내 눈에서 이런 표정을 읽지 못한 게 분명하다. 엄마는 가슴속에서 차올라 오는 나의 감정에 충분히 몰두했다기보다는 자기 머릿속에 떠오르는 생각들에만 지나치게 몰두하고 있었다. 우리 둘 다 현관문이 삐걱거리며 열리는 소리를 들었기 때문에 꼼짝하지 않은 그 상태에서 재빠르게 낯선 남자를 주시하였다. 어쨌건 엄마는 그 남자가 떠나는 것이 못마땅해서인지 이를 꽉 물었다. 하지만 엄마의 시선은 내 시선을 놓치지 않았고, 이윽고 나에게 이렇게 말했다.

"무슨 이유로 네 또래의 모든 애들과 달리 이 시간에 학교에 있지 않은지 나에게 설명해 보겠니?"

나는 엄마에게 대답했다.

"이 모든 걸 말하기 위해 뉴욕에 있는 아빠에게 한번 전화해 보는 게 어때?"

내 이 말에 엄마는 경악하였다. 엄마는 아무 말도 하지 않았다. 나는 엄마를 때리고 싶었다.

나는 미칠 정도로 엄마에게 화가 나 있었지만, 엄마는 그걸 알아차리지 못했고, 나 역시 나 자신에게 무슨 일이 일어났는지 곧바로 이해하지 못했다.

24

내 친구들이 생각하는 것보다 나는 훨씬 힘이 센 편이다.

내가 키가 크고, 금발머리에 말랐으며, 말라비틀어진 바나나처럼 늘어진 가슴을 하고 있어서 사람들은 내가 겁쟁이일 거라 생각할지 모르며, 또 내가 체육시간에 자주 면제를 받는 편이라서 그 누구도 내가 정말로 남자같이 힘이 세다는 사실을 어지간해서는 믿으려 하지 않을지도 모른다. 그러나 사실 나는 굉장히 힘이 세다. 어느 날, 정말로 신경을 거슬리는 남자아이가 있었는데, 이 녀석은 내 이름을 '스파게티'라고 불렀고, 말꼬리마다 '게티', '게티', '게티' 하고 반복해서 내 성질을 돋우었다. 영어 수업이 끝나고 그 자식이 내 주위를 서성이고 있었을 때, 무엇에 홀려서 그랬는지는 잘 모르겠지만, 그 녀석에게 다가가서 나는 온 힘을 다해 주먹으로 그 녀석의 배를 힘차게 내질렀고, 그랬더니 그 녀석은 몸을 반으로 접은 상태에서 제 배를 부여잡았다.

그 녀석의 이름은 실뱅 메르시에였는데, 암튼 그 녀석이 회복되기까지는 며칠이 걸렸다. 내 생각에 아마 이 자식은 그날 몸을 아예 반으로 접은 채 걸어 다녀야 했을 것이며, 좀처럼 제 몸을 반듯하게 펴지 못했을 것이다. 나중에라도 회복될지 여부는 확실치 않다. 어쩌면 스무 살쯤 되어서부터 지팡이를 짚고 걸어 다녀야 할지도 모른다. 그래도 그 녀석의 면상에다가 주먹을 날린 게 아니라서, 그 녀석은 운이 좋은 편이었는데, 만약 그랬다면 그 녀석은 즉각 세상에서 가장 추하게 생긴 남자를 뽑는 경연대회에 후보 등록을 마쳐야 할 것이었기 때문이었고, 또 그런 후에는 내가 얼굴을 둘로 박살 내 버렸기 때문에 별 어려움 없이 수상 범위에 들 수 있었을 것이다.

이런 일이 있은 이후로 내가 이런 상태에 다시 놓이는 일은 좀처럼 발생하지 않았었다. 이 경우에 나를 사로잡는 것이 정확히 무언지 모르겠지만, 나는 좀처럼 자제할 수가 없으며, 다행히도 나에게 이런 일은 다시 반복해서 일어나지는 않았다.

그런데 엄마 때문에 나에게 이런 일이 일어날 뻔한 것이다. 우리가 '분노'라고 부르는 것도 바로 이것이다. 나는 엄마를 향한 분노 때문에 미칠 것 같았으며, 엄마와 싸우고 싶었고, 엄마를 아프게 하고 싶었는데, 이 모든 게 무언가가 나를 고통스럽게 했기 때문이며, 내가 정말로 엄마에게 끔찍이 화가 났기 때문이다. 따라서 내가 엄마를 겁낸다거나 엄마가 내 따귀를 갈기려 시도한다든지, 언제 아빠에게 전화를 한다든지 하는 게 문제가 아니었다. 엄마는 오히려 나의 이런 상태를 잘 포착하고 있지 못했기 때문에, 오히려 나는 질문을 퍼부어 대기 시작하는 엄마를 보다 잘 살펴볼 수 있었다.

엄마가 말했다.

"네 아빠가 떠난 거, 네가 어떻게 아니? 아빠랑 말했어? 엉?"

나는 말했다.

"점심시간에 아빠가 짐을 꾸리러 집에 왔었고, 또 그 때 내가 점심 먹으러 집에 왔기 때문에 잠시 말을 나눌 수 있었다는 사실만 알아 둬."

엄마는 말했다.

"좋다, 그래. 뭐에 관해 말했는데."

나는 말했다.

"특별한 건 없었어."

엄마는 말했다.

"그렇다 해도 그게 왜 네 또래 다른 아이들처럼 지금 이 시간에 교실에 있지 않은지를 그 이유를 설명해 주진 않아! 그런 말로 네가 슬그머니 빠져나갈 거라고 생각하면, 너 아주 오산하고 있는 거야."

나는 조용히 웃으면서 이렇게 말했다.

"지금 중요한 건 그게 아니라고 생각해, 엄마."

그러자 엄마는 허리춤에서 손을 떼더니 건성으로 걸치고 있던 잠옷의 단추를 잠그기 시작했다. 엄마의 옷은 거의 풀어헤쳐져 있었던 것이다. 그러고는 자리에 앉았다. 엄마는 나에게 앉으라고 손짓을 했다. 나는 머리를 흔들어 싫다고 대답했다.

엄마가 말했다.

"스테파니, 앉아."

나는 말했다.

"싫어."

이미 자리에 앉아 있는 사람의 요구에 응하면서 이 사람을 따라 앉는다는 것은 그 사람과 토론하고, 또 서로 속이거나 화해를 하게 된다는 것을 의미한다. 나는 이런 술수쯤은 이미 알고 있으며, 이미 겪은 적도 있다. 그리고 대부분의 경우 나는 매번 속아 넘어갔다. 그런데 지금은 그런 수작 정도는 훤히 꿰뚫어 보고 있다.

엄마가 다시 내게 말했다.

"어서 앉지 못해!"

엄마는 약간 언성을 높였다. 나는 말했다.

"그러고 싶지 않다고 이미 말했잖아."

엄마는 말했다.

"왜?"

나는 말했다.

"그냥."

엄마는 말했다.

"그냥 왜?"

나는 대답했다.

"그냥."

이것은 때때로 삼십 분 정도 지속될 수 있는 말장난이며, 나는 "왜—그냥, 그냥 왜—그냥" 게임에 있어서 매우 강한 면모를 보여 왔다. 보통이라면 이런 말장난이 오래 지속되었을 텐데, 이번에 엄마는 고집하지 않았다. 엄마는 다시 자리에서 일어났다. 그러고 나서 아까 부엌에 들어설 때처럼 갑자기 얼굴을 치켜들었다. 엄마는 싸움이라도 벌이려는 듯 나와 나란히 마주 섰고, 나를 때리려는 품이었다. 게다가 엄마는 웃음을 지어 보이기까지 했는데, 즐거워서 짓는 웃음은 아니었으며, 아주 악의적으로 웃음을 흘리고 있었다.

"좋아! 네가 이런 식으로 나와 계속 장난하려 든다면 나도 서 있을 수 있어."

나는 엄마가 이제부터 내게 "하느님 맙소사—네가 내 가슴을 갈기갈기 찢어 놓는구나—너 내가 죽었으면 좋겠어" 술수를 실행하려 한다고 생각했다. 하지만 지금까지 말다툼이 진행되는 동안 엄마가 이 술수를 한 번도 시도하지 않은 게 참 이상야릇했고, 어쩌면 엄마는 이 술수를 자기와 비슷한 또래의 사람들, 그러니까 아까 그 남자나 아빠에게만 사용하는지도 모르며, 또 만약에 그게 사실이라면 이런 술수가 나에게 먹혀들지 않을 것이라는 사실을 엄마가 이미 알고 있다는 것이며, 이런 사실을 뒷받침할 만한 증거는 엄마가 내가 생각한 것보다 상당히 영악하고 또 엄마와 싸울 때는 정말로 정확히 엄마의 작전이 무엇인지 몰랐기 때문에 항상 경계해야만 했던 지난날의 경험만으로도 충분할 것이다. 엄마는 늘 바꾼다. 엄마에게 끔찍이 화가 났으므로 나는 정말로 냉정해졌고, 내 내부에서 밀려오는 분노 때문에 여전히 미칠 듯한 상태였다. 그 어떤 책략으로도 엄마는 나를 절대로, 절대로 속일 수 없을 것이다.

엄마가 말했다.

"그러면 어디 네가 뭘 하고 있는 건지 한번 설명해 봐. 내가 널 위해 내일 학교에다가 한 마디 변명이라도 해 줄 거라고 믿는다면 그건 네 자유야. 네가 정학을 받거나 퇴학을 당해도 어쩔 수 없지. 이번에는 기숙사학교를 피해 가지 못할 거다."

나는 말했다.

"우선, 학교에서는 이미 두세 번 그랬던 경우를 제외하고는 정확히 확인되지 않은 단 한 번의 결석 따위로 퇴학시키지 않아. 물론 내 경우는 여기에 해당되지 않지. 그리고 또, 학교에서 나를 퇴학시킨다 해도, 나는 별 상관 안 해. 내가 얼마나 학교를 우습게 여기는지 잘 모르지? 그리고 마지막으로, 기숙사학교에 나를 보내려고 해 봐. 아마 그 전에 아빠에게 왜 이런 결정을 내리게 되었는지 자세히 설명해야만 할걸. 그렇게 돼서 아빠가 서둘러 돌아오게 되면 아주 재미있는 상황이 벌어질 거야."

엄마는 말했다.

"뭐? 뭐? 뭐라고? 너 따귀 한 대 맞아 볼래?"

나는 말했다.

"시도해 보라고 권하지 않겠어. 내가 엄마보다 힘이 더 세거든."(게다가 내가 엄마보다 키가 더 큰 것도 사실이었다.)

이 한마디 말이 엄마를 완전히 박살내 버렸다. 엄마는 입을 크게 벌린 채 부엌 천장에 대고 말하기라도 하는 것처럼 두 팔과 양손을 허공을 향해 높이 치켜들었으며, 천장에다 대고 말하기 시작했다.

"정말— 믿을 수— 없어! 내가 지금 꿈꾸는 거야! 내 딸이 나를 위협하네! 정말로 세상 볼장 다 봤네, 정말로 볼장 다 봤어, 정말."

그러더니 엄마는 재미있어 하는 시늉을 내고 있었지만, 사실은 재미있어 하고 있는 게 아닌 게 또 분명했다. 엄마는 아무 할 말이 없었던 것이고, 그래서 모든 것은 빙글빙글 헛돌기만 했다. 나는 대화를 회피했고, 엄마와 나는 겉을 빙빙 맴돌았을 뿐 주제의 핵심에는 파고들어 가지 못했으며, 이건 바로 내 부모의 전형적인 꼼수이기도 했다. 아빠 역시 늘 이런 식이다. 방금 전 내가 이 노트에 기록해 놓은 것처럼 아빠는 아까 부엌에서 나에게 그렇게 한 바 있고, 이번엔 엄마와 함께 우습게도 또 부엌이었다. 주제의 핵심으로 바로 가고 싶은 마음이 정말 들었고, 더 이상 이런 나를 자제할 수 없었기 때문에 이런 상황이 아주 지긋지긋해지기 시작했다.

나는 숨을 크게 한 번 들이마신 후 엄마에게 말했다.

"엄마, 나는 엄마가 한 일이 정말로 역겹다고 생각해. 난 모든 걸 다 알고 있어. 정말 가증스럽고 악취가 풍기며 구역질이 나. 정말이지 역겨워. 엄마는 부끄러운 줄 알아야 해. 더 이상 할 말 없어. 엄마랑 나눌 말 따위는 존재하지 않아. 더 이상 엄마를 보고 싶지 않아. 당장 집을 나가서 다시 돌아오고 싶을 때 다시 올 거야. 만약 엄마가 나를 막는다면 아빠한테 모든 걸 말할 거야. 내가 마음만 먹는다면 곧장 아빠 사무실로 갈 수도 있고, 거기서 아빠의 미국 전화번호를 알아내서 전화를 걸어, 모든 걸 말할 수도 있지만, 그렇게 하지 않을 테니 너무 걱정하지 마. 엄마는 너무 역겨워. 당장 집에서 나가 다시 돌아오고 싶은 마음이 들 때 다시 오는 게 내가 하고 싶은 전부야. 이거뿐이야. 막으려고 해도 소용없어. 왜냐하면 그러면 모든 사람들에게 이 모든 걸 다 말해 버릴 거니까."

한꺼번에 이 모든 걸 말하려니 숨이 차올라 왔다. 하지만 이렇게 말하고 나니 한편으로는 안정이 되면서도 또 한편으로는 겁이 나기 시작했는데, 왜냐하면 더 이상 내가 분노를 느낄 수 없었기 때문이었다. 분노는 이미 나를 떠나갔고, 나는 완전히 비어 있었으며, 어찌 되었건 나는 모든 것을 다 말했다고 생각했다. 그러더니 갑자기 지금부터 엄마가 무엇을 할 것인지 궁금해지기 시작했다.

엄마는 아무 말 없이 나를 바라보았으며, 머리를 뒤로 젖힌 채 여전히 허세를 부리고 있었으며, 경멸하는 듯한 표정으로 나를 노려보면서, 이 모든 것에도 불구하고 겉으로는 아무렇지도 않은 척했다. 엄마는 기다렸다. 엄마는 나에게 무어라 대답할까 고민하는 표정을 지었지만 계속해서 비웃고 있었다. 그러고는 이렇게 말했다.

"네가 이해한 게 정확히 뭔데? 네가 이해했다고 지금 말하고 있는 게 도대체 뭔데? 아니 그런다고 네 아빠가 거북해하기라도 할까 봐? 네 생각에 네 아빠는 아무 짓도 하지 않은 것 같아서?"

바로 이 대목에서 나는 더 이상 그 어떤 말도 듣고 싶지도, 또 아무것도 알고 싶지도 않아졌다. 나는 두 손으로 아주 세게 내 귀를 틀어막았고, 토끼가 목이 잘려 나갈 때 지르는 것처럼 굉장히 날카로운 비명을 지르기 시작했다. 목을 벨 때 토끼가 지르는 비명을 한 번도 들어 본 적이 없으며, 어쩌면 전혀 소리를 지르지 않을지도 모르며, 또 이 불쌍한 것이 조용히 자기를 죽이게 그냥 놔둘 수도 있다는 사실을 제외하고, 뭐, 그냥 단순히 말해서 내가 죽을 힘을 다해, 죽을 정도로 날카롭게 소리를 질렀다는 거다.

내가 특히나 듣기 싫었던 건 엄마가 아빠에 관해 말하는 거였다. 엄마가 입을 열었지만 나는 그 어떤 소리도 듣지 못했고, 달싹거리는 엄마의 입술이 눈에 들어오자 두 눈마저 감아 버렸으며, 이렇게 해서 적어도 나는 엄마를 더 이상 보지 않아도 되었지만, 이렇게 귀를 막아 버리고 눈을 감은 채 소리를 지르고, 또 일부러 그렇게 하는 게 아닐 때, 이런 행위는 기절하는 척하는 것보다 훨씬 강력하고 또 실패하는 법이 없이 곧장 기절하게 된다. 이게 바로 정확이 나에게 일어난 일이기도 했다. 나는 부엌 옆 바닥 위로 그대로 쓰러졌던 것이다.

내가 다시 정신을 차렸을 때, 가장 먼저 떠오른 생각은 내가 요 몇 달 전부터 너무 자주 기절하며, 내 몸에 정상적이지 않은 무언가가 있는 것이 분명하며, 어쩌면 철분이나 탄소, 혹은 유황이나 황산, 혹은 마그네슘이나 비타민에 함유되어 있는, 내가 잘 모르는 어떤 요소들이 내게는 결핍되어 있다는 것이었다. 엄마는 내 옆에 앉아서 머리를 쓰다듬어 주셨고, 손으로 내 볼을 가볍게 다독거리더니 나에게 말했다.

"가엾은 내 딸, 내 사랑, 다 큰 내 딸이 아프구나. 이제부터 엄마가 곁에서 돌봐 줄게."

나는 엄마의 말에 귀를 기울였고, 나에게 결코, 결코, 결코 하지 않았던 말을 엄마가 해 주기를 기대했다. 다시 말해서 엄마가 나를 사랑하며, 서로 안부 인사를 나눌 때처럼 가볍게 말하는 것이 아니라, 진심 어린 목소리로 진정 마음에서 우러나와 엄마가 이렇게 말하기를 기대했는데, 그건 지금이야말로 바로 이렇게 말할 진정한 순간이었기 때문이다. 하지만 엄마가 발음할 능력이 없는 단어가 바로 이 두 마디 말이라고 할 만큼 엄마는 얼마간 계속해서 딴청을 피웠다. 나는 엄마에게 말했다.

"엄마, 제발 나를 혼자 있게 해 줘. 나를 그냥 내버려둬. 부탁이야."

나의 모든 분노가 한꺼번에 나에게서 빠져나가 버렸으며, 나는 공허함, 이미 내가 하늘과 우리들 사이에서 목격한 바 있으며, 또 나를 불안하게 만들었던 그 공허함을 진하게 느꼈다.

엄마는 자리에서 일어났고 나도 그렇게 했다. 엄마는 나에게 물 한 잔을 내밀었다. 나는 왜 기절해서 깨어난 사람들에게 항상 물 한 잔을 내미는지 알 수 없었다. 오히려 피 한 잔, 정말 빨갛고 신선한 피를 한 잔 주어야만 한다고 생각했는데, 적어도 한 잔의 피는 도움을 줄 수 있기 때문이다. 그럼에도 나는 그 물을 들이켰다. 나는 완전히 녹초가 되어 있었으며, 내 방으로 가기 위해서 자리를 떴고, 엄마는 내가 괜찮은지, 의사라도 불러 주어야 하는지 나에게 물어보면서 방까지 나를 바래다주었다. 이런 엄마의 태도가 또 나를 놀라게 만들었다. 내 상태가 좋지 않다고 생각했다면 왜 엄마는 내 의견을 물어보았을까? 의사를 부르기로 결정해 버리면 그만이며, 어쨌든 이런 건 내가 엄마에게 물어봐야 하는 것은 아니지 않는가? 나는 곧 열네 살이 되는 열세 살 먹은 아이, 그 이상 아무것도 아니었다. 왜 지금 부모님을 대신해서 이런 종류의 결정을 내가 내려야만 하는가? 이건 예전에는 보지 못하던 아주 독창적인 제안이었다. 더구나 부모님은 의사를 잘 알고 있으며, 아니 심지어 의사들 밖에는 아는 사람들이 없다고 해도 과언은 아니다. 그들은 치과의사, 산부인과 어쩌고, 구강외과 어쩌고, 피부과 어쩌고, 심지어 류머티즘 어쩌고 하는 의사들이나 아빠처럼 옷가지를 파는 사람들만 알고 있다. 이게 바로 내 부모들이 유일하게 만나는 사람들이 종사하는 두 부류의 직업이며, 확실한 게 하나 더 있다면, 언젠가 내가 고전음악 지휘자를 만나게 된다고 가정할 때, 그건 이런 사람들 덕분도 아니고 이런 사람들이 살고 있는 집에서도 아닐 것이라는 사실이다. 나는 정말로 이 사실을 확신한다. 무티나 베토벤은 이런 사람들과는 아무런 관계가 없다.

나는 엄마가 나에게 의사나 이 모든 것에 대해 더 이상 말하지 않게 하려고 몸이 좋지 않다고 했고, 게다가 그건 또 엄연한 사실이기도 했다. 나는 침대에 눕겠다고 말했으며, 청바지와 실내화, 그리고 스웨터만 벗고서 침대에 누웠고, 그러고는 재빨리 눈을 감았다. 엄마는 내 옆에 앉더니 말했다.

"내가 너를 지켜 주마. 요즘 내가 너무 바빴단다. 이제부터 네 곁을 떠나지 않을 테니 믿어 주렴. 네가 괜찮아질 때까지 너를 지켜볼게. 너는 이 엄마의 어엿한 딸이잖니. 이 엄마가 너를 돌봐 주마."

엄마는 나에게 이렇게 유치한 말을 계속 되풀이했으며, 아기들을 위한 자장가처럼 노래를 부르기도 했다. 그러자 나는 큰 소리로 '쉿' 했고, 침대 반대편 벽을 향해 돌아누웠으며, 잠에 빠질 때까지 일부러 잠자는 척했다.

어쩌면 이 사건이 정말로 나를 망가트렸는지도 모르겠고, 또 어쩌면 하루 동안 내가 너무 고통스러워했는지도 모르겠다. 이 모든 것이 부당한 사건—크자비에 뒤카스 사건—과 함께 시작되었고, 그런 다음 아무런 조치도 취하지 않은 학생주임과 전화통화를 한 후 나와 이 일을 포기했던 아빠, 그런 다음 어쨌든 나를 당황하게 만든 다른 애와의 전화통화, 그런 다음 여기에 추가된, 아빠가 등을 돌리자마자 다른 남자와 잠을 잔 엄마를 발견한 사건, 이 모든 것들, 더구나 아빠 역시 분명 똑같을 거라고 엄마가 내게 말했던 게 나를 편히

쉬게끔 놓아주지 않았고, 심지어 이 일은 내가 이전과 똑같은 여자아이가 아니게끔 만들었다. 전날의 스테파니, 그녀는 죽었고, 나는 이제 다른 사람이었다. 이 다른 사람은 잠에 빠졌다.

25

정말로 아무 데도 아프지 않은데 잠을 자고 나서 오후에 깨어났을 때, 우리가 하게 되는 첫 번째 일은 학급의 다른 아이들이 여전히 수업을 받고 있는지 알아보는 것이며, 솔직히 말해서 그건 그다지 불쾌하지는 않다. 나는 이미 오래전부터 낮잠을 자지 않았는데, 그래서 나를 더 놀라게 한 건, 내가 이렇게나 빨리 잠에 빠질 수 있다는 사실이었다. 내 생각에 그건 아마도 내 몸이 정말로 피곤했기 때문이다. 또 그렇게 피곤한 이유는 내가 계속해서 성장하는 중이기 때문이며, 나는, 예를 들어, 다리 같은 데가 정말로 쑤시고 아픈 걸 느낀다. 그렇게 따지고 보면 내가 환한 대낮에 잠을 자는 것도 정상이라고 할 만하며, 이렇게 낮잠을 자고 나니 내가 덜 아프게 된 것 같기도 하다.

내가 다시 잠에서 깨었을 때 엄마는 더 이상 내 방에 있지 않았다. 내 발 아래 쪼그리고서 가펑클이 침대 끝에서 나처럼 잠을 자고 있었다. 가펑클은 고함소리나 말다툼을 아주 싫어했기 때문에 나만큼이나 피곤한 게 분명했다. 아니, 나보다 더 늙었기 때문에 어쩌면 나보다 더 피곤해할지도 모른다. 나는 이불 아래로 발을 흔들어서 가펑클을 조심스레 깨웠고, 발로 배를 간지럽혔다. 가펑클은 이런 놀이를 좋아했다. 나는 가펑클에게 말했다.

"가펑클, 어서 일어나. 우리 여행을 떠나자."

가펑클은 두세 번가량 가르릉 소리를 냈고, 이윽고 늘어지게 하품을 하더니 내게 말했다.

"어이 친구, 어디로 가려고?"

몇 시간 전부터 나에게 밀려왔던 모든 사건들이 내게서 차츰 멀어지기 시작했고, 가펑클과 나는 지금 정상인들처럼 서로 이야기를 주고받고 있었다. 며칠 전 내가 화장실에서 기절했을 때 가펑클이 나에게 괜찮냐고 물어본 걸 떠올렸다. 당시 나는 이 사건에 그다지 주목하지 않았었는데, 왜냐하면 그 때 내 머릿속은 거울 앞에서 내가 누구인지, 내 상태가 어떤지 알아보고자 노력하는 데 몰두하는 걸로 가득 차 있었기 때문이다. 하지만 지금 우리는 정상적으로 이야기를 나누고 있으며, 나는 이것이 지극히 정상이라고 생각한다. (내가 정말로 맛이 좀 간 게 분명하다.)

나는 가펑클에게 말했다.

"그래 네 말이 맞아. 우리가 어디로 갈 수 있을까?"

나는 집에 더 이상 머물 수 없다고 생각했고, 어쨌든 오늘, 아니면 최소한 아빠가 여행에서 돌아오지 않는 동안 집에 머물러 있을 수 없으며, 엄마와 이런 일을 겪게 된 뒤에 엄마와 단둘이 집에 있기란 절대로 불가능할 거라 생각했다. 내가 두 번째 가출을 하는 것은 따라서 당연하며, 만약 그렇게 하지 않으면, 나는 정말로 무능한 것이며, 또 내 자신에 대해 실망할 것만 같았다.

나는 재빨리 머릿속으로 내가 종적을 감출 수 있는 장소나 사람들이 사는 집 리스트를 만들기 시작했다.

나는 이 리스트가 그다지 썩 훌륭하지 않으며, 나에게는 정말로 해결책이 없다는 사실을 깨닫게 되었다. 가출하는 건 좋지만, 어쨌든 가야 할 곳을 알아야만 되는 거 아닌가!

소피네, 발레리네, 나탈리네, 줄리네 집은 말도 안 된다. 왜냐하면 이혼한 사람이 둘이며—내가 말하고자 하는 것은 얘들이 아니라 얘네들의 부모님—때문에 시도해 볼 필요조차 없다. 나는 이혼한 부모를 둔 아이들은 그렇지 않은 애들의 부모님과 성가신 마찰이 벌어지는 걸 바라지 않을 것이며, 그들은 또 이런 종류의 일을 지긋지긋하게 보고 겪어 왔을 것이라는 사실을 떠올려 보았다. 그 외의 두 친구들과 걔네 부모님들은 행복한 사람들에 속하며, 이 경우, 걔네 부모님은 우리 집에서 허락을 받았는지 여부를 먼저 확인해 보지 않고서는 결코 나를 받아 주지 않을 것이다. 행복한 사람들, 그들은 늘 다른 부모님들에게 먼저 확인을 하는 버릇이 있다. 그들은 인생의 근본으로 삼을 만한 절대 원칙을 가지고 있다.

플레르네 집에 가는 것도 마찬가지인데, 플레르의 아빠는 책임감이 있는 사람이다. 플레르의 아빠는 이미 한 번 나에게 그와 같은 면모를 보여 준 적이 있다.

내 나이 또래 애들이 레알이나 라데팡스, 혹은 샹젤리제 거리 근처의 상점가에 가서 펑크족들의 침낭에서 잠을 자는 것도 보았지만, 그러면 우선 강간당할 위험이 있고, 솔직히 말해 그러기에 적당한 계절도 아니다.

음악 선생님 집에 가는 것은 어쩌면 괜찮을 수 있을지 모르겠지만, 선생님이 어디에 사시는지, 결혼은 하셨는지조차 나는 알지도 못한다. 하물며 선생님의 성조차, 아니 선생님에 대해 실상 내가 아는 게 아무것도 없다는 사실을 나는 비로소 깨달았다.

파리를 빠져나가는 도로 근처에 가서 오토 스톱을 하는 건 가능해 보였다. 하지만 그 다음 어디로 가야 하나? 프랑스의 남부나 북부, 혹은 동부나 서부에 내가 아는 사람이라곤 한 명도 없었으며, 더구나 겨울이라서 밖은 따뜻하지 않았고, 돈도 거의 없다는 사실을 염두에 두어야 했다. 평소에 돈이 떨어졌을 때 엄마에게 달라고 하곤 했는데, 우리 사이에 이런 일이 벌어졌으니 엄마한테 돈을 달라고 할 수는 없었다. 엄마를 찾아 '엄마 나 가출하려고 하는 데 돈이 좀 필요해'

라고 말할 수는 더더욱이 없었다.

물론 제일 좋은 방법은 아메리카 대륙으로 가는 것이지만, 그렇다고 반드시 아빠를 보기 위한 건 아니었는데, 그건 아빠가 어디에 있는지 내가 모르기 때문이다. 그렇다고 내 동업자와 곧바로 농장의 여주인으로 정착하기 위해 비행기표를 구입할 돈도 내겐 충분치 않았다. 정말로 깡다구 좋은 어떤 꼬마애가 비행기 안으로 숨어 들어가는 데 성공해서 발각되기 전까지 아시아 대륙 전체를 횡단하는 데 성공했다는 이야기를 한번 들은 적이 있다. 그 꼬맹이는 열한 살의 사내아이였고, 키가 아주 작았는데, 나는 개에 비해 너무 커서 세관에서 나를 바로 찾아낼 수 있을 테고, 또 그렇게 되면 나는 다시 집으로 되돌아오게 될 것이며, 집에는 난리법석에다가 고함소리가 진동하게 될 게 뻔하고, 또 이 일로 나를 혼낼 수 있고 내게 훈계를 할 수 있어서 기뻐할 사람은 바로 엄마이며, 엄마는 이런 일을 빌미로 내가 엄마를 비난한 내용을 내게 억지로 잊게 만들 것이다. 이건 절대로 안 된다. 안 되고말고. 바보 같은 생각이다.

리스트는 이것으로 끝. 그다지 훌륭하지는 않았다.

어쨌건 내 두 번째 가출 장소를 찾아내지 못했다는 사실을 참을 수 없어서 나는 침대에서 몸을 일으켰다. 최소한 집에서 나오기라도 해야겠다고 생각했다. 나는 평상시 책을 넣곤 하는 US 배낭을 집어 들었고, 거기에다가 티셔츠와 반바지, 스웨터와 파자마, 치약과 칫솔을 넣었고, 내게 일어난 일을 기록하는 내 노트와 베토벤의 〈전원 교향곡〉 카세트테이프를 넣었다. 이것들 전부를 배낭 깊숙이 집어넣고는 그 위에다는 옷가지와 함께 기다랗고 파란 벨링턴 표 양말 한 짝도 집어넣었는데, 이렇게 한 이유는 옷과 물건들 사이에 가평클을 넣은 다음 작은 집을 닮은 바구니 모양을 만들어 주기 위해서였다. 나는 옷을 입었고 엄마가 어디에 있는지 살펴보려고 문을 열었다. 아무 소리도 들리지 않아서 나는 부엌으로 갔는데 그곳에도 아무도 없었다. 내 방으로 다시 돌아오면서 나는 엄마가 문턱 위에다가 쪽지를 남겨 놓았고 복도의 모케트 위에다가도 무언가를 적어 놓은 종이 한 장을 남겨 놓았다는 사실을 알게 되었다. 아마 내가 문을 열게 되면 그것을 읽게 될 거라고 엄마가 확신한 게 분명하다. 종이 위에는 이렇게 적혀 있었다.

"내 사랑스러운 딸 보렴. 아주 중요한 약속이 있는 걸 깜빡 잊었단다. 곧 돌아오마. 이탈리아 식당에서 피자 사 올게. 우리 사이좋은 친구처럼 나란히 저녁을 먹자꾸나. 엄마를 조금만 기다려 주렴. 그동안 잘 지내고. 엄마가 널 돌봐 줄게. 후딱, 잽싸게 다시 돌아오마!"

엄마는 아무런 거침이 없었다. 엄마는 아무 일도 없었던 것처럼 행동했고, 게다가 나를 혼자 놔두었다. 엄마는 쫄지 않았던 것이다. 게다가 나에게 약속한 유일한 게 고작 피자였으며, 이건 정말이지 내가 싫어한다고 이미 설명했었다. 더구나 "후딱, 잽싸게"는 텔레비전에서 멍청한 가수들을 소개하는 멍청한 인간들이 말하는 방식과 닮은, 내가 끔찍이도 싫어하는 표현이었다. 그들은 친숙하다거나 독창적이라는 인상을 주기 위해 이런 표현을 즐겨 사용한다.

나는 가펑클을 들어 내 US 배낭 속에 집어넣었다. 가펑클은 만족해하지 않는 것 같았다. 가펑클은 자기 집에서 나가는 걸 그다지 좋아하지 않았고, 그러나 내가 얼마나 집을 나가 있을지 모르기 때문에, 비록 몇 시간 안 되겠지만, 그럼에도 불구하고, 나는 가펑클을 혼자 두고 갈 수 없다고 생각했다. 거리로 나오면서 나는 혼자서는 아무 데나 갈 수 없으며, 혼자보다는 둘이 훨씬 나을 것이라는 사실을 깨달았고, 그래서 다른 애의 집에 가서 나와 함께 떠나자고 부탁하기로 결심하였다. 사실 걔네 집이 내가 갈 수 있는 유일한 곳이기도 했다. 내 리스트에 집어넣지는 않았지만 내가 가야 할 곳은 바로 다른 애의 집이었고, 내 인생에서 정말이지 중요한 사람은 바로 다른 애였다.

26

다른 애의 집에 도착할 무렵, 등이 아파 오기 시작했는데, 가평클이 가는 길 내내 나를 흔들면서 계속해서 불평을 했고 내가 멘 US 배낭과 내가 입고 있는 비옷 사이에서 나를 긁어 댔기 때문이다. 게다가 내 컨디션이 썩 좋은 것도 아니었다. 나는 파블로가 아직 집에 돌아오지 않았을 거라고 짐작했는데, 늦은 시간까지 수업이 있는 날이었고, 또 지금은 비교적 이른 오후였기 때문이다.

나는 다른 애가 출입문을 열어 주러 나올 수 없다는 사실을 알고 있었기 때문에 뒤편으로 돌아가서는 창문을 향해 작은 돌멩이를 던졌고, 그러자 다른 애는 작은 의자를 움직여 창문가에 도착했다. 나는 창문 높이까지 다다른 그의 얼굴을 보았고, 그는 나에게 낮은 벽을 타고 올라오라고 신호를 보냈다. 창문은 그다지 높지 않아 그가 열 수 있을 정도였다. 나는 US 배낭을 메고 그의 방으로 들어갈 수 있었다.

그가 나에게 말했다.

"무슨 일이야? 집에서 아예 나온 거야?"

나는 말했다.

"그걸 어떻게 알아맞힌 거야?"

다른 애는 불쌍한 가평클의 머리와 귀가 삐죽 나와 있는 내 US 배낭을 가리키면서 이렇게 말했다.

"네 고양이를 데리고 나온 거라면, 그건 심각하다는 뜻이지."

가평클은 배낭에서 튀어나와 날뛰기 시작했고, 자신이 어디에 있는지 모르는 상태에서 무언가 썩 내키지 않을 때 그렇게 하던 것처럼 사방으로 킁킁거리면서 커다란 조엘의 방을 빙글빙글 돌기 시작했다. 가펑클은 진짜 사냥개처럼 비디오테이프, 책, 신문이나 잡지 밑 구석구석에 코를 박고 킁킁거렸으며, 매우 불안하고 또 몹시도 당황해하는 표정을 하고 있었는데, 그건 어디에 자리를 잡아야 할지 가펑클이 잘 몰랐기 때문일 것이다. 나는 가펑클과 함께 앞으로 진짜로 골치 아픈 문제들을 겪게 될 것이라고 생각했다. 나는 가펑클에게 줄 위스카스조차 가지고 오지 않았고, 가펑클의 대소변을 받을 화장실과 모래도 가지고 오지 않았으니, 가출 준비 한번 끝내주게 잘한 것이다!

나는 조엘에게 말했다.

"나랑 같이 가자. 둘이라면 우리는 보다 강해질 거야."

그는 나에게 말했다.

"그런데 어디로 가려고?"

나는 말했다.

"바로 이게 문제야. 나도 어디로 가야 할지 잘 모르겠어."

그는 나에게 말했다.

"왜 떠나려고 해?"

그러자 나는 엄마와 있었던 일 등등을 포함하여 처음부터 모든 걸 다 조엘에게 이야기했다. 전화로 이미 말했던 부당한 사건도 다시 이야기했고, 심지어 그가 나에게 거짓말을 했다고 말했을 때, 그 전에 나에게 했던 이야기 때문에 그에게 실망했었다고 말하기도 했다. 결국 나는 앞 장의 요약을 그에게 모두 들려주고서는 이렇게 말했다.

"자, 가자. 내가 도와줄게. 네 작은 자동차를 내가 뒤에서 밀어 줄게. 우리 둘이라면 함께 떠날 수 있어."

그는 나에게 말했다.

"안 돼. 안 돼. 내 부모님께 그렇게 할 수는 없어. 안 돼."

그는 굳은 얼굴을 하고 있었고, 평소에 나에게 말할 때처럼 웃음을 지어 보이지도 않았다. 나는 그와 함께 내 두 번째 가출을 감행하기는 이미 글러 먹었으며, 또 그렇게 되기에는 너무 힘들 거라는 사실을 깨달았지만, 그럼에도 불구하고 나는 다시 채근 대기 시작했다. 내가 그에게 말했다.

"적어도 시도는 한번 해 봐! 언젠가 다시 걸을 수 있을 거라고 말했잖아. 우리 둘이서 그렇게 할 수 있을 거라고 난 확신해! 내 광선을 너에게 보내고 네가 그걸 잘 받아들인다면 네가 일어서는 데 도움이 될 거고, 네가 일어서면 우리 둘이서 수많은 일들, 정말로 믿을 수 없을 정도로 끝내주는 많은 일들을 함께할 수 있을 거라고 확신해."

하지만 그는 아니라며 고개를 저었고, 평소보다 훨씬 더 슬픈 얼굴을 하고 있었다. 그는 중요한 이야기를 하기 위해 내 말이 끝나기를 기다리고 있는 듯한 표정이었다. 그러나 내 말은 다 끝나지 않았다.

"조엘, 부탁해. 너는 일어서야만 해, 제발 부탁이야. 우리 둘이 함께 떠난다면 네가 걸을 수밖에 없을 테고, 물론 첫 날 그렇게 할 수 없을지도 모르지만, 결국 그렇게 될 거라는 걸 정말로, 아니 맹세코 확신해."

그는 나에게 말했다.

"그렇게 말하지 마. 가출해 봤자 네게 아무런 도움이 안 돼. 아무 소용없어. 게다가 어디로 갈지조차 모르겠다고 너도 말했잖아."

내가 말했다.

"가출이 아니더라도 좋아. 단 한 번만이라도 나와 함께 여기서 나가 봤으면 좋겠어. 함께 나가자. 비록 멀리 가지 못한다 하더라도 우리 둘이서 한번 가 보자. 응?"

이렇게 말하다가 나는 중요한 것이 가출은 아니라는 사실을 깨달았다. 내가 정말로 하고 싶은 것은 그와 함께 여기서 나가는 것, 그를 데리고 밖으로 나가는 것, 그에게 많은 것을 보여 주고, 거리에서 그의 손을 붙잡아 주는 것, 나와 함께 걷게 만드는 것이었다. 하지만 그는 머리를 세차게 흔들며 안 된다고 했다. 그는 점점 더 슬픈 표정을 지어 보였고, 차츰 창백한 얼굴이 되어 갔다. 내가 그에게 말했다.

"도대체 무슨 일이야, 어디 아픈 거야?"

그는 나에게 말했다.

"나는 아프지 않아. 하지만 나를 아프게 하는 건, 지금부터 내가 네게 진실을 말할 수밖에 없다는 거야."

그러고 나더니 그는 내 인생을 완전히 바꾸어 버릴 말을 꺼내는 것이었다. 여하튼 그가 한 말은 당장에 사물들을 보는 나의 방식을 상당히 바꾸어 놓았고, 앞으로 몇 년 동안 나에게 큰 충격으로 남아 있을 것이며, 또 오늘 하루 동안 벌어진 사건들 중에 진정한 사건이라면 사건이었다. 그는 나에게 말했다.

"지난번에 형이 너에게 어렴풋이 말했다는 사실을 알고 있어. 하지만 형은 네게 정확하게 말하지는 않았을 거야. 너는 단지 내가 치유될 수 없을 거라는 사실만 알고 있을 거야. 그런데 이게 다가 아니야. 사오 년 안에 내가 죽게 된다는 사실을 너에게 말하지 않았어. 너에게 말했던 모든 것, 이를테면 단식투쟁, 창피해하는 부모님, 복합신경마비 증상, 이 모든 게 사실은 새빨간 거짓말이었어! 파블로와 짜고서 너에게 진짜 진실을 숨겨 왔던 거야. 진실은 내가 근병증이라는, 보다 심각한 병에 걸렸다는 거고, 열여덟이나 스무 살을 넘기지 못한다는 거지. 이게 바로 진실이야. 나는 내가 얼마 안 가서 곧 죽게 될 것이라는 사실을 잘 알고 있어. 알겠어? 얼마 안 가서 곧 죽게 된다고."

나는 그에게 더 이상 해 줄 말이 없었다. 나는 그의 작은 휠체어 옆 바닥에 주저앉고 말았고, 그의 손을 잡고 싶었다. 그는 손을 잡게 내버려 두었다. 그는 계속해서 말했다.

"자, 내 소중한 친구 스테파니야, 아빠를 속인 네 엄마 이야기, 어쩌면 네 아빠도 똑같이 그랬을지도 모르지만, 네 엄마 이야기가 세계적인 차원의 비극은 아니라는 걸 너는 이해해야 돼. 나를 좀 봐. 나에게 일어난 일을 한번 봐. 이게 더 심각하지 않아? 그러니 이제 흥분한 상태에서 좀 벗어나 봐. 너는 앞으로의 *전망 속에서* 모든 것을 바라봐야 해."

나는 그에게 말했다.

"네가 무슨 말을 하려는지 잘 이해하지 못하겠어. 그게 뭘 뜻하는데?"

그는 나에게 말했다.

"내 말은 인생에서 중요한 것과 중요하지 않은 것, 해야만 하는 것과 하지 말아야 하는 것을 서로 혼동하지 말아야 한다는 거야. 어른들 사이에 벌어지는 더러운 일들, 지저분한 것들, 사소한 엉터리 수작들 따위에 네가 몰두하지 말아야 한다는 거지. 네 앞에 주어진 네 인생을 염려해야 하며, 불평을 그만두어야 한다는 거지. 전화로 네가 말한 것처럼 네 자신이 불행하다거나 행복한 사람들 무리에 속하지 않는다고 말하는 것도 이젠 그만두어야 해. 어쩌면 행복한 사람들 무리에 네가 속하지 않을 수도 있지만, 그렇다고 불평을 하면 진짜로 안 되는데, 너와 똑같은 경우에 처한 수백만 명의 네 나이 또래 여자애들이 존재하는 거에 비해서 나 같은 경우는 거의 없기 때문이야. 말하자면 그렇다는 거야!"

가평클은 비디오 카세트테이프 더미 바로 근처에서 편하

게 정착할 수 있는 귀퉁이를 발견한 듯했다. 가평클 역시 다른 애가 하는 말을 듣고 있는 듯한 인상을 받았지만 어쨌든 가평클이 모든 것을 이해했다고 생각하지는 않았다. 나는 비옷을 벗었고, 다시 자리에 앉았으며, 그의 손을 잡았다. 그는 내가 손을 다시 잡도록 놔두었다. 나는 아무 말도 할 수가 없었다. 게다가 그는 하던 말을 마치지 않은 상태였다.

"처음에 파블로와 내가 너에게 거짓말을 한 건, 잘 알지도 못하는 사람에게 치유될 수 없는 병에 걸렸고 곧 죽게 될 거라고 말하는 게 힘들어서야. 너라도 이런 것들은 네가 정말로 잘 알고, 또 진짜로 사랑하거나 함께 조금은 고통스러워할 수 있는 그런 사람에게 이야기할 수 있을 거야. 고양이를 넣은 US 배낭을 메고 도착한 네 모습을 보았을 때, 또 나에게 겪었던 일들을 죄다 이야기하고 나서 가출하고 싶다고 말했을 때, 나는 이제는 너에게 모든 것을 말할 수 있다고 생각했어. 네가 나에게 자리에서 일어나 보라고 더 이상 요구하지 않는다는 조건하에 말이야. 왜냐하면 나는 그렇게 할 수가 없거든. 그러니 너와 함께 떠나자고 요구하지 말아 줘. 나에게 여행은 정말이지 복잡하고도 어려운 일이거든. 그리고 또 한 가지, 네가 지금 앓고 있는 문제들은 가출한다고 그냥 사라져 버리는 게 아니야. 만약 우리가 다른 사람이 될 수 있다면, 그게 반드시 가출하면서는 아니거든. 네가 원하는 걸 발견해야 하는 곳은 너의 외부가 아니라 바로 네 내부에서야.

고속도로 주변을 서성이며 오토 스톱을 하면서가 아니라, 눈을 감고 너 자신을 돌아보면서야. 나는 늘 그렇게 해. 네가 아는지 모르겠지만, 나는 그래서 무언가를 발견하기도 해. 뭐 나도 시도해 보는 거지, 뭐. 우리는 머릿속으로, 그리고 방 안에서도 여행을 할 수 있어. 그건 도로 위를 휘젓고 다니는 것만큼이나 끝내주는 거지."

그가 내면 여행에 관해 말했기 때문인지 나는 갑자기 그와 함께 내면으로 여행을 떠나고 싶은 생각이 이상하리만치 강하게 들었다. 그와 음악을 공유하고 싶었다. 그가 내게 말했던 이 모든 것이 나에게 음악을 생각하게 만들었으며, 그래서인지 나는 최소한 한 번쯤은 그와 콘서트에 가고 싶어 미칠 지경이었다.

나는 그에게 말했다.

"딱 한 번만이라도 좋으니 나와 함께 콘서트 구경 가자. 이렇게 부탁할게."

그가 이 모든 것을 나에게 말한 지금, 나는 정말로 그를 믿고 있었고, 내가 가지고 있는 모든 걸 다른 누구보다도 그와 공유하고 싶은 막연한 감정을 갖고 있는 걸 느꼈으며, 어쩌면 이런 감정은 누군가를 좋아하는 것일지도 모른다고 생각했다.

그가 나에게 말했다.

"난 여기서 나가는 게 정말로 싫어. 몇 년 전에 부모님께서도 그렇게 해 보셨고, 나를 여기저기 데리고 다니시기도 하셨어. 부모님은 콘서트에, 박물관에, 축구 경기장에 이르기까지 나를 데리고 다니시느라 엄청난 노력을 아끼지 않으셨어. 하지만 나는 그걸 별로 좋아하지 않아. 집에 이렇게 내버려 둬 달라고 부모님에게 부탁한 건 바로 나야. 나는 이게 훨씬 편하고 좋아."

나는 그에게 말했다.

"어쨌든 딱 한 번만 나와 함께 정말로 끝내주는 음악 들으러 가지 않을래?"

그는 나에게 말했다.

"최근에 내 흥미를 끄는 콘서트는 없었어. 네가 알다시피 나는 거의 모든 잡지를 읽어. 한번 봐 봐. 지금 흥미로운 건 아무것도 없잖아. 멍청하고 한심한 패거리들 밖에 없어!"

나는 그에게 말했다.

"멍청하게 유행을 쫓는 한심한 팝이나 록 콘서트 따위를 말하는 게 아니야. 내가 말하려 하는 건 *진짜* 음악이야."

그러고 나서는 나는 그에게 신문과 잡지를 보여 주었다. 방 안에는 바닥 위에 널브러져 있는 책들이나 비디오테이프들과 텔레비전과 스테레오 장치가 있는 한복판 옆에 몇 킬로 정도는 너끈히 되어 보이는 신문과 잡지가 있었다. 우리는 콘서트를 소개하는 페이지를 함께 찾아보기 시작했고, 그러나 그 어디에서도 무티나 베토벤의 이름을 발견하지 못했다.

그 때 마침 좋은 생각이 떠올라 그에게 말했다.

"기다려! 기다려! 너에게 음악을 들려줄게."

그렇게 말하고 나서 나는 US 배낭 속에서 〈전원 교향곡〉 테이프를 꺼냈다. 집을 떠나올 때는 정작 이 카세트테이프를 왜 집어넣었는지 잘 모르고 있던 참인데, 이제는 그에게 들려주기 위해서였다는 사실이 명확해졌다. 내가 말했다.

"바로 이게 내가 너와 함께 듣고 싶은 음악이야. 너도 이 곡쯤은 알고 있지?"

그는 머리를 가로저으면서 아니라고 했고, 스테레오 장치를 향해 휠체어를 움직였다. 그는 방 안에 정말로 모던한 기계들을 잔뜩 갖고 있었으며, 최근에는 소형 컴퓨터를 들여놓았고 그걸로 하루 종일 게임을 한다. 이윽고 그는 스테레오 장치에다가 카세트테이프를 집어넣은 후 플레이 버튼을 눌렀고, 그런 다음 내 곁으로 다시 돌아왔다. 나는 옆에 앉아서 그의 손을 잡고서 이렇게 말했다.

"볼륨을 높여 놓았기를 바라. 그래야 곧장 음악 속으로 빠져들 수 있거든."

우리는 서로 손을 꼭 잡고서 나란히 테이프를 들었다. 가평클도 눈을 감고 음악을 들었으며, 언제였는지는 잘 모르겠지만, 내가 바이올린과 함께 하늘을 날면서 음악에 완전히 몰두하기 시작했다는 걸 느끼기 시작한 바로 그 순간에 나는 조엘을 바라보았다. 조엘은 나에게 이해한다고 말하려는 듯

머리를 끄덕거렸고, 나는 이것이야 말로 진정한 가출이라고 생각했다. 조엘이 나와 똑같은 감동을 느끼고 있었기 때문에 나는 정말로 그와 함께 떠난 것이나 다름없었다. 그러다가 갑자기 조엘이 음악을 끄더니 나에게 말했다.

"스테파니, 이제 가야 할 것 같다. 파블로가 곧 돌아올 거야. 파블로는 무슨 일이 일어났었는지 아무것도 모를 거야. 그리고 또 조금 있다가 부모님께서 오실 거야. 물론 이제 네가 진실을 알고 있기 때문에 우리 부모님을 만나도 된다고 생각해. 하지만 오늘은 아니야. 오늘 하루 있었던 일을 너와 단둘이서만 간직하고 싶어. 더구나 너는 충분히 복잡하고 혼란스런 하루를 보냈잖아. 네게 벌어진 모든 걸 네 머릿속에 다 어떻게 정리해야 할지조차 잘 모르고 있을걸. 어서 네 고양이를 안으렴. 이 녀석도 집으로 돌아가고 싶은 게 분명해. 한번 봐. 이 녀석도 편안해하지 않잖아."

그리곤 나에게 이렇게 말했다.

"네가 들려준 음악, 네가 좋아하는 것만큼이나 나도 좋아. 너와 나는 똑같다고 너한테 늘 말해 왔잖아."

조엘의 말은 내 기분을 좋게, 아주 좋게 만들어 주었다. 오늘 내게 찾아온 모든 문제들에도 불구하고, 나는 그의 집에 도착하기 전보다 기분이 훨씬 나아진 걸 느꼈다.

물론 그런 동시에 〈전원 교향곡〉에 우리가 몰두한 바로 그 순간 떠나라고 나에게 요구한 것이 약간은 나를 힘겹게 만들었다. 나는 조엘이 왜 그랬는지 잘 이해하지 못했다. 서로 좋아하는 사람들은 무언가 요구할 때 이에 합당한 이유를 서로에게 말해 주어야 하며, 심지어 다투지도 말아야 한다고 생각했다. 물론 그가 한 말은 옳았다. 그러나 나에게 일어난 모든 일과 그가 나에게 말한 모든 것들을 곰곰이 되짚어 보는 데 나는 어려움을 겪고 있었다. 심지어 나는 파블로나 그의 부모님을 만나고 싶지도 않았다. 외부가 아니라 나의 내부에 혼자 머물고 싶었다. 나는 우리 둘 사이에 일어났던 모든 일의 앞 부분을 요약하여 정리하고 싶었다. 나는〈전원 교향곡〉테이프와 함께 가펑클을 다시 내 US 배낭 속에 넣었고, 다른 애, 즉 조엘의 볼에다 입을 맞추면서 그를 끌어안았다. 그 누구와도 해 본 적이 없던 일이 이렇게 나에게 일어났고, 나는 그러고 싶었으며, 그 역시 나와 마찬가지인 것이 확실하다고 생각한 건 그도 나를 안아 주었기 때문이다. 나는 문을 빠져나왔고, 누구와도 마주치지 않기 위해서 골목을 잽싸게 빠져나왔다. 그건 내가 그 누구와도 말을 하고 싶은 마음이 들지 않아서였기 때문이었다.

나는 흥분한 것은 아니었고, 그렇지만 정말이지 이상야릇한 상태에 놓여 있었다. 조금은 정신을 딴 곳에 두고 있었다고 해야 옳을 것이다.

나는 곧장 집으로 갈 마음도, 또 엄마를 다시 볼 마음도 들지 않아서 족히 한 시간 가량 17구 전역을 걸었던 것 같다.

추위 속에서 한참을 걸어다닌 게 분명했지만, 막상 걸을 때는 더 이상 추위를 느끼지 않았고, 또 평소에도 나는 자주 이렇게 하곤 했었다. 알래스카나 중국으로 떠나는 사람들도 있지만 나의 여행지는 바로 17구였다. 나는 심지어 이곳을 정말 훤히 꿰뚫어 보고 있다고 말할 수 있을 정도였다. 가펑클은 등에 멘 내 US 배낭 속에서 쉴 새 없이 야옹거리거나 나를 할퀴기도 했다. 그러다가 우리는 텅 비고 슬퍼 보이는 어떤 카페 앞에서 멈추어 섰고, 그건 바로 내가 정확히 바라고 있던 그런 모습이었으며, 우리는 통째로 비어 있는 의자들이 쭉 늘어선 귀퉁이에 앉았다. 나는 콜라를 마셨고, 그러고는 레몬 디아블로를 주문했고, 그 다음엔 또 콜라 한 잔을, 그리고 심지어는 차도 한 잔 마셨다. 나는 US 배낭에서 가펑클이 나올 수 있게 해 주었고, 가펑클이 겁을 먹지 않도록 어루만져 주면서 내 무릎 위에 올려놓았다. 비록 뛰어난 생물이지만 고양이가 잘 할 줄 모르는 것이 하나 있다면 그것은 바로 낯선 곳에 재빠르게 적응하는 것이다. 내가 무릎 위에 올려놓고 어루만지면서 따뜻하게 해 주었기 때문에 가펑클은 이 텅 비고 슬퍼 보이는 카페를 결국 좋아하게 되었다. 그건 나도 마찬가지였다. 이곳에는 아무도 없었다. 종업원 아저씨는 광대처럼 적갈색 콧수염을 달고 있었고, 아주 귀여운 여자애 같은 목소리의 소유자였는데, 키가 작았고 친절했다. 나는 그를 바라보면서 친구로 삼을 만한 사람이라고 생각했는데,

그건 이 아저씨가 정말이지 행복하지는 않은 게 분명한 그런 인상을 갖고 있었기 때문이며, 또 나는 이런 사람들과 잘 지내 온 편이기 때문이다. 하지만 그럼에도 나는 내 인생에 대해서 그 아저씨에게 말하고 싶지는 않았다. 만약 우리가 지나치게 자주 자신의 삶을, 그것도 지나치게 많은 사람들에게 이야기한다면 그들 역시 당신에게 자신의 삶을 이야기하기 시작할 것이고, 그렇게 되면 더 이상 해결책이 없게 된다. 나는 다른 사람들의 말을 듣는 걸 좋아하지만, 이 순간만큼은 다른 사람들의 인생에서 벌어지는 일들을 알고 싶은 마음이 들지 않았으며, 특히 적갈색 콧수염에 여자 목소리를 한 어떤 남자의 그것을 알고 싶은 마음이 없다는 사실을 납득하게 되었다. 어쨌건 이 아저씨는 멋지고 호감을 불러일으켰다.

나는 여기서 한두 시간쯤 머물렀던 것이 분명하며, 그 이상은 잘 알지 못하겠고, 날이 저물기 시작했으며, 아저씨는 가끔씩 내 자리로 와서는 나를 이상하다는 듯한 표정으로 바라보았고, 심지어 한 번은 이렇게 말하기도 했다.

"꼬마 아가씨 집으로 돌아갈 시간이 되었다고 생각하지 않으세요?"

나는 대답했다.

"걱정하지 마세요, 아저씨. 부모님께서 저를 기다리고 있고 저는 곧 집에 돌아갈 예정이에요."

내가 원하는 것은 비록 텅 비었고 슬퍼 보이지만 평온하고 따듯한 구석 자리에서 좀더 머무르는 것이었다. 그러면 하루 동안 내가 알게 되었고 고통스러워했던 것들에 대해 조금 더 곰곰이 생각할 수 있을 것 같았다. 왜냐하면 아주 잘생기고 또 나를 몹시도 기쁘게 해 주었던 다른 애가 나에게 건네주었던 조언에도 불구하고 오늘 나를 고통스럽게 했던 것들이 상당히 많았기 때문이다. 나 때문만이 아니라 그 아이 때문에 나는 고통스러웠다. 내 친구들이 말하는 것처럼 나는 항상 목에 무언가가 걸린 듯 가슴이 답답하다고 느껴 왔지만, 지금은 그런 것과 비슷한 감정을 내 자신을 향해 느끼고 있는 게 아니라 바로 그 아이에 대해 이런 마음을 갖게 된 것이다. 그러나 나는 무엇인가를 발견했고, 그 아이를 위해 고통스러워한다는 것은 정말로 고통이 아니라, 사실은 이렇게 비밀을 공유한다는 것(그가 비밀을 말한 건 오로지 나에게일 뿐이며, 또 내 편에서 보자면 나는 내가 좋아하는 음악에 그를 몰두하게 해 주었고, 그 후에 우리가 서로를 안았다는 사실)이었다. 이 모든 것이 오히려 환상적으로 보였고, 다시 시작할 수 있다고 내가 생각한 것도 바로 이 때문이었다. 우리 둘이서 이런 비밀을 갖게 된 지금, 나는 우리가 마치 다른 사람들보다 훨씬 더 많은 것을 갖고 있어 풍요로워진 것만 같다.

나는 오랫동안 이 모든 것을 길게, 그리고 곰곰이 다시 생각해 보았다. 그러나 아무 일도 일어나지 않았다. 그러자 나는 콜라 한 잔을 다시 주문하려고 했다. 하지만 내 수중에는 더 이상 돈이 남아 있지 않았다. 나는 밤이 거의 다 되어서야 카페를 빠져나왔다.

27

집으로 돌아왔지만 집에는 아직 아무도 없었다. 나는 부엌으로 가서 엄마를 불렀다.

"엄마, 엄마!"

그 어디에서도 대답 소리는 들려오지 않았다. 집이 자주 비어 있는 것이 습관이 되어 있긴 했지만, 그럼에도 불구하고 나는 좀 겁이 나기 시작했으며, 심지어, 뭔지 잘 모르지만, 엄마가 멍청한 짓을 했다든지, 아니면 뭔가 심각한 일이 일어난 것은 아닌가 하고 생각하기도 했다. 나는 엄마의 침실로 갔는데, 엄마가 정리를 해 놓은 게 분명했다. 방은 고즈넉했고 그게 다였으며, 모케트 위에는 더 이상 아무것도 없었고, 물론 엄마도 거기에 없었다. 나는 배가 고파 왔고, 가펑클 역시 그랬으며, 그래서 가펑클은 위스카스를, 나는 내가 선호하는 음식, 다시 말해서 초콜릿을 조금 바른 코르니숑을 먹었는데, 평소에 좋아하던 것이 이번에는 그렇게 맛있지 않았다. (나는 왜 내가 초콜릿을 바른 코르니숑을 좋아하는지 잘 알고 있다. 그것은 지금까지 살아온 내 인생이 바로 코르니숑과 초콜릿처럼, 어떤 때는 쓰고, 어떤 때는 달며, 어떤 때는 톡톡 쏘고, 어떤 때는 감미롭기 때문이다. 바로 이런 게 내 인생이고, 내 인생을 닮아 있는 무엇이다.) 나는 엄마가 좀 심했으며, 내가 돌아왔을 때 집에 있을 수도 있었다고 생각했는데, 그 이유는 엄마가 나에게 쓴 쪽지에서 약속한 게 바로 그것이었기 때문이었다. 전화벨이 울렸고, 소피였다.

소피가 나에게 물어보았다.

"너냐? 집에 없던데 어디 아프냐? 왜 농장에 안 왔어?"

나는 말했다.

"몸이 별로 좋지 않아서."

그녀는 말했다.

"어, 그래."

나는 말했다.

"그렇지 뭐, 안녕."

소피는 나에게 말했다.

"안녕."

나는 소피가 친절하지 않다고 생각했다. 친구로서 그녀는 이런 짤막한 물음이 아니라, 나에게 무슨 일이 있었는지 진지한 태도로 자세한 사항을 물어볼 수도 있었을 것이라 생각했다. 나는 이번 일에서 정말로 각자가 자기 일에만 전념하며, 걱정거리가 있을 때, 진짜 걱정거리가 있을 때 물어보고 말을 들어 줄 준비가 되어 있는 사람은 정작 많지 않다고 생각했다. 소피는 나를 실망시켰다. 다른 애, 그리고 물론 가펑클을 제외한다면, 내가 이야기할 상대는 정말로 없었다. 때문에 할머니나 할아버지가 없는 게 정말이지 유감이라고 나는 생각한다. 할머니나 할아버지라면 내 사건이 발생한 순간, 나를 진정으로 도와줄 수도 있었을 것이다.

'나를 돕는 것m'aider'과 '나를 사랑하는 것m'aimer', 이 두 단어는 거의 동일하다. 두 단어 사이에는 m 대신 d로 바뀔 수 있는 철자 하나가 있긴 하지만, 내 생각에 이 둘은 서로 같다. 우리가 누군가를 도울 때 우리는 그를 사랑하며, 우리가 누군가를 사랑할 때 우리는 당연히 그 사람을 돕게 되는 것이다.

마미Mammy를 생각하니 마모Mamo가 떠올랐다. 일단 한 번 그녀를 생각하기 시작하자 이런 생각은 계속해서 발전해 나가기 시작했고, 마침내 나는 마모를 보러 가기로 결심하게 되었다. 내 가출의 목표는 마모네 집을 향해서 떠나는 것이 되어 버렸다.

마모. 내가 아기였을 때 나를 돌봐 주던 아주머니를 우리 집에서는 이렇게 불렀다. 그녀의 성은 모로였지만 아빠와 엄마도 그녀를 늘 이렇게 불렀으며, 이름과 성으로 그녀를 부른 적이 결코 없었다. 내가 잘 모르는 관계로, 게다가 내가 아직 아기였던 탓에 그녀의 이름이 무엇이었는지 알 턱이 없었으므로 나는 결국 엄마 아빠처럼 그녀를 마모라고 부르게 되었다. 이런 현상은 또 지극히 정상이며, 아기들은 늘 그렇게 하며, 모든 이름을 변형시킨다. 내 생각에 내가 아기였을 때 진짜로 나를 키워 준 사람은 바로 그녀였을 텐데, 그 이유는 더 이상 아기가 아닌 지금보다 내가 아기였을 때라고 해서 엄마가 나를 더 잘 돌보았을 턱이 없었기 때문이다. 내가 매일 보았던 사람은 바로 마모였고, 마모는 아침저녁으로 나를 먹여 주었으며, 거의 마미와도 같았으며, 때문에 마모는 그녀와 잘 어울리는 이름이기도 했다. 엄마와 아빠가 왜 그녀를 더 이상 데리고 있지 않게 되었는지 나는 잘 이해하지 못했다. 하지만 언젠가 세 사람이 서로 다투지 않았나 싶다. 나는 그들이 하는 말을 이해하지 못했고, 왜 그녀가 우리 집에 더 이상 머물고 싶지 않다고 부모님에게 말했는지 이해하지 못했다. 모두가 고함을 질렀던 것 같고, 그녀가 많이 울었던 것 같다. 하지만 내가 아는 것은 고작해야 이 일이 있은 후 그녀, 즉 마모가 우리 집을 떠나갔고 그 이후로 다시는 보지 못했다는 것이다. 매년 크리스마스 때면 그녀는 내게 크리스마스 카드를 보내왔는데, 올해는 그렇게 하지 않았다. 하지만 나는 항상 그녀에게 답장을 보냈으며, 그래서 그녀가 어디에 사는지 알고 있다. 그녀는 아르빌이라는 노르망디 지방의 작은 마을에 살고 있다.

마모. 나는 더 이상 그녀의 얼굴을 기억하지 못한다. 나는 그녀가 통통한 볼에 항상 즐거움이 그렁그렁한 두 눈을 가진 진짜 마미를 닮았을 거라고 생각했다. 지금 나는 내가 아주 작고 어린 아기였을 때 나를 양팔에 안고 찍은 그녀의 사진 한 장을 갖고 있을 뿐이다. 그녀와 부모님들 사이에 무슨 일이 벌어졌었는지 나는 정말로 알지 못했으며, 물론 곰곰이 생각해 보지도 않았지만, 어쨌든 내가 아는 것은 그녀가 떠나게 되었을 때, 그녀가 부모님에 관해 진실된 무언가를 말했음에 분명했다는 사실, 또 부모님이 그녀가 말한 것을 인정하지 않을 수밖에 없었다는 사실이다. 지금의 나는 사람들이 진실을 결코 받아들이지 않는다는 사실을 잘 알고 있는 터이다. 어쨌든 그녀가 떠났을 때 나는 끔찍한 괴로움 때문에 매일 발작하다시피했고, 이 상태가 아주 오랫동안 지속되었으며, 울고 또 울었고, 하루 종일 마모, 내 마모, 마아아아아~모를 불러 댔고, 그 숫자가 더 될지도 모르지만 대략 십오만오천가량의 유모와 베이비시터, 가정부나 젊은 오페어걸*들이 집으로 온 것을 보았다. 스웨덴 여학생, 브라질 여학생, 미국 여학생, 영국 여학생, 오스트리아 여학생, 심지어 내가 세상에서 가장 싫어하는 이탈리아 여학생, 어떤 때는 프랑스 여학생. 하지만 나는 그 누구와도 잘 지내지 못했고, 부모님은 매번 바꾸어 주어야 했으며, 내 생각에 내가 마모를 잊게 되기까지 상당히 많은 사람들이 나를 거쳐 갔고, 어느 날인가 그전에 내가 그랬던 것처럼 나는 더 이상 울면서 마

* au pair girl : 집안일을 도와주고 숙박과 식사를 제공받는 외국 여자 유학생—역주.

모를 찾지 않게 되었다. 내 친구들도 모두 한 명쯤의 마모를 갖고 있다. 아니, 나와 마찬가지로 행복하지 않은 사람들 집에 사는 내 친구들이 그렇다는 말인데, 그건 다른 애들의 경우, 부모님께서 마모가 할 일을 맡아서 하고 있기 때문이다. 나는 확실히 마모를 그리워했으며, 그러나 세월이 지나자 나는 더 이상 마모가 필요 없게 되었을 뿐이다. 더 이상 마모를 가질 필요가 없게 되면 될수록 유모도 필요 없게 되었다. 그때는 내가 아직 어렸을 때였고, 또 엄마가 나에게 이렇게 말한 날이기도 하였다.

"넌 이제 혼자 알아서 할 만큼 충분히 자랐다."

그 날은 엄마가 나에게 아파트 열쇠를 준 날이기도 했다. 누군가 아파트 열쇠를 줄 때 대부분의 아이들은 매우 행복해하는 것 같아 보였다. 하지만 그것 때문에 내가 기뻐했는지 여부는 확실하지 않다. 내가 나의 '독립'을 좋아했는지 나는 확신할 수 없다. 엄마가 열쇠를 준 그 날부터 일주일 동안 나는 내가 "자율적"이어야 한다는 말을 들어야만 했다. 엄마가 일주일 동안 내게 한 말이 그것이었고, 그런 다음에 엄마의 입에서는 "책임진다"는 말이 나왔다. 이건 유행어가 분명하다. 엄마는 나에게나 전화로 자기 친구들에게나 쉬지 않고 '이제 내 딸은 자율적이며 스스로를 책임진다'고 말하기를 좋아한다.

간략하게 다시 적는다.

입으로는 친구처럼 사이좋게 저녁을 먹자고 해 놓고서 여전히 오지 않는 엄마를 기다리면서 나는 갑자기 다른 애가 내게 건네준 '합리적이어야 한다'를 위시로 해서 모든 충고들을 까맣게 잊어버렸고, 작은 마을의 마모 외에 아무것도 생각하지 못하게 되었다. 나는 이 생각에 엄청나게 끌렸다. 부엌 거실에 있는 바보 같고 현대적이며 거짓으로 꾸며진 커다랗고 하얀 서랍장에 사진첩을 가지러 갔고, 나는 마모가 양팔에 아기인 나를 안고 있을 때 찍은 사진 한 장을 발견했다. 나는 그걸 간직하기 위해 사진첩에서 따로 떼어 냈다. 그리고 내 US 배낭을 풀은 다음, 다시 꾸리러 내 방에 갔는데, 이번에는 고양이를 위해 위스카스 세 봉지와 내가 입을 커다란 스웨터를 추가할 것이기 때문이었고, 그러자 배낭이 이상하리만큼 부풀어 오르기 시작했다. 그럼에도 나는 가방 하나를 더 챙기지는 않았는데, 이렇게 해야 그 안에다가 가펑클을 넣고서 등에 메었을 때 내가 양손을 자유롭게 쓸 수 있으며, 그래야 내가 원하는 걸 할 수 있을 것이기 때문이다. 나는 가펑클에게 말했다.

"우린 다시 떠난다. 하지만 이번에는 어디로 가야 할지 알고 있으니 걱정하지 마렴. 거기서 우리는 잘 지낼 거고, 시골 한복판에서 너도 정말 즐거워할 거야."

가펑클은 나에게 대답하지 않았다. 내 생각에 다시 떠나는 것에 그는 동의하지 않았으며, 내가 방금 완수한 바 있는 첫 번째 사이비 가출과 다른 애의 집에서 있었던 일을 좋아하지 않는 것이 분명했으며, 두 번째 가출, 내가 그에게 통보한 진짜 가출을 그가 달갑게 여기지 않는 것도 분명했다. 하지만 나는 달리 어떻게 할 수가 없었는데, 왜냐하면 그와 함께 있어야 나는 혼자가 아니며, 따라서 그를 데리고 가야만 했기 때문이다. 나는 위스카스 봉투 위에다가 가펑클의 임시 잠자리를 만들어 주기 위해 스웨터를 올려놓았고 그 위에 가펑클을 앉혀 놓았고 그가 미리 적응할 수 있도록 침대 위에다가 잠시 동안 배낭을 올려놓았다. 그 다음으로 나는 돈을 찾아야 한다고 생각했다. 엄마가 돈을 항상 드레싱 룸의 서랍 안에 보관하고 있다는 사실을 나는 알고 있었고, 드레싱 룸은 엄마의 모든 옷들과 모피들 따위를 위한 칸막이 선반들과 옷걸이가 사방 걸려 있는, 방 옆의 커다란 벽장 안에 설치되어 있었다. 서랍들 중 하나에다 엄마는 보석이며 목걸이를 넣어 두며, 나는 이것들과 함께 엄마가 거기에 돈도 넣어 둔다는 사실을 알고 있었고, 엄마가 왜 여기에다가 돈을 놓아두는지, 그리고 이 돈이 어디에 사용되는지는 알지 못하지만, 벌써 오래전에 엄마가 그 안에 지폐를 넣어 두는 걸 본 적이 있다. 나는 거기서 오백 프랑짜리 지폐 한 장을 꺼내었다. 이렇게 해서 나는 여행에 대비했으며, 마모를 발견하기 전에 그리고 그녀와 함께 아르빌에 정착하여 새로운 삶을 꾸려 나가기 전에 굶어 죽는 일은 벌어지지 않을 거라고 확신하게 되었다.

만약 내가 농장의 여주인이 되기 위해 아메리카 대륙의 어느 지방에 가기를 원한다면, 그것은 어쩌면 내 마음 깊은 곳에 항상 마모가 있었고, 그녀가 아르빌에 있는 어느 농장에 살고 있다는 사실을 내가 또렷이 기억하고 있었기 때문일 것이며, 또 아마 이런 기억 때문에 내가 농장을 늘 생각해 왔는지도 모른다. 아주 어렸을 때 나는 딱 한 번 그녀의 집에 가본 적이 있다. 어땠는지 정확히 기억이 나지는 않지만, 암소들과 말이 있었으며 자코라는 이름의 이웃 남자가 있었다는 사실이 기억날 뿐이다. 당시 부모님은 자가용을 타고 집으로 돌아오는 중이었고 맡겨 놓은 나를 다시 찾기 위해 도빌에서 돌아오는 길을 우회하여 아르빌에 들렀으며, 그래서인지 나는 그곳을 발견하는 게 그다지 어렵지는 않을 거라고 생각했다. 어쨌든 우리가 정말로 정말로 정말로 절실하게 어딘가를 가고자 하면 우리는 항상 거기에 이르게 될 것이다.

바로 이렇게 해서 나는 나의 두 번째 가출, 즉 진짜 가출에 착수하게 되었다.

28

여행의 시작은 그다지 좋지 못하였는데, 노르망디로 가기 위해 오토 스톱을 하러 고속도로 입구까지 가려고 내가 부른 택시 운전사가 내가 뒷자리에 오르자마자 나를 태우려 하지 않았기 때문이었다.

앞자리에 개 한 마리를 태우고 있는, 또한 앞좌석 시트가 털로 가득 뒤덮여 있는 그런 택시였고, 나는 뒷자리에 올라타서는 택시 운전사에게 이렇게 말했다.

"노르망디 지방으로 가는 고속도로 입구 부탁합니다."

"노르망디? 어떤 입구? 그거 여러 갠데."

나는 말했다.

"아르빌로 가는 고속도로요."

그가 나에게 말했다.

"잘 모르것는디."

한마디로 그는 빈정꾼이었다. 그는 입에 석탄 조각들이라도 물고 있는 것처럼 빈정거렸고, 나는 불길한 느낌을 받았으며 그의 등에서 악취가 나는 걸 느꼈는데, 그건 어쩌면 그의 개에게서 나는 냄새였을지도 모른다.

나는 말했다.

"도빌 가는 고속도로요."

그는 말했다.

"아하항! 진작 글케 말하면 될 걸 가지고."

나는 대답하지 않았다. 그가 운전하기 시작하자마자 가평클이 이상한 소리를 내기 시작했는데, 다른 때처럼 가르릉거리는 소리는 아니었다. 가펑클은 푸시시거리며 재채기를 하거나 이와 비슷한 소리를 냈다. 그러면서 US 배낭에서 나오고 싶어 하는 것 같아 조용히 있으라고 말해야만 했고, 그러자 이번엔 앞자리에 누워 있던 개가 화들짝 놀라더니 정확히 자기 주인처럼 입에 석탄을 문 것 같은 소리로 으르릉거리기 시작했다.

운전사가 말했다.

"뭐야! 이게 뭐야?"

나는 말했다.

"아무것도 아니에요."

운전사가 말했다.

"혹시 고양이라도 델꼬 탄 건 아니겠지. 내 개는 고양이를 좋아하지 않아."

나는 백미러로 그가 내 고양이의 귀를 방금 훔쳐보았다는 사실을 내 두 눈으로 똑똑히 확인할 수 있었다. 또 내가 가펑클한테 조용히 하라고 하는 소리를 그도 들은 게 틀림없었다. 더구나 가펑클이 다시 푸시시거리기 시작했고, 나는 가펑클이 개를 좋아하지 않기 때문에 그러는 것이라는 사실을 알 수 있었다. 가펑클은 털을 곤두세우기 시작했으며, 덩치 큰 개는 점점 더 크게 짖어 댔으며, 그러자 택시가 멈춰 섰다.

나에게 다가온 운전사 아저씨는 정말로 심하게 악취를 풍기고 있었다. 그는 말했다.

"내려. 어쨌든 이런 시간에 네 나이의 계집애가 밖에서 하는 짓거리가 뭘까 막 궁금해지려던 참이었어."

나는 말다툼을 벌이지 않았는데, 왜냐하면 그가 우스꽝스러운 종자들보다 내 생각에 더 비통하고 비참한 멍청한 인간 종자들의 카테고리에 속할 것이 분명하다고 생각했기 때문이었다. 이 두 종자를 동시에 발견하게 되는 몇몇 경우를 제외하고, 나는 멍청한 인간들보다는 오히려 우스꽝스러운 인간들과 볼일이 있기를 선호한다. 간단히 정리하자면, 나는 다시 거리에 놓이게 되었으며, 겨우 오백 미터 정도 온 것 같았다. 나는 와그램 거리의 구석에 자리 잡고 있는 또 다른 택시 정류장까지 걸어갔고, 나를 고속도로 입구까지 데려다 주고자 하는 택시 운전사 아저씨를 발견했다. 그 아저씨는 냄새도 나지 않았고, 개도 없었으며, 아무 말도 하지 않았고, 무엇보다도 상당히 졸린 듯 무기력해 보였다. 다시 말해서 그는 다른 어른들과 비슷했다. 그는 무관심한 인간이었던 것이다. 그는 나를 고속도로가 연결되는 고가 다리 아래에 내려주었고, 거기의 사방에는 빨간불이 있었으며, 생클루 방향을 가리키는 표지판이 하나 있었고, 고속도로를 안내하는 또 다른 표지판이 있었으며, 나는 걸어서 난간을 넘었고, 터널 바로 전의 커브 길까지 걸어갔는데, 부모님이 나를 도빌에 데려갈 때 여기서 사람들이 자주 오토 스톱하는 것을 보았기 때문이었다. 하지만 나는 혼자가 아니었다. 거기에는 남자애

하나가 서 있었는데, 내 생각에 그는 나보다 조금 더 나이를 먹었고 "르 아브르"라 적혀 있는 딱딱한 마분지 하나를 들고 있었다. 커브 길로 오는 나를 보더니 그 남자는 나를 향해 다가왔다. 그는 하얗고 체스 무늬로 된 작은 메탈 가방을 하나 쥐고 있었고 나에게 이렇게 말했다.

"너보고 다른 곳으로 좀 꺼져 주라고 하면 네 기분이 많이 상할까? 여기는 내 자리고, 삼십 분 전부터 여기서 기다렸어. 내 뒤로 가. 그렇지 않으면 그 잘난 네 상판대기를 아주 박살 내 주겠어."

나는 즉각 대꾸하지 않았다. 그 사람의 말이 나를 겁나게 한 건 아니었지만, 길가에 있는 경찰이 여기로 와서는 등에 메고 있는 내 고양이와 나를 동시에 난처하게 하면서 내 진짜 나이를 물어보게 될까 봐 나는 그와 싸움을 시작하지 않은 것뿐이다. 어쨌든 나는 이 남자애가 이렇게 불친절하게 나를 대했다는 사실에 그저 놀랄 뿐이었다. 택시 운전사는 늙다리이거나 또 빈정꾼이었다 치더라도 이 애와 나는, 내 친구들이 입버릇처럼 말하듯, 어른들이라는 공통의 적을 갖고 있었다. 그렇지 않나? 그러자 나는 계속해서 지나가고 또 지나가고 또 지나가는 자동차들 때문에 서로의 말을 알아듣기 어려워 큰 소리로 말할 수밖에 없었던 몇몇 순간을 제외하고 그에게 지나치게 큰 소리로 고함을 치지 않고 또박또박 이와 같은 사실을 말해 주었다. 우리는 마치 모터 소리가 나는 비행기 안에, 아니 모터의 내부에 있는 것만 같았다. 그에게 건넨 내 말에 재미있어 하더니 그는 나에게 이렇게 말했다.

"네 말이 맞아, 친구. 이름이 뭐니?"

이렇게 해서 우리는 서로의 이름을 주고받았고, 그 때 마침 자동차 한 대가 다가오더니 어떤 남자가 고개를 내밀어 우리에게 이렇게 외치는 것을 보았다.

"어이! 약혼자들, 어서 타시지요?"

그가 전조등을 깜박거렸기 때문에 우리는 머뭇거릴 수가 없었는데, 어쨌든 이 시간에, 내 생각에 대략 열한 시쯤 되는 시간에 비록 차가 아주 많이 지나가지는 않는다고 해도 그렇게 서 있으니 연달아 도착하는 다른 차들과 잽싸게 문제를 일으키기 시작했다. 우리는 재빨리 차에 올라탔다. 파트릭이라고 하는 남자애는 뒷자리에, 나는 앞자리에 올라탔고, 나는 US 배낭을 발 아래 내려놓았는데 귀를 흔들면서 가평클이 칭얼거리고, 또 울고 헐떡거리며 끔찍한 소리를 냈다. 마치 가평클이 이렇게 말하는 것 같았다.

"어디로 날 데리고 가는 거니? 이 소리하며 불빛은 도대체 뭐야? 내가 이런 걸 싫어하는 거 너 잘 알잖아."

이게 가평클에게 지옥이라는 건 사실이었는데, 사실 가평클은 모터 소리를 끔찍이도 싫어했다. 나는 가평클을 진정시키려 애썼지만 가평클은 배낭 속에서 미친 듯 꼬리를 흔들어댈 뿐이었다. 운전하던 아저씨는 나를 두서너 번 힐끔거리고 나서 백미러로 파트릭을 바라보면서 물었다.

"지금 함께 있는 이 애 여동생 맞지? 어디까지 가니?"

나는 바로 대답하지 않았다. 파트릭이 말했다.

"저는 르 아브르에 있는 제 '건물'로 귀대해야 합니다."

이렇게 해서 나는 그가 해군이나 그와 비스무리한 군대에 복무하는 중이라는 사실을 짐작하게 되었다.

"제 여동생도 아니고, 약혼녀도 아니에요. 방금 만났을 뿐, 서로 모르는 사이예요. 이 여자애가 누군지 저도 모르는데요."

나는 몸을 돌려서 파트릭에게 말했다.

"파트릭, 넌 정말이지 비겁하고 구역질 나는 자식이야."

운전하는 아저씨는 재미있어 했다. 그는 우리가 서로 모르는 사이라는 걸 믿으려 하지 않았으며, 아니 오히려 서로 사랑하는 사이이며, 지금 우리가 사랑싸움을 하는 중이라고 생각했다. 계속해서 아저씨는 우리를 "젊은 약혼자들"이라고 불렀다. 우리는 이내 터널을 빠져나왔고, 아저씨는 그다지 빠르게 차를 몰지는 않았다. 아저씨는 내 고양이 이름과 내가 왜 고양이를 데려가는지 물어왔다. 나는 말했다.

"시골에 사시는 부모님을 만나러 가요. 제가 기차를 그만 놓쳐 버렸거든요. 이 남자애랑 서로 모르는 거 사실이에요. 태워 주셔서 정말 감사합니다. 아저씨."

아저씨가 말했다.

"네 시골이 어디야?"

나는 대답했다.

“아르빌이요.”

아저씨가 말했다.

“잘 모르겠는 걸. 어디서 빠져나가야 하지?”

내가 대답했다.

“사실, 저도 잘 몰라요.”

아저씨는 재미있어 하면서 나에게 말했다.

“그럼 어떻게 거기까지 갈 건데?”

내가 대답했다.

“잘 모르겠어요.”

아저씨가 말했다.

“자, 그럼 이렇게 하자꾸나. 기름을 넣으러 주유소에 들르게 되면 거기 주유원에게 한번 물어보기로 하자. 대개 걔들은 지들이 사는 지방에서 와서 일하거든. 네가 말한 그 촌동네가 어디쯤 있는지 걔들은 알고 있을 거야. 만약 걔들이 모르면 네게 노르망디 지도를 하나 사 줄게.”

나는 아저씨에게 말했다.

“감사합니다.”

이 아저씨는 친절한 사람이었다. 나는 그를 쳐다보았다. 아저씨는 아주 동그란 안경에다가 귀 뒷부분 전부를 감싸고 있는 머리빗 같은 굵고 두꺼운 테를 하고 있었다. 그를 좀 더 잘 살펴볼 수 있게 되자, 나는 그 아저씨가 소리를 잘 들리게 해 주는 기계를 차야만 하는 귀머거리이며, 자신의 안경에다가 이걸 설치했다는 사실을 깨달았다. 나는 호기심이 일었고, 그가 안경을 벗었을 때 어떻게 말을 들을지 내 자신에게 물어보았다는 사실을 제외하고는 그다지 멍청한 호기심은 아니었다.

나는 중얼거렸다.

"어쩌면 저걸 절대로 벗지 않을 거야."

아저씨가 말했다.

"뭐라고? 뭐라 그랬니?"

나는 내가 궁금해하고 있던 걸 아저씨에게 설명해 보았다. 아저씨는 나에게 말했다.

"제대로 알아맞혔네. 나는 늘 이걸 착용하고 다닌단다."

나는 말했다.

"잠 잘 때도요?"

아저씨가 말했다.

"아, 그건 아니지."

이 압도적이고 죽여 줄 만큼이나 독창적인 대화가 있은 이후에 나는 깜박 잠이 들었는데, 하지만 그리 오래 자진 않았다. 누군가 내 무릎을 툭툭 쳤는데, 굵은 안경테 아저씨였다. 그는 나에게 말했다.

"내려라. 기름을 넣자꾸나. 그리고 네 촌동네가 어디쯤에 있는지 한번 물어보자꾸나."

우리는 도처에 고무풍선과 모자, 그리고 장난감이 널려 있는 엘프 주유소에 있었지만, 그 누구도 이런 걸 만지지는 않았는데, 어쨌든 이 시간에는 아무도 없었기 때문이다. 나는 카람바와 초콜릿을 사러 계산대에 갔고 아줌마에게 아르빌이 어디 있는지 아느냐고 물어보았는데, 그녀는 모른다고 했다. 그리고 그 때, 주유원 유니폼을 입고 있는 사람에게 물어보고 있는 굵은 안경테 아저씨를 보았으며, 그러고 나서 화장실에 갔다. 화장실은 매우 지저분했다. 화장실을 나오면서 나는 나에게 오라고 손짓하는 굵은 안경테 아저씨를 보았고, 아저씨에게 다가갔다. 아저씨가 나에게 말했다.

"네 촌동네는 루비에로 향하는 고속도로 톨게이트를 지나 첫 번째 출구에서 빠져나가야 한다는구나. 이리 와 봐, 네게 보여 줄게."

나는 이 아저씨가 정말로 친절하다고 생각했다. 우리는 아저씨의 차에 다시 올랐다. 파트릭은 뒷자리에서 아무 말도 하지 않았고, 나에게 화가 난 듯 나를 노려보고 있었다. 나는 그가 단순히 바보인지 아니면 정말로 소심한 인간인지 알 수 없었다. 우리는 다시 출발했다. 얼마 동안 차 안이나 고속도로에는 말 그대로 아무 일도 일어나지 않았었는데, 갑자기 굵은 안경테 아저씨가 소리를 지르는 것이었다.

"안 돼! 이건 불가능해! 더 이상은 안 돼! 견딜 수 없어. 차를 멈춰야 해."

아저씨는 운전대를 이리저리 돌리기 시작했고, 차는 고속도로의 반대편으로 갔다가 또 다른 편으로 왔다 갔다 했다. 아저씨가 계속해서 소리쳤다.

"더 이상 견딜 수 없어, 더 이상 견딜 수 없어!"

뒷자리의 파트릭은 마치 이런 사고에 익숙하기라도 한 것처럼 아저씨에게 아주 단호한 말투로 잽싸게 말했다.

"바보 같은 짓 그만두고, 어서 속도를 줄여요! 그리고 비상등을 켜요. 천천히, 천천히. 자, 처~어~언~천~히."

그는 진짜 소년 대장처럼 명령을 했고, 굵은 안경테 아저씨는 고분고분 그의 지시를 따랐다. 아저씨는 속도를 줄였고, 가평클은 미칠 지경에 이르러 울고 또 울어 댔으며, 그러자 차 안은 진짜 콘서트장을 방불케 되었다. 우리는 도로 갓길에 차를 멈춰 세웠고, 차바퀴는 도랑 옆의 수풀 위에 있었다. 파트릭은 굵은 안경테 아저씨의 어깨 너머로 잽싸게 몸을 기울이더니 시동을 껐고, 재빨리 자동차 열쇠를 빼내었다. 굵은 안경테 아저씨는 운전대에 이마를 박더니, 이내 울기 시작하는 것이었다! 그렇다고 격렬한 오열은 아니었고, 우리가 이따금씩 그러는 것처럼 조용히 눈물을 흘렸다. 우리는 소리를 내지 않고 아주 잘 울 수 있다. 나는 이렇게 우는 것이 내 엄마의 경우처럼 신경질적으로 소리를 고래고래 지르면서 우는 것보다 훨씬 더 인상적이라고 생각했다.

나는 아저씨에게 물어보았다.

"무슨 일이에요 아저씨?"

아저씨는 대답하지 않았고, 계속해서 말없이 울 뿐이었다. 파트릭은 계기판 위에 시동키를 올려놓고 나서 나에게 말했다.

"이리 와. 나가자."

그는 하얀 메탈 가방을, 나는 US 배낭을 들고서 우리는 차에서 빠져나왔다. 밖은 그다지 따뜻한 날씨는 아니었다. 파트릭이 나에게 말했다.

"저 사람이랑 함께 있어서는 안 돼. 완전 미친놈이야. 우리를 완전히 박살 내고 말 거야."

나는 말했다.

"아저씨를 저 상태로 혼자 놔둘 수는 없잖아. 정말로 고통스러워하는 얼굴이었어. 무슨 일인지 물어보지도 않았잖아."

파트릭이 말했다.

"알려고 하는 것이 알 수 있다는 거겠지."

나는 이 말이 의미하는 바를 이해하지 못했으며, 아마 그가 속한 부대나 르 아브르 해군들 사이에서 쓰는 속어일 것이라고 생각했다. 하지만 그는 몇 차례나 매우 진지하고도 주의 깊은 표정으로 이 말을 반복했다.

"알려고 하는 것이 알 수 있다는 거겠지."

그러고는 나에게 이렇게 말했다.

"넌 네가 하고 싶은 걸 해. 나는 다른 똥차를 얻어 탈 거야.

이 얼빠진 자식의 사기극에 탑승하는 모험 따위는 하지 않을 거라고."

그러고는 나를 바라보았고 나에게 갑자기 아주 진지한 목소리로 말했다.

"네가 어디로 가는지, 그리고 네가 누구인지 모르겠지만, 너를 알게 되어 참 좋았다. 너에게 행운이 따르길 바란다."

그러더니 내가 뒤로 물러설 시간도 없이 나에게 몸을 기울이면서 내 어깨를 잡았고, 마치 영화에서처럼 내 입술 위로 키스를 하는 것이었다. 이 영화에서 그는 클라크 게이블, 그리고 나는 애바 가드너였으며, 그는 손을 내 허리춤에 둘렀고, 정말로 영화에서처럼 나를 꼼짝 못하게 했고, 자기 입술로 내 입술을 열려고 무진장 애썼다. 내 이빨을 찾으려 달싹거리는 그의 이빨이 느껴졌으며, 더 이상 숨쉬기가 곤란해졌지만 입을 열기보다는 죽는 편이 더 나을 거라 생각했다. 더구나 그에게는 담배 냄새가 풍겼고, 솔직히 말해 구역질이 났다. 하지만 동시에 나는 오히려 재미있다고 생각했고, 전혀 겁내지 않았으며, 나는 되려 포럼 레알의 남자들처럼 그가 나를 강간하려는 건 결코 아니라고 생각했다. 그가 원하는 전부를 나는 잘 파악하고 있었다. 그가 원하는 건 이별의 키스였고, 어쩌면 이후 자기 '건물'에 있는 부대 동료들에게 자랑스레 떠벌리기 위해서였는지도 모른다. 내 생각에 이 순간은 아주 빨리 지나갔고, 그는 내 허리와 어깨에서 손을 풀었으며, 하얀 메탈 가방을 비추고 있는 자동차들의 불빛 속으로 등을 돌린 채 거의 허겁지겁 내빼다시피 떠나갔다. 내 등에 있던 가펑클은 계속해서 울어 댔고, 또 쉴 새 없이 움직였다. 다행히도 나를 보호하기 위해서 스웨터를 가펑클의 발톱과 배낭 등받이 안쪽 사이에 넣어 두었는데, 만약 그렇게 하지 않았더라면 내 등은 없는 거나 마찬가지였을 것이다. 한편 나는 가펑클을 데려온 것에 만족하고 있었다. 그건 파트릭이 클라크 게이블 연기를 하려 시도하는 내내 가펑클이 야단법석을 치지 않았더라면, 어쩌면 이 순간이 그다지 좋지 않게 지나갈 수도 있었기 때문이었다. 예컨대 가펑클은, 비록 그가 의도하지는 않았지만, 내 보디 가드 역할을 수행한 것이다.

나는 더 이상 울지 않는 굵은 안경테 아저씨의 자동차에 다시 올라탔다. 그는 안경을 벗은 상태에서 나를 바라보았다. 그는 아기처럼 연약한 표정을 하고 있었다. 나는 사람들의 나이, 아무튼 우리와 다른 노인들의 나이 같은 걸 정확히 알아맞히는 법이 없다. 하지만 이번에 나는 이전보다 더 감각을 상실했는데, 왜냐하면 그가 어른으로 변장한 뚱뚱한 신생아라도 된 표정을 하고 있었기 때문이다. 나는 그에게 물어보았다.

"아저씨, 좀 괜찮아지셨어요?"

그는 말했다.

"뭐라고? 아무 말도 안 들려."

나는 말했다.

"안경을 다시 써 보세요."

그는 말했다.

"뭐라고?"

나는 코 위와 귀 주변에다가 안경을 다시 걸쳐 보라는 시늉을 해 보였고, 그러자 그는 내 말을 이해했으며, 이런 건 참 재미있었다. 마치 아저씨는 자신이 해야 하는 걸 누군가 말해 주었으면 하고 바라고 있는 듯했다. 안경을 쓰고 나니 그는 조금은 덜 얼빠진 표정을 하게 되었다. 그러자 나는 또 아저씨에게 물어보았다.

"좀 괜찮아지셨어요, 아저씨?"

그는 말했다.

"그래, 귀여운 꼬마 아가씨, 이제 좀 나아졌어. 고마워. 네 약혼자 어디 갔니?"

내가 말했다.

"제 약혼자 아니에요. 아저씨한테 겁먹었는지 떠나 버렸어요."

그는 말했다.

"그럴 필요 없었는데."

나는 그에게 말했다.

"얼굴을 좀 닦으셔야겠어요. 너무 많이 울어서 얼굴이 몹시 꾀죄죄하네요."

그는 말했다.

"콘솔 박스 안에."

나는 콘솔 박스를 열었고, 거기에는 크리넥스 한 통이 있었으며, 나는 그에게 두세 장을 건네주었다. 그런데 크리넥스를 도로 집어넣으면서 나는 철로 된 물건처럼 딱딱하고 차가운 무언가를 손가락으로 만지게 되었다. 그러자, 왜 그런지 모르겠지만, 나는 정말로 겁이 나기 시작했다. 아무 말도 하지 않고 있었기 때문에 나는 아저씨가 말을 하게 만들어야 한다고 생각했고, 그래서 계속해서 아저씨에게 무언가를 물어보았다.

"아저씨, 대체 무슨 일이 있었던 거예요?"

그는 말했다.

"아무것도 아니야. 나는 더 이상 견딜 수 없었고, 이게 다야. 네가 이해하기에는 너무 복잡한 일이야. 네가 어른이 되면 이해할 수 있을 거다."

나는 말했다.

"아저씨가 지금 이야기해 주지 않으시면 나는 결코 이해할 수 없게 되잖아요."

그는 말했다.

"아내가 나를 떠났어. 그게 다야. 그게 견딜 수가 없구나."

나는 말했다.

"그런데 지금 어디에 가고 있는 거예요?"

그가 말했다.

"루앙에 사는 엄마 집에 가는 중이란다. 엄마라면 이해해 줄 거다. 엄마한테 상의하려고, 엄마의 의견을 물어보고, 엄마가 어떻게 생각하는지, 또 내가 어떻게 해야 하는지 엄마 생각을 물어보려고."

비록 겁나는 게 아무것도 없다고 늘 말해 왔지만 내가 만진 게 권총이라는 사실을 나는 정말 목숨을 걸 정도로 확신했기 때문에 나는 그가 차를 운전하고 있는 한은 콘솔 박스를 열 수 없을 것이라고 생각했다. 나를 매우 겁나게 하는 게 하나 있다면 그건 바로 권총이었다. 내가 말하고자 하는 것은 그 안에 죽음이 도사리고 있는 이 물건에 대해 내가 아는 게 아무것도 없다는 것이고, 그것은 또 내 한계를 넘어선다는 것이며, 텔레비전이나 영화에서 그걸 보면 나는 완전히 기분이 잡치는 걸 느끼곤 하였는데, 권총을 보게 되는 순간 권총은 나에게 한결같이 이상야릇한 효과를 내었는데, 왜인지 그 까닭은 알 수 없지만, 그 안에 죽음이 도사리고 있는 이 검고 차갑고 징그러운 것만큼 이 세상에서 추한 것이 없다고 나는 생각해 왔다.

굵은 안경테 아저씨와 좀더 이야기를 나누자 그는 정상으로 다시 돌아온 것 같았다. 내가 이해할 수 없는 말들을 웅얼거리며 그는 백미러에 자신의 모습을 비추어 보았다. 그러자 나는 겁이 좀 덜 났다. 그는 말했다.

"자 그럼 이제 다시 떠나 볼까?"

나는 말했다.

"그렇게 하시려거든 그렇게 하세요."

그는 말했다.

"귀여운 아이야. 어쨌든 정말 고맙다."

나는 말했다.

"뭐가 고마워요?"

그는 나에게 말했다.

"네 약혼자처럼 나를 겁내지 않고, 달아나지 않은 거 말이다. 너와 얘기하고 나니 내 기분이 한결 좋아졌단다."

하지만 그는 말을 많이 하지 않았으며, 어쩌면 나에게 너무 많은 말을 했다고 생각하고 있는지도 몰랐다. 사람들이 누군가에게 질문을 하고, 또 다투는 대신 이들이 말하게 놔두고, 이들이 하는 말에 조금만 귀를 기울여 주면 이들은 당신에게 자신의 삶을 모두 이야기하며, 또 당신이 자기들의 말에 동의할 거라고 여긴다. 그가 콘솔 박스 안에 권총을 간직하고 있다고 내가 확신한다 해도, 또 언젠가 그가 그 권총을 가지고 바보 같은 짓을 저지를 거라고 내가 확신한다고 해도, 굵은 안경테 아저씨는 거의 내 친구가 되다시피했다.

이렇게 빨리 헤어져야 한다는 것이 오히려 서운할 정도였다.

29

루비에 고속도로 톨게이트를 지나 첫 출구에 도착했을 때, 굵은 안경테 아저씨는 깜박이를 켰고, 다시 한 번 작은 경사로 바로 앞 도로변에 나 있는 수풀 위에 차를 비껴 세웠다.

아저씨가 나에게 말했다.

"아르빌은 오른쪽 위쪽으로 가야 해. 지도를 봤는데, 아마 여기서 이십 킬로미터 정도는 더 가야 할 거야. 작은 길로 가거라. 아까 주유소에서 봤는데 어렵지 않더라. 그런데 너 정말로 혼자서 거길 발견할 수 있겠니?"

나는 말했다.

"걱정하지 마세요. 제가 아는 길이에요."

나는 거짓말을 하고 있었다. 사실 아는 것이라곤 아무것도 없었다. 만약 내가 그의 입장이었더라면 나같이 등에 고양이가 든 US 배낭을 메고 있는 여자애를 한밤중에 혼자 도로 위에 내버려 두지는 않았을 것이지만, 아무튼 그가 정상이 아니었다는 사실을 염두에 두자. 그는 계속해서 자신의 엄마와 아내, 어쩌면 콘솔 박스의 권총을 생각하고 있는 게 분명했다. 우리는 서로 작별 인사를 나누었다. 그는 다시 차를 몰고 떠났고, 나는 고속도로 위에 자리 잡고 있는 어떤 다리까지 비탈진 경사를 걸어서 올라갔는데, 거기에는 마을 이름들이 적혀 있는 안내판이 있었다. 하지만 이 안내판 위에는 아르빌이라는 이름은 없었고, 그런데도 나는 불안하지 않았다. 오늘날 여전히 나는 그 굵은 안경테 아저씨가 어떻게 되었는지 궁금하다. 나는 그를 좋아한다.

지금 내게 닥친 문제는 이 작은 도로를 지나는 자동차가 전혀 없다는 사실이다. 내 생각에 새벽 한두 시쯤 된 게 틀림없었고, 점점 더 불행해지고 있는 가평클과 함께 나는 한밤중에 길을 걷기 시작했다. 가평클은 정말 미치도록 울어 댔고, 또 배낭 속에서 계속해서 나를 긁어 댔으며, 나에게 그 울음소리는 나를 안내해 주는 음악이라 착각할 정도였고, 차츰 익숙해져 갔다.

하지만 어쨌거나 내가 밤이라 조금 겁을 내고 있었기 때문에 나는 가평클에게 이따금씩 말을 걸었고, 내가 학교에서 외웠던 시를 낭송해 주었다. 많이 알지는 못했기 때문에 거의 같은 구절을 외웠고, 더욱이 나 자신을 안심시키기 위해서 큰 소리로 외쳤는데, 그건 이런 구절이었다.

"거덜 난 호주머니 속에 주먹을 찔러 넣고 나는 간다네.
그렇게 내 외투 또한 빈 틈이 없어졌다네.
내가 신봉하는 뮤즈의 하늘 아래로 나는 가고 있다네.
오! 오! 오! 내가 꿈꾸었던 그 찬란한 사랑이여."

나는 찬란한 사랑을 꿈꾸지 않았고 내 호주머니 또한 거

털 난 건 아니었지만, 어쨌든 내가 이 밤중에 이 길 위에 있으며, 또 가출을 했기에, 결국 이 시처럼 될 수밖에 없을 것인데, 그건 나 역시 사랑을 꿈꾸어 왔기 때문이다. 처음 네 줄을 제외하고 그 다음은 잘 기억이 나지 않는다. 나는 그 다음 구절을 좀처럼 기억해 내지 못했으며, 항상 첫 대목에 강한데, 다음 구절이 머릿속에서 사라져 버린 걸 보면, 기억력에 큰 결함이 있는 것이 분명하며, 이건 어쩌면 호르몬의 문제일지도 모른다.

나는 다시 큰 소리로 외쳤다.

"거덜 난 호주머니 속에 주먹을 찔러 넣고 나는 간다네."

문 대신 긴 의자와 아주 작은 불빛이 반짝거리고 있다는 점을 제외한다면 더러 유리로 만든 집을 닮은 것으로 보이는 운전자 대피소에 도착할 때까지 나는 이 시를 족히 백 번쯤 외친 것 같았다. 가펑클과 함께 자리에 앉았고, 가엾은 내 오랜 친구의 긴장을 좀 풀어 주기 위해서 그를 배낭에서 꺼내었는데, 가펑클은 내가 집을 떠나온 이후 이상하리만큼 즐겁지 않은 게 분명했다. 가펑클이 추위를 타기 시작했고, 또 두 눈에는 물 같은 것이 가득 고여 있어 마치 운 것만 같기도 했다. 가펑클은 부모님과 함께 탔던 차에서 이미 한 번 이런 적이 있었는데, 신경질을 낼 때 눈 주위에 물풀 같은 이상한 액체를 머금으며, 이번에는 평소보다 훨씬 더 얼빠진 표정을 하고 있었다. 나는 가평클에게 말했다.

"가평클, 거의 다 도착했으니 걱정하지 마."

가평클은 나에게 더 이상 아무 말도 건네지 않았다. 단지 야옹거릴 뿐이었고 그가 내게 하려는 말을 나는 좀처럼 이해할 수 없었다. 나는 가평클이 정말 지긋지긋해하고 있는 중이며, 그런 가운데 내게 겁내지 말라고, 마모네 집에 도착하게 될 거라고 말하려 한다고 생각했다. 나는 이제 완전히 녹초가 된 상태였고, 조금씩 추위를 느끼기 시작했다. 나는 운전자 대피소에 있는 철과 나무로 만들어진 긴 의자 위에 드러누웠으며, 머리에는 US 배낭을 베었고, 가평클을 내 스웨터 안으로 집어넣어 가슴 가득 끌어안았고, 이렇게 해서 그는 나에게 난방기구로 사용되는 동시에 나는 그를 붙잡고 있을 수 있었다. 나는 가평클이 도망갈까 봐 겁을 내고 있었기 때문에 이렇게 해서라도 그가 나를 벗어날 수 없게 하려고 했다. 나는 고양이를 잘 안다. 고양이는 예측하지 못한 사태나 모험을 조금도 좋아하지 않는다. 적어도 한 손으로나마 나는 가평클을 계속해서 붙잡고 있어야 했다. 가평클의 몸은 이따금 시동장치 같기도 했고, 또 이따금은 전력을 소유하고 있는 작은 발전소 같기도 했다. 이것이 의미하는 건 가평클이 도망치고 싶어 한다는 것이었고, 그래서인지 나는 가평클을 평소보다 더 세게 붙잡고 있었다. 가평클이 좀 잠잠해지자, 우리 둘은 이런 상태로 조금이나마 눈을 붙일 수 있었다. 눈을 감기 전에 나는, 물론 요즘 들어 내가 점점 덜 만드는 경향이 있지만, 머릿속으로 간략한 리스트, 아주 짧은 리스트, 가출에 실패하지 않기 위해 필요한 모든 것들 리스트를 작성해 보았다.

자신의 고양이를 데리고 오지 말 것.

컴컴한 밤에 출발하지 말 것.

비록 진정한 가출이라고 할 만한 게 아닐지라도 목적지 정도는 미리 알아 둘 것.

침낭을 챙길 것. 초콜릿을 가져올 것.

실제 나이보다 더 늙어 보이는 얼굴을 가질 것.

회한이나 후회를 하지 말 것.

절대로 뒤돌아보지 말 것.

부모님 생각을 절대로 하지 말 것. 혹시라도 자신이 하고 있는 일이 경악할 만큼 어마어마한 사고인지 아닌지를 자신에게 묻지 말 것.

울지 말 것.

곰곰이 생각하지 말 것.

예컨대, 간략하게 말해서, 내가 지금까지 한 모든 것과 완전히 반대로 할 것.

30

나는 추위를 느꼈고, 이 때문에 잠에서 깨어났다. 가평클도 몸을 떨고 있었다. 작은 트럭 한 대가 몹시 요란한 소리를 내면서 이리로 오고 있는 게 보였다. 나는 도로 한복판으로 뛰어가 팔을 흔들었다. 하늘에는 벌써 어렴풋한 보랏빛이 보이기 시작했다. 나는 이렇게 늦은 저녁 시간, 아니 이렇게 이른 아침에 하늘이 어떻게 변하는지 보기 위해 길가에 서 있었던 적이 한 번도 없었으며, 어쨌든 이렇게 바라보게 된 하늘은 참으로 아름다웠다. 나는 이 순간을 앞으로도 기억할 것이며, 물론 트럭이 우리 앞에서 멈춰 서 주기를 바라고 있었기 때문에 내가 오래 감상을 하지는 못했지만, 그럼에도 하늘에서 탄생한 보랏빛은 정말이지 황홀하고 아름다웠다!

트럭은 아주 작았고, 운전사 아저씨가 나에게 화를 냈다. 아저씨는 매우 젊고, 아주 뚱뚱했고, 아주 동글동글한 코에다가 두 볼은 붉은 색을 띠고 있었으며, 괴상한 억양으로 나에게 말했는데, 그건 특이한 노르망디 지방의 억양인 게 확실했다. 아저씨는 이렇게 말했다.

"아니, 이 쉬관에 도로 항가운디 있다니 너 증말 미췬 거 아니야?"

나는 아저씨가 차를 세워 준 게 기뻐서 정말 흡족한 얼굴을 하고 있었고, 그런 얼굴로 거짓말을 했다. 아니 그 편이 오히려 나았는데, 왜냐하면 웃는 얼굴로 사람을 대할 때 사람들은 심각하게 받아들이지 않기 때문이며, 따라서 아주 예외적이고 또 총체적인 불법의 상황에 놓여 있을 수 있다는 사실조차 까맣게 잊어버릴 수 있기 때문이다. 아저씨에게 이렇게 말했다.

"아저씨 걱정하지 마세요. 부모님의 차가 고속도로에서 고장이 나서 그래요. 아르빌에 계시는 큰 이모를 만나야 하는데, 혹시 모로 부인이라고 아시나요?"

그는 나에게 말했다.

"모로? 모로 부인? 잘 모루겐는데. 하지만 아르빌은 굼방누네 뗄 정도로 증말로 쬐끄만 마을이걸랑. 이리 와 봐. 조짝에 보기는 옆길을 뺑글 돌아 얼렁 너를 그 근방에 델따 주마."

뚱뚱하고 붉은 색을 띤 얼굴의 이 아저씨는 친절했고, 도착할 때까지 나에게 아무 말도 건네지 않았다. 아르빌은 달랑 집이 세 채만 있는 그런 도시는 아니었다. 좀 떨어진 곳에 작은 언덕이 나 있었고, 그 위로 성당도 하나 보였다. 서로 교차되는 작은 두 길 사이에 나 있는 조그만 연못은 오히려 늪 같았고, 그 안에 오리 같은 것은 없었지만, 예전엔 거기에 오리가 있었다고 짐작할 정도는 되었다. 트럭 운전사 아저씨는 나를 연못 근처의 작은 광장에 내려 주시고는 다시 길을 떠났으며, 나는 첫 번째 집에 가서 문을 두드렸다. 아직 날이 밝지 않았고, 집 주위의 도처에서 개들이 짖어 대기 시작했으며, 그다지 나를 환영하는 분위기는 아니었고, 또 배낭 속에서 가펑클이 야옹거리며 계속해서 심하게 울어 댔다.

내가 두드렸던 문 가까이에 나 있던 덧문이 열렸고 콧수염을 기른 남자가 나를 쳐다보았다. '봉주르'나 '무얼 도와줄까요'는 말할 필요도 없고, 진짜 아무 말도 하지 않았으므로 나는 그에게 매우 공손하게 물어보는 수밖에 없었다.

"죄송합니다, 아저씨. 모로 부인이 어디에 사는지 혹시 아세요?"

그는 손을 뻗어 작은 성당 방향을 가리키면서 이렇게 말했다.

"예서 좀 떨어진 길 위에 하얀 울타리가 있는 작은 집이다."

그러고는 아무 말도, 잘 가라는 인사도, 아무것도 물어보지 않은 채 문을 닫아 버렸다. 이 사람은 진짜 촌뜨기였다.

그 후 나는 걷기 시작했다. 트럭이 멈추는 소리, 개 짖는 소리, 문과 덧문이 열리고 닫히는 소리 등, 이 텅 비고 조용한 마을에서 발생한 온갖 소음들이 이 지역에 사는 사람들을 죄다 깨운 게 분명했다. 더구나 사방에서는 개들이 정말로 큰 소리로 짖어 대기 시작했고, 나는 이만큼 많은 개가 동시에 짖어 대는 소리를 들어 본 적이 결코 없었다. 아르빌 주민 한 사람당 열두 마리 정도의 개를 기르고 있는 게 분명했다. 나는 가펑클이 이런 걸 좋아하지 않는다는 사실을 잘 알고 있었다. 아니 가펑클은 완전히 공포에 사로잡혀 있었다고 해도 좋았다. 나는 그런 마을을 빠져나오기 위해서 빨리 뛰기 시작했고, 일이 킬로미터 정도는 족히 달린 것 같았지만, 사실 달려온 거리를 헤아리는 방법을 알지는 못했다. 어느덧 도로는 작은 길로 변해 있었고, 흙과 자갈, 그리고 조약돌이 내 발 아래 밟혔는데 이건 겨울에 진흙이 너무 질척거리는 걸 막기 위해 옮겨다 놓은 것들이 분명했다. 그 외에도 소똥이 떠다니는 더러운 물웅덩이가 보였는데, 나는 그 웅덩이를 건너뛰어야만 했다. 그러고 나니 내 몸은 정말로 더럽고 축축해지기 시작했으며, 더구나 추위와 피곤, 배고픔도 함께 밀려왔다. 그러나 나는 가펑클에게 이렇게 말했다.

"모두 끝났어. 드디어 도착한 거야. 걱정하지 마. 마모가 우리에게 따뜻한 목욕물과 핫초코, 그리고 따뜻한 이불을 내줄 거야. 조금만 참으면 아주 따뜻한 곳에서 깨끗이 씻을 수 있게 될 거야."

나는 마모의 집을 보았다. 하지만 내가 그 집을 다시 알아보았다고는 말할 수 없었다. 어렸을 때 단 한 번 와 보았을 뿐이었다. 집 주위로 하얀 나무판자가 둘러쳐져 있었고, 아까 그 남자가 하얀 울타리라고 말한 것이 바로 이것이라고 생각했다. 마모의 집은 색깔이 없고 아주 작았으며, 창문에는 불빛도 비치지 않았고, 문 앞까지 다다르기 위해 나는 여전히 질척거리는 진흙 위를 걸어야만 했다.

개 한 마리가 짖어 대는 소리가 다시 들려왔다. 하지만 이

번의 개 소리는 정말 우렁찼는데, 아직 이 개를 보지 못했지만 짖는 품으로 보아 엄청나게 덩치가 큰 개인 게 분명했다. 집을 떠나온 이후 계속해서 개를 보아 왔으며 개들이 가평클과 나를 계속해서 곤란하게 만들었다고 생각했다. 이윽고 문이 열렸고, 코와 턱 주변으로 해서 얼굴 전반에 털이 잔뜩 난 늙은 여자가 한 명 내 앞에 서 있었다. 그녀는 나막신을 신고 이불 홑청 같은 초록색 잠옷에 머리에는 낡은 천 조각을 두르고 있었다. 나는 바로 곧바로 마모를 알아보지 못했다. 사진에 비해 많이 늙었다고 생각했으나, 바로 그녀가 마모였다. 나는 마모를 끌어안으려고 했으나 마모는 손을 들어 나에게 말했다.

"뭘 원하니 내 딸내미야?"

나는 말했다.

"마모, 나야. 스테파니. 나 몰라보겠어?"

그러자 그녀는 작은 탄성을 내뿜었다.

"스테파니, 스테파니, 내 딸내미야, 너 여기서 뭐하고 있는 거니?"

그녀는 그다지 놀란 표정을 하지 않았고, 그렇다고 만족스러운 표정도 짓지 않았다. 개는 계속해서 우렁차게 짖어 대고 있었고, 우리 두 사람은 서로의 말을 알아듣기 위해서 아주 큰 소리로 말해야만 했다.

나는 아주, 아주 빠른 속도로 말했다.

"이야기할게. 엄마 아빠가 나를 여기에 내려 주었어. 엄마 아빠는 도빌에 가는 길이었고, 도빌에 볼일이 있기 때문에, 마모가 방해가 되지 않는다면 며칠만 나를 데리고 있어 달라고 마모에게 물어보라고 했어."

마모는 머리를 설레설레 저었다. 그리고 "그 인간들이 그렇지"와 비슷한 걸 말한 것 같았지만 단지 입속으로 중얼거렸을 뿐이어서 나는 정확히 알아듣지 못했다. 사실을 그녀에게 제대로 이야기하지 않은 내가 정직하지 않았던 것은 분명했지만, 그 점을 감안한다 해도 나는 그녀가 친절하지 않았고, 또 굉장히 차갑게 대한다고 생각했다. 만약 그녀에게 가출했다고 말하면 그녀는 집 안으로 한 발짝 들여놓기도 전에 나를 쫓아 보낼지도 모른다고 생각될 정도였고, 게다가 나는 따뜻한 곳에 있고 싶었으며, 또 깨끗하게 씻고 싶었다.

그녀는 나에게 말했다.

"그래, 들어와라, 내 딸내미야."

그녀는 말끝마다 항상 "내 딸내미야"라고 했는데, 그게 내 신경을 몹시 거슬렸다. 내가 그녀의 딸은 아니지 않는가! 이외에 또 내 신경을 거슬린 것은, 아니 내가 조금 놀랐다고 말할 수 있으며, 솔직히 말해서 나를 난처하게 했다고까지 말할 수 있는 것은 그녀가 나에게 정말 아무것도, 즉 내 소식이나 안부뿐 아니라, 정말 그 무엇도 물어보지 않았다는 거였다. 내가 여기에 왔기 때문에 그저 곤혹스러워하는 그런 표정을 지어 보일 뿐이었다는 것도 나를 몹시 난처하게 만들기는 매양 한가지였다. 그러다 US 배낭 밖으로 머리를 삐죽 내민 가펑클을 보고 그녀는 소리를 질렀다.

"아이고, 얘는 뭐냐?"

내가 말했다.

"가펑클이라고 해. 내 고양이야."

그녀는 말했다.

"메도르도 고양이를 좋아하지 않고, 나도 좋아하지 않는다, 내 딸내미야. 네 고양이를 가둬 두어야겠다, 내 딸내미야."

내가 말했다.

"마모, 부탁이야, 집에 들어가게 해 줘, 나 지금 추워."

그 때까지 우리는 계속해서 문턱에 있었고, 그녀는 나를 맞이하기 위해 아무것도 하지 않은 상태였다. 이렇게 말하자 그녀는 어쨌든 작은 부엌으로 나를 들어오게 해 주었다. 그녀의 집은 농장이 아니라, 벽난로 하나가 딸린 작은 부엌과 작은 식탁, 그리고 구석에 텔레비전이 한 대 있을 뿐, 거실도, 현관도, 또 그 외에 아무것도 없는 아주 작은 집이었다. 그녀가 나를 친절한 눈빛으로 바라보지 않았기 때문에 나는 계속해서 그녀에게 부탁하는 수밖에 없었다.

"따뜻한 거 마실 거 좀 없어? 어제 저녁부터 아무것도 먹지도 마시지도 못했어."

그녀는 눈썹을 찌푸리더니 이렇게 말했다.

“네 부모는 도대체 뭘 한다냐? 이제 너에게 먹을 것도 주지 않니, 내 딸내미야?”

나는 아무 말도 하지 않았고, 그녀는 물을 데우기 시작했다. 그녀는 심지어 나에게 앉으라는 말도, 정말로 아무 말도 하지 않았으며, 그래서 나는 조그만 의자 하나를 집어다 거기에 앉았다. 나는 죽을 것 같은 상태였다. 그릇에 치커리를 집어넣고 있는 마모에게 나는 이렇게 말했다.

“마모, 이렇게 다시 보게 되니 너무 좋아. 마모도 좋지 않아?”

그녀는 말했다.

“자, 이거 마셔라, 내 딸내미야. 나는 젖소 보러 가야 한다.”

그 순간 메도르가 부엌으로 들어왔고, 나는 이 개가 스스로 문을 열었다는 느낌을 받았다. 뾰쪽한 코에 구역질 나는 왕 이빨을 한, 검고 노란 늑대와 비슷한 덩치의 큰 개였으며, 가펑클을 향해 우렁차게 짖어 댔다. 나는 등에 메고 있는 배낭 속에서 가펑클이 털을 곤두세우고, 점점 미쳐 가는 것을 느꼈다. 나는 개 짖는 소리와 가펑클이 내는 잡음에 대고 이렇게 외치는 마모를 보았다.

“어서 앉아! 메도르, 앉아!”

하지만 메도르는 앉지 않았고, 나와 내 의자를 향해 몸을 돌리더니 아까보다 더 우렁차게 짖어 댈 뿐이었다. 마모는 나에게 이렇게 말할 수밖에 없었을 것이다. 그렇지 않으면 아무것도 하지 않는 게 될 테니까.

"저 위로 올라가거라, 내 딸내미야. 그래야 둘 다 조용해질 게다. 그동안 나는 애와 함께 젖소를 보러 가마."

그녀는 진짜 계단이라기보다는 난간에 나 있는 조그만 나무 계단을 가리켰고, 나는 치커리 그릇을 들고서 거기로 올라갔다. 거기에는 다락방처럼 문 비슷한 게 하나 나 있었고, 나는 작은 침대와 작은 안락의자와 침대 위에 털이불이 있는 작은 방에 있게 되었다. 나는 문을 닫았고, 배낭을 열었으며, 가펑클이 야옹거리면서 배낭을 빠져나와 볕이 거의 들지 않는 이 작은 방을 킁킁거리면서 돌아다니기 시작했으며, 어쨌거나 가펑클은 밖이 아니었으며 또 멍청하고 덩치만 큰 개가 계속해서 짖어 대는 소리를 듣지 않게 되어 마음이 놓인 것이 분명했다. 가펑클은 문 앞으로 가서 엿보는 자세를 취하더니 더 이상 움직이지 않았다. 나는 몸이 몹시 떨려 오는 걸 느꼈다. 치커리 그릇을 완전히 비웠다. 따뜻했지만 정말이지 맛이 없어 토하고 싶을 정도였다. 나는 아래층에서 무슨 일이 벌어지는지 엿듣기 위해 가펑클에게 '쉿' 하며 조용히 하라고 했다. 그런 다음 재빨리 문을 열고는 작은 계단을 밟고 아래로 내려가서 찬장을 죄다 뒤져 깡통따개 하나와 빵, 그리고 치즈를 찾아내었고, 이것들 전부를 집어 들고 재빠른 속도로 다시 방으로 올라왔는데, 그건 발각되어 놀라게 될까 봐 내가 지레 겁을 먹고 있었기 때문이었다. 마모가 나를 겁나게 한 건 아니었지만 그래도 마모가 나를 받아주고 또 내가 그녀의 집에 조금이라도 더 머물고자 한다면 나는 아주 공손해야 한다고 생각했기 때문에 조심스러웠으나, 진짜 사실을 말하자면, 나는 벌써 떠나고 싶은 마음이 들기 시작했다. 나는 이곳이 정말로 싫었고, 모든 것이 정말이지 내가 바라고 있던 것처럼 진행되고 있지 않다고 생각했다. 나는 추울 뿐이었으며, 가평클 또한 우리가 함께 집을 떠나온 이래로 아무것도 먹지 못했다. 그래서 나는 방으로 다시 돌아와서는 내 US 배낭 속에 있는 위스카스 깡통 하나를 그에게 열어 보였고, 그런 다음 치커리가 들어 있던 그릇 안에다가 그걸 좀 덜어 놓았다. 어쨌든 가평클은 빨리, 정말 빠른 속도로 이걸 먹어치웠다. 가엾은 가평클.

나는 몹시 떨렸고, 몸이 아프기 시작했으며, 침대 위의 털이불 속으로 옷을 입은 채 기어 들어갔다. 털이불 속에서는 마늘이 들어 있었던 것 같은 냄새, 혹은 젖은 양말처럼 고약한 냄새가 풍겨 왔지만, 신경 쓰지 않으려 노력했고 오로지 내 몸을 따뜻하게 하고 조금이라도 잠을 더 자려고 애썼을 뿐이다. 왜냐하면 나는 정말이지, 죽을 것같이 온몸이 아팠기 때문이다.

31

이틀 정도나 되었을까? 아니, 정확히 알 수 없는 시간 동안 나는 줄곧 아팠다. 하루 종일 몸이 떨려 왔고, 오한을 느꼈으며, 눈이 아파 왔고, 양다리가 쑤셨으며, 등과 허리가 아팠고, 머리가 지끈거렸으며, 이빨이 욱신거리는 등, 사방 구석구석이 모조리 쑤셨으며, 내 인생에서 이렇게 아팠던 적이 단 한 번도 없었으며, 심지어 밤인지 낮인지 알아보지도 못할 지경이었다.

마모는 아주 최소한으로만, 정말로 내가 죽지 않을 정도로만, 나를 돌보아 주었다. 그녀는 내 방에 와서 온도계로 열을 쟀고, 시럽과 아스피린을 먹여 주었다. 나는 주로 물을 마셨고, 그녀는 이틀을 통틀어도 나에게 채 열 마디도 건네지 않았으며, 말을 한다 해도 늘상 똑같은 말만 되풀이할 뿐이었다.

"내 딸내미야, 너 몸이 좋지 않구나."

하지만 그녀는 내 열을 아주 빨리 진정시켰고, 시럽에다가 무얼 넣었는지 모르겠지만, 어쨌든 나는 재빨리 회복되었다. 단지 허전하고 무기력한 느낌을 받았을 뿐이었고, 온몸에 힘이 하나도 없었다. 가평클은 털이불 속에 들어와 내 옆에서 잤다. 가평클도 내가 아픈 동안 만큼이나 오래 잔 게 분명하며, 내 생각에, 가평클은 이제 우리가 가출한 날 밤의 피곤을 회복한 것 같았고, 어쩌면 가평클이 나에게 독감을 옮았을 수도 있었으며, 하지만 가평클이 그렇다고 말하는 건 아니었다. 나는 마모에게 가평클이 용변을 볼 수 있게 조그만 양동이와 모래를 가져다 달라고 부탁했다. 그랬더니 그녀는 나에게 이렇게 말했다.

"또 뭐가 필요하니? 다른 동물들처럼 이 녀석도 밖에서 볼일을 보는 수밖에 없어."

하지만 가평클은 방에서 나가고 싶어 하지 않았는데, 메도르를 무척 겁내고 있는 것이 분명했다. 그러자 그녀는 양동이를 가져왔고, 나는 침대에서 이따금 몸을 일으켜서 확인해 보았지만 거기에는 아무것도 없었다. 가평클은 완전히 거기가 막혀 버린 표정을 하고 있었다. 가평클은 소변도, 대변도, 더 이상 아무것도 볼 수 없었다.

나는 마모가 집에서 이리저리 움직이는 것을 보았고, 메도르에게 말하거나 혼자 말하는 것을 듣기도 했다. 불쾌한 표정을 짓고 있던 그녀는 그렇다고 그녀가 짓고 있던 그 표정만큼 나를 불쾌하게 대하지는 않았다. 나는 차츰 그녀의 문제가 무엇인지 알게 되었는데, 그건 완벽하게 혼자 산다는 것, 늙었다는 것, 늘 해야 할 일이 있다는 것, 젖소를 돌보는 일을 그만둘 수 없다는 것이었고, 이것이 바로 내가 창문을 통해서 가끔씩 보게 되는 젖탱이를 덜렁거리는 젖소들과 더불어 그녀가 간직하고 있는 흑백으로 된 네 가지 불행의 청사진이었다. 그녀는 젖소들을 들여놓았고, 젖소들을 다시 나오게 했고, 작은 자기 집 주변을 돌아다니며 이것저것 살펴보곤 했다. 이런 생활은 정말이지 천국과는 거리가 멀어도 한참 먼 것이었다. 나는 도와주려 했지만 그녀가 바라지 않는 듯했고, 그렇게 됨과 동시에 우리 둘이 이야기를 나눌 일은 거의 없어졌으며, 말을 나눈다고 해도 마모는 나에게 매번 짤막하고도 친절하지 않은 투로 말을 건네곤 했다.

"가엾은 아이야, 너는 혼자된다는 게 뭔지 모를 게다."

사흘짼가 나흘짼가, 더 이상 잘은 모르겠지만, 암튼 내 상태가 상당히 좋아지자 나는 돼지고기가 곁들여진 야채, 뭐 그런 걸 먹은 다음, 젖소를 보러 밖으로 나올 수 있었다. 집으로 돌아오는 길에 마모가 나에게 말했다.

"이제 네가 좀 나아졌으니, 마을에 잠시 다녀올 수 있겠구나. 곧 다시 돌아오마. 그동안 집을 보고 있거라, 딸내미야."

나는 어쩌면 그녀가 나를 믿기 시작했고, 또 어쩌면 그녀와 함께 살 수 있을지도 모른다고 생각했다. 하지만 그녀가 떠나고 혼자 있게 된 지 얼마 안 되어 나는 덜컥 겁이 나기 시작했다. 반드시 이와 같은 순서에 따라서 그랬던 건 아니지만, 나는 갑자기 친구들과 다른 애, 그리고 엄마를 생각하기 시작했고, 또 그러다가 내가 아는 모든 사람들이 다시 보고 싶어졌으며, 또 그러다 보니 이내 공포에 사로잡히게 되었다. 엄마는 불안이 마지막 수위를 넘은 상태에 이르렀을 것이다. 나는 엄마에게 끼친 걱정 따위는 한 번도 생각하지 않는 구역질 나는 아이이며, 어쩌면 엄마는 경찰과 함께 프랑스 전역에서 나를 찾아 헤매고 있는 중일지도 모른다. 간략하게 말해, 나는 바보 얼간이 멍텅구리 변덕쟁이에 이기주의자일 뿐이라는 생각이 들었다. 나는 나 말고는 그 누구도 생각하지 않았던 것이다. 나는 어른들만큼이나 정말로 형편없었던 것이다.

이런 생각이 들자 나는 가펑클에게 말했다.

"지긋지긋해. 집에 돌아가고 싶어. 너도 그렇지?"

가펑클은 나에게 아무 대답도 하지 않았다. 나는 다시 집으로 돌아왔다. 가펑클은 부엌에 없었다. 잠자는 방으로 올라와 봤지만 거기에도 없었다. 먹을 것엔 입도 대지 않은 상태였고, 양동이 안의 모래도 깨끗했다. 나는 가펑클을 부르기 시작했다.

"가펑클! 가펑클!"

그런 다음 입술을 모아 '쭈쭈쭈쭈' 소리를 냈으며, 이건 가펑클이 일부러 그런 게 아니라 어쩌다가 찬장에 갇히게 되었을 때, 가구 뒤에 숨어 있을 때, 가펑클을 다시 불러내기 위해 내곤 하던 소리였다. 그러나 나는 가펑클의 대답을 듣지 못했다. 나는 내 고양이를 아주 사랑했으며, 내 근처에서 사라지기라도 하면 즉각 알아차릴 정도로 그에게 아주 익숙해져 있었다. 가펑클이 없을 때의 침묵, 유일하게 나만 이해하고 또 느낄 수 있는 그런 침묵이 계속 이어졌다. 나는 이 집 전체가 이 커다란 침묵에 휩싸여 있는 걸 느꼈다. 가평클은 더 이상 마모의 집에 없었다. 필경 무슨 일이 일어난 것이다. 이 어마어마한 걱정거리에 사로잡히게 되자 나는 더 이상 아픈 사람도 겁쟁이도 아니었다. 반드시 가평클을 다시 찾아야만 한다는 것 외에는 아무것도 생각할 수 없었다.

내가 즉시 떠올린 건 고양이를 참을 수 없어 하는 바보 같고 덩치만 커다란 개였다. 하지만 아무리 찾아보아도 그 녀석은 제 집이나 젖소들 곁에도, 아니 그 어디에도 없었고, 이 또한 정상은 아니었다. 이 멍청하기 짝이 없는 개라는 존재는 어쨌건 주인이나 여주인이 어디 갔을 때 집을 지키라고 있는 거다. 마모가 문을 열었을 때 가평클이 밖으로 뛰쳐나갔고, 또 가평클을 보자마자 메도르가 뒤를 쫓아 사냥하듯 내몬 게 분명하며, 그래서 내 고양이는 숲 속 어딘가에서 길을 잃었으리라는 데까지 생각이 미쳤다. 가출을 시작한 이후 내가 해 왔던 모든 것에 가평클이 반대했었다는 사실이 조금씩, 그러나 분명하게 와 닿았기 시작했고, 나는 그 사실을 지금에서야 깨달은 것이다. 가평클은 분명 나에게 반대하려 하지 않았겠지만, 이 집도, 마모도, 이곳의 분위기를 포함하여 이 모든 것을 좋아하지 않았을 게 분명했다. 고양이는 움직이기 위해서, 추위를 위해서, 밤을 위해서, 이 모든 짓거리를 위해서, 트럭을 위해서, 오토 스톱을 위해서, 등에 멘 배낭을 위해서, 내가 그에게 겪게 만들었던 이 모든 믿을 수 없고 무

책임한 어리석은 짓거리를 위해 존재하는 게 절대로 아니니까. 더구나 고양이는 접근하기 어려운 장소를 몹시 싫어한다. 따라서 그렇게 할 수 있게 되자마자, 피치 못해 그는 떠나가 버린 것이다.

내 고양이는 사랑의 정령이었기 때문에 내가 회복되기를 기다렸던 것이다. 우선은 내가 좀 나아지기를 염려했을 거고, 내가 나아진 걸 보자마자, 또 문이 열린 걸 보자마자, 단 일 초 만에 쿵, 쾅, 뚝딱, 휙 하고 떠나 버린 것이다.

이 모든 게 내 잘못이었다.

나는 잠바를 입었고, 부엌 개수구 아래 놓여 있던 썩어 문드러진 고무장화를 신고 가펑클을 찾아 들판으로 나갔다. 사방에 소리를 질렀고, 이름을 부른 후 아무 말도 않고 그가 대답하기를 기다렸지만 아무 일도 일어나지 않았다. 그러다 메도르가 이리로 오는 게 보였다. 메도르는 작은 길의 저 건너편에서 여기로 도착했고, 또 이상한 표정을 지은 채 자기 집으로 들어갔으며, 그곳에서 꼼짝하지 않았다.

"이 쓰레기 같은 놈아! 내 고양이에게 무슨 일이 일어났는지 알고 있지."

하지만 그는 나에게 말할 수 없었다. 개들은 대답하지 않는다. 개들은 말하지 않는다. 물론 내가 개에 반대하는 건 아니며, 예외 없이 모든 동물들을 정말이지 사랑한다. 하지만 동물들 중에서도 나쁜 놈들과 바보 같은 놈들이 있을 것이며, 그런 게 오로지 어른들 전용만은 아닐 것이고, 또 만약에 그런 놈이 있다면, 메도르는 그 목록 꼭대기에 제 이름을 장식할 것이다.

나는 풀밭 위를 달렸고, 작은 수풀 더미 세 개를 지났다. 가평클을 너무 불러서 그런지 목소리가 잘 나오지 않았다. 정말로 큰 원을 그리면서, 한 바퀴를 걸어서 빙 돈 게 분명했는데, 왜냐하면 어느새 마모의 집에 가기 위해 우리가 걸었던 작은 길 바로 직전에 나 있던 커다란 아르빌 도로에 내가 서 있었기 때문이다. 나는 몹시 피곤했고, 울기 시작했으며, 나에게 무슨 일이 일어났는지 더 이상 알 수 없었다. 그러다가 마모의 집으로 돌아가기 위해 발길을 돌리기 바로 직전, 아스팔트가 나 있던 도로 위에서 나는 가평클을 발견했다. 가평클은 아스팔트 위에 있었고, 꼼짝하지 않았다. 나는 가평클이 죽었다는 사실을 즉각 알아챘다.

가평클은 거의 몸이 반으로 갈라져 있었다. 트럭이나 트랙터 혹은 커다란 오토바이가 그 위로 지나간 게 틀림없었다. 가평클은 공포에 떨었을 것이며, 어쩌면 메도르가 들판 여기저기에서 그를 쫓아냈으며, 그러자 가평클은 나를 찾아야겠다고 생각했을 거고, 따라서 우리가 도착했던 길에서 다시 시작했어야만 했으며, 또 그는 직감으로 우리가 도착했던 곳을 알아보았을 것이 분명하며, 그러고 나서 자동차나 내가 무언지 짐작할 수 없는 무엇에 치받혀 꼬꾸라진 게 분명했다. 가펑클은 죽었지만, 그냥 단순하게 죽은 게 아니라, 내 사랑스런 가펑클은 아주 흉칙하게 망가진 것이다. 그는 제거된 것이다. 바로 이 단어 제거. 이런 상태를 표현하는 데 더 나은 단어는 없다.

나는 가펑클을 양팔에 안았다. 가펑클의 몸은 아직 따뜻했다. 나는 울지 않고 아주 조용히 가펑클을 안고 발걸음을 움직였다. 그러면서 나 자신에게 무슨 말이든 해 보려고 애썼고, 가펑클이 아직도 나와 함께 있다고 나 자신에게 말하려고 애썼다. 그러면서 한편으로는 가펑클이 하늘, 빈 공간 너머 다른 편으로 이미 떠나갔으며, 거기서 내 햄스터를 만났을 거라 생각했고, 그가 불행하지 않게 해 달라고 정말이지 간절히 기도했는데, 최소한 내게 이런 희망, 즉 가펑클이 다른 곳에서라도 행복할 거라는 희망조차 없다면 나는 살 수 없을 것 같았기 때문이었다.

나는 더 이상 앞을 잘 볼 수 없었는데, 걸으면서 계속해서 내 두 눈이 그의 머리를 보고 있었기 때문이었다. 마모의 집에 도착하기 바로 직전, 내가 머리를 치켜들었을 때, 나는 자동차 한 대를 보았고, 그것은 엄마의 차였다. 팔을 벌리고 나를 향해 달려오는 엄마를 보았고, 엄마 뒤에 있는 마모를 보았고, 또 경찰과 지붕에 뭔가를 달고 있는 그들의 파란색 자동차를 보았고, 모든 사람들—외치고 또 외치면서 나를 향해 달려오고 있는 엄마를 제외하고—이 나를 보고서 걸음을 멈추어 선 것을 보았다. 내게 달려오는 엄마는 아름다웠고, 나는 엄마를 보게 되어 정말로 마음이 놓였다. 그래서 나도 소리를 질렀다.

"엄마! 엄마! 가평클이 죽었어!"

그러고 나서 나는 바로 이렇게 외쳤다.

"엄마! 용서해 줘. 내가 잘못했어."

엄마는 나를 끌어안았고, 그런 엄마에게서는 좋은 냄새가 났고, 엄마의 품은 부드럽고 포근했다. 엄마는 나를 사랑한다고 말했으며, 또 우리 두 사람은 가평클 앞에서 울었고, 가평클 역시 울고 있다는 느낌을 받았다.

32

그 후, 엄마와 나는 차를 타고 나란히 파리로 돌아왔다. 엄마는 나에게 모든 것을 다 말해 주셨다. 내가 도착한 첫 날 엄마에게 은밀히 전화를 해서 내가 아프다는 말을 전해 준 건 마모였다고 엄마는 설명해 주었다. 마모는 정말 멋졌다. 그녀는 아르빌의 담뱃가게가 딸린 카페에 갔고, 전화번호를 문의해서, 내 부모님의 번호를 얻어 냈다고 했다. 그녀는 엄마에게 내 몸이 좀 나아진 다음에 오는 것이 좋을 것 같다고 말했다고 한다. 엄마는 또 엄마 나름대로 이틀을 기다렸는데, 그

사이에 아빠와 연락을 취하기 위해서였다고 했다. 그 과정에서 나는 엄마를 떠나려 한 사람이 바로 아빠였으며, 아빠가 아메리카 대륙으로 여행을 떠난 것이 아니었다는 사실도 알게 되었다. 뿐만 아니라 나에게 아무 말도 하지 않고 엄마는 이 모든 것을 참고 있었으며, 또 아빠와 함께 서로 상의했다는 사실도, 우리가 흔히 말하는 것처럼 둘 사이에 '위기'가 있었다는 사실도 알게 되었다. 이런 위기는 어른들 모두에게 일어나는 것 같다. 이 위기의 순간에 내가 두 사람을 저버렸고, 또 그들을 매우 겁나게 했다는 사실도 알게 되었으며, 정상적인 부모님처럼 함께 살면서 나를 더 사랑하고 잘 돌보기로 두 분이 결심했다는 사실도 알게 되었다.

그런데 아빠는 왜 나를 보러 오지 않았을까? 나는 궁금했다.

혼자 오겠다고 결정한 건 엄마였다고 엄마가 나에게 말했다. 엄마는 나와 단둘이 말하고 싶었다고 했는데, 내가 그녀의 소중한 딸이기 때문이고, 그녀가 정말로 나에게 애착을 가지고 있다는 사실을 보여 주고 싶었고, 또 나에 대해 많이 염려했기 때문이라고 했다.

그러자 나는 엄마의 말이 모두 옳으며, 자동차 안에 엄마와 단둘이 있게 되어 행복하다고 아주 오래간만에, 아니 어쩌면 최초로, 엄마에게 말했다. 비록 트렁크 속의 작은 상자 안에 있는 가평클의 시신이 내 가슴을 아프게 했지만 말이다.

33

집으로 돌아온 이후, 나는 곧바로 학교로 돌아가고 싶은 마음이 들지 않았다. 부모님은 다정했으며, 나에게 내 시간을 충분히 가지라고 말씀하셨으며, 우리는 함께 지내면서 상당히 많은 것을 함께하기도 했다. 나 혼자 한 것이라고는 다른 애를 거의 매일 보러 가다시피했다는 것뿐이었다. 사나흘 이렇게 시간이 흘러갔다. 그동안 다른 애와 나는 음악을 들었으며, 우리는 기분이 좋았고, 또 나는 그에게 내게 일어났던 모든 걸 다 들려주었다.

둘째 날, 다른 애의 집에서 돌아오자, 엄마는 나에게 말했다.

"이리 와서 좀 보렴."

이렇게 말하고는 엄마는 나를 부엌으로 데리고 갔고, 거기에는 아주아주 쪼그마한, 정말이지 아주 쬐그만 새끼 고양이, 가펑클과 똑같지만 만 배 정도 작은 어린 블루 포인트 한 마리가 있었다. 나는 정말이지 깜짝 놀랐다. 완전히 넋이 빠져나갈 정도로 얼얼했고, 내 몸이 쪼개지고 피부가 벗겨지는 느낌이 들 정도였으며, 심장이 뛰고 있는지 믿지 못할 지경이었다. 엄마가 나에게 말했다.

"너를 위한 거란다. 이 녀석을 찾아 사방을 돌아다녔구나. 얘를 뭐라 부를지 알고 있니? 얘 이름은 시몽이란다."

그러자 나는 엄마에게 말했다.

"엄마는 정말 멋져."

나는 저녁 내내 귀여운 시몽과 함께 놀았다. 다음 날, 나는 정말이지 괜찮아진 것을 느꼈다. 그래서 동네를 한 바퀴 돌아볼 겸 밖으로 나가 보기로 결심했고, 일부러 그러지 않았는데 가펑클을 무릎 위에 두고 몇 시간이고 곰곰이 생각에 잠겼던, 모든 것이 시작되었던 게 분명한 바로 그 카페에 다시 있게 되었다. 내 진짜 가출, 잘못 진행된 그 모든 것들의 발단이었던 바로 그곳 말이다. 그런데 나는 내가 왜 그 카페에 들어가려 했는지 알 수 없었다. 여전히 그곳에는 적갈색 콧수염의, 일전에 보았던 아저씨가 있었다. 나는 아저씨에게 콜라 한 잔을 주문했다. 아저씨도 나를 알아보았다. 아저씨를 다시 보게 되었다는 게 나에게 아주 이상한 느낌을 불러일으켰다. 그를 보자 갑자기 모든 것이 다시 생각나기 시작했는데, 내 고양이를 몹시 싫어하던 택시 운전사, 바보 같은 파트릭, 흐느껴 울었던 굵은 안경테 아저씨, 그리고 마모, 이 모든 것이 내 콜라 잔 앞을 스쳐 지나가는 게 보였고, 비록 그것이 전반적으로 보자면 아주 고약한 이야기이긴 했지만, 또 정말이지 드라마틱했지만, 그리고 또 결국에는 나에게 일어난 일이 아주 끔찍하기도 했지만, 게다가 내 콜라 잔에다가 그것들을 비추면서 다시 떠올려 보니 적갈색 콧수염 아저씨를 다시 본 것과 같은 효과를 내게 가져다주었고, 결국 나는 이 모든 것을 좋아하게 되었다. 아저씨가 나에게 말했다.

"괜찮아요, 꼬마 아가씨? 여기 올 때마다 약간 이상한 표정을 짓고 있네요?"

나는 말했다.

"네, 네, 괜찮아요. 이제는 괜찮아요."

나는 콜라를 마셨고, 기다렸으며, 그러다가 갑자기 평화가 나에게 찾아온 걸 느끼게 되었고, 그러자 나는 그곳을 빠져나왔다.

34

오늘 2월 7일은 내게는 결코 잊지 못할 날이 되어 버렸다. 나는 다리가 후들거리기 시작했는데, 이전에 그랬던 것과는 느낌부터 달랐다.

내 팬티가 축축이 젖어 드는 느낌이 들었지만, 그것은 절대로 오줌을 싸서 그런 것은 아니었고, 내가 오줌을 팬티에 싸곤 했던 것은 아주 아주 아주 오래전이기 때문에 지레 겁먹을 필요가 없다고 나에게 말했다. 오줌과 전혀 상관없는 사실이라는 걸 이해하기 위해서 쳐다보거나 만져 볼 필요조차 없었다. 나는 나에게 무슨 일이 일어난 것인지 곧바로 알아챘다.

어쩌면 카페에서 이미 내 다리 사이에 따뜻한 액체가 흐르기 시작했을 수도 있었으나, 카페가 따뜻해서 그랬는지 의자 위에 앉아 있었던 나는 아무것도 알아채지 못했고, 그것을 느끼게 된 것은 자리에 일어나 카페를 빠져나가면서였다. 나는 감히 몸을 움직이지 못했으며 당혹스러워하기 시작했다. 누군가 인도 위에서 내 발을 밟은 것 같은 느낌이 들었고, 이런 느낌은 온몸이 마비된 것처럼 앞으로 나가려는 나를 방해했으며, 나는 움직일 수 없었고, 또 누군가 망치와 못으로 나를 바닥에 붙들어 매 놓은 것 같다고 말할 정도였으며, 나는 나에게 일어난 일 외에도 이제부터는 아예 움직이지 못할지도 모른다는 느낌을 받았다. 무얼, 어떻게 해야 할지 정말로 몰랐고, 겉으로 보일까 봐, 내 청바지 앞뒤를 더럽힐까 봐, 내 발과 인도 위로 몇 리터나 되는 피가 흘러넘칠까 봐, 또 사람들이 나에게 이렇게 말하면서 걸음을 멈출까 봐 겁이 나서 앞으로 한 발짝도 내딛지 못하고 있었다.

"걸음을 멈추세요. 당신은 지금 무진장 피를 흘리는 중이에요."

내 문제는 내가 정말로 무얼 해야 할지 모른다는 것에 놓여 있었다.

나는 생리를 시작한 첫 날에 관한 여러 가지 사항들, 예컨대 친구들에게 일어났던 것들이나 걔네들이 했던 조치 따위를 걔네들이 직접 말하게 하는 데 더러 성공한 적도 있었다.

모두들 한결같이 어떤 일이 일어나는지 나에게 들려주었지만, 인생에서 일어나는 다른 모든 일들과 대부분 엇비슷했었다. 사람들이 당신에게 말한 것과 그 일이 당신에게 직접 일어났을 때 당신이 손수 해야 하는 것 사이에는 정말로 믿을 수 없을 만큼, 아니 정말로 커다란 차이가 존재한다. 내 친구들은 예를 들어 이렇게 말했다.

"걱정하지 마. 아무것도 아냐. 조금 아플 뿐 아무것도 아니야. 느낌 치곤 오히려 재미있다고 할 수 있어."

사실 걔들은 내게 어마어마한 농담을 한 것이며, 모두 뻥을 친 것이고, 또 이런 이유로 나는 모든 사람들, 심지어 어린아이들—더 이상 어린아이가 아닌 우리들은 제외하기로 하고—도 거짓말을 한다고 말할 수 있다. 물론 내가 정말이지 끔찍하게도 운이 없었다는 사실만 제외한다면, 이 일이 일어났을 때 친구들이 나보다 더 포복절도할 만큼 재미있어 하지는 않았을 것이라 나는 확신한다. 그 일이란 게 바로 하필이면 내가 카페를 나서서 인도 위에 있을 때 일어난 것이다. 허벅지 사이에 뜨겁고 이상한 느낌을 받았고, 또 아랫배 주위나 배 속에서 일어나기 시작한 이 이상하고도 거북한 느낌을 그대로 간직한 채, 이렇게 내 인생 전부를 거리에서 못 박힌 사람처럼 꼼짝 못하고 서 있을 수는 없다고 생각했다. 나는 그 누구의 도움도, 다른 애나 엄마, 혹은 가평클, 어쨌든 이제는 죽은, 가엾은 가평클의 도움 없이 혼자서 무언가를 해야만 하는 순간에 내가 처했다고 나 자신에게 말했다. 나 혼자서 알아서 처리해야 하며, 어른처럼 혼자서 이 역경을 헤치고 나와야만 했다.

나는 카페로 다시 돌아갔다. 그러기 위해서 내가 한 것은 가능한 한 양다리를 움직이지 않으려 애쓰면서 삼 미터가량을 뒷걸음질 치는 것이었는데, 왜냐하면 그게 사방으로 흘러나올까 봐 겁이 났기 때문이며, 그래서 나는 아주, 아주, 아주 조심스럽게 발걸음을 옮겼고, 막 알을 낳았지만 그 알을 잃지 않으려고 무진장 애쓰면서 아직 뒤로 떨어뜨리지 않은 채 그 알을 매달고 있는 거위처럼 내 두 다리를 힘껏 조였다. 내가 다시 카페에 들어왔을 때, 종업원 아저씨는 뒷걸음질 치는 이런 내 모습을 보더니 말했다.

"무슨 일이 있어요? 뭐 잊어버린 거 있어요?"

나는 말했다.

"아니요. 단지 몸이 좋지 않아서요. 그런데, 혹시 화장실을 좀 사용해도 될까요?"

아저씨가 말했다.

"물론이지요. 공중전화 근처 아래층 복도 끝입니다."

나는 화장실로 내려가면서 마치 모든 것을 잃어버릴까 겁을 내기라도 하는 듯 뻣뻣해진 두 다리 중에서 우선 한 발을 먼저 앞으로 뻗었고, 그런 다음 나머지 한 발을 뻗는 식으로 힘겹게 걸음을 옮겼고, 화장실 안에 틀어박혀 모든 걸 보았다. 심지어 만져 보기도 했는데, 내가 시작한 생리는 장난이 아니었으며, 또 생리를 시작했다는 사실에는 조금도 의심의 여지가 없었다.

나는 행복하지도 않았고, 그렇다고 불행하지도 않았으며, 심지어 그것이 과연 우주적인 차원의 커다란 사건 뭐 그런 것일까 하고 나 자신에게 물어보지도 않았으며, 오로지 당장에 내게 닥쳐온 이 청결에 관한 골치 아픈 문제에 맞서 적절한 해결책을 찾으려 애쓰고 있을 뿐이었다. 그리고 나는 커다란 두루마리 화장지를 쥐고서 마치 넓적한 붕대를 두를 때처럼 배 주변과 아랫배, 사타구니 주위로 화장지를 둘렀고, 이것을 바로 사람들이 흔히 '벨포 붕대'라고 부르는 것이라고 생각했다. 종이로 만들어진 커다란 붕대가 이렇게 완성되었다. 두루마리 하나를 통째로 거기에 둘렀기 때문에 나는 거대해진 배와 거대해진 다리, 그리고 거대해진 사타구니를 하게 되었다. 이런 상태로 어떻게 내가 청바지의 벨트를 잠갔는지 잘 기억나지 않는다. 또, 화장실에서 나와 위층으로 올라올 때, 내가 어떤 모습을 하고 있었는지 더 이상 잘 모르겠다. 내 생각에 나는 쩔뚝거렸던 것 같다. 하지만 이런 상태에서는 오히려 모든 걸 더 잘 해야만 한다고 생각했다.

그런 채로 나는 집에 돌아왔다.

35

그녀는 그녀의 집으로 돌아왔다.

그녀는 그녀의 엄마에게 모든 걸 이야기했다. 그녀와 그녀의 엄마 사이에는 약간의 대화가 오고 갔을 뿐, 그 어떤 중요한 일도 일어나지 않은 것처럼 태연하게 이야기를 나누었다. 그녀는 자기 방에서 다시 나왔다.

그녀는 씻었다. 그리고 그녀는 갈았다.

그녀는 저녁과 밤을 그녀 안에 있는 이것과 함께 보냈다.

다음 날 아침 일어나면서 그녀는 다시 갈았다. 그녀는 그녀 안에 있는 이것에 익숙하지 않았으며, 오히려 이것은 무엇보다도 그녀를 불편하고 거북하게 만들었다. 이것은 그녀를 조금 아프게 했지만, 정말로 아프지는 않았고, 사람들이 고통스러워할 때, 혹은 사람들이 아플 때 같지도 않았다. 이것은 그것과는 다른 것이었으며, 또 매일 일어나는 무엇은 아니었다.

그녀는 이것이 따라서 지금부터 시작되었으며, 평생 한 달에 삼 일이나 사 일, 오 일이나 육 일은 이래야 할 것이라고 생각했다. 그녀는 그녀 안에, 그리고 그녀와 함께 의무적으로 이러한 거북함을 지닐 수밖에 없으며, 그녀에게 일어나기를 왜 그토록 간절히 원했는지 그녀 자신에게 물어보았다.

36

아침에 일어나면서 나는 커다란 결심을 했다. 이 노트에 기록하는 걸 그만두기로 결심했다.

내가 여성이 된 지금, 아니 비록 아직 완벽한 여성은 아니겠지만, 나에게 일어나는 것들과 내 머릿속을 스쳐 지나가는 모든 것들을 적을 필요가 이전보다 덜해졌다.

나는 정말이지 아무것도 바뀐 게 없다는 사실과 내가 정말로 바뀐 것은 아니라는 사실을 잘 알고 있으나, 이상하게도 나는 더 이상 이야기를 적어 나갈 마음이 생기지 않았다. 내게 일어난 일들을 내 친구들에게 이야기할지조차도 잘 모르겠다. 어쩌면 내가 생리를 시작했다는 걸 친구들에게 말하지 않을지도 모른다. 어쩌면 그녀들처럼 하지 않을지도 모르며, 뻐기지 않을지도 모르며, 반대로 '위대한 무관심'으로 친구들에게 한 방을 먹일지도 모른다. 어쨌든, 나는 내 친구들에게 허세를 부리는 일에 열중하는 것보다 내 인생에서 해 나가야 하는 보다 소중한 또 다른 일들이 있다는 사실을 이제 잘 알고 있다. 예를 들어, 나 외의 다른 사람, 특히 다른 애를 돌봐야 한다. 그리고 이제는 우리가 한 가족이므로 부모님 사이에 어떤 일이 벌어지는지, 그들이 무엇을 하는지, 어떻게 그들이 내 인생을 변화시킬지 지켜봐야 한다.

나는 왜 내가 겪은 이 모든 사건들과 모든 문제들, 그리고 모험들과 내 가엾은 가펑클의 끔찍스런 죽음 이후에야 생리를 시작하게 되었는지 아주 오랫동안 내 자신에게 물어보았으며, 우리가 피를 흘리는 것은 우리가 고통스러워하기 때문이라고 생각했다. 다시 말해서 우리가 생리를 할 권리를 갖게 되는 것은 오로지 고통을 겪은 다음이라는 것이며, 따라서 그것은 일종의 보상과도 같은 것이다.

사람들이 '피흘리는 가슴'을 갖고 있다고 당신에게 말한다면, 그건 그들이 몹시 고통스러워하거나 불행하기 때문이다. 그러자 나는 바로 이렇기 때문에 여자들은 한 달 동안 갖고 있던 모든 근심과 걱정을 떨쳐 버리기 위해 한 달에 한 번씩 다리 사이로 '피 흘리는 가슴'을 갖는 것이라고 가정해 보았다. 혹은 다가올 다음 달까지 그녀들이 갖게 될 모든 근심을 떨쳐 버리기 위해서.

정상이 아니라고 생각하게 되는 건, 비록 불행한 사람이 아니라도 일생에서 그것이, 어쨌든, 모두에게 일어나게 된다는 것이다. 사실 그건 뭐 그리 대단한 건 아니다. 며칠 동안 가슴이 다리 사이로 당신에게 피를 흘리게 만드는 것일 뿐이다. 그런데 시스템 치고는 아주 공평하지 못하다. 남자들은 우리보다 더 운이 좋은 거다. 하지만 그들은 다른 방식으로 가슴에서 피를 흘릴 것이다. 여자들만이 인생의 참 맛을 맛봐야 할 이유는 없다. 내 생각에 남자들 역시 생리를 하는데, 남자들의 몸에서는 그게 다른 방식으로 진행될 뿐이며, 그게 다다. 내 생각에 모든 사람들이 이러저러한 방식으로 나름의 피를 흘리는 것이다.

뭐, 그러니까 이게 다다. 이게 스테파니 노트의 끝이다. 어쩌면 내가 다시 이 노트를 열 수도 있겠지만, 그건 당장은 아니다. 이걸 쓰기 위해 나는 상당한 시간을 빼앗겨야 했지만, 그렇게 할 수 있었던 건 내가 달리 할 일이 없었기 때문이기도 했다. 단어를 발견하는 게 끔찍하게 어려웠으며, 그럼에도 불구하고 내게 일어난 모든 것을 이야기하지는 못한 것 같다. 나는 내 노트 위에다가 땀방울을 흘렸고, 노트를 적는 데 많은 시간이 들어갔는데, 어떤 때는 단어 하나를 발견하느라 한 시간을 들인 적도 있다.

당분간, 내 노트, 내 투덜거림, 이 모든 것은 막을 내린다. 이제부터 나는 조금은 찌그러져 있는 게 나을 거라고 생각한다. 나는 나를 잠시 잊고 싶으며, 이게 바로 지금 내가 하고 싶은 것이다.

어쨌건 나는 내가 써 놓은 것을 단숨에 다시 읽어 내려갔고, 그러는 데 좀 시간이 걸렸으며, 화면을 고정시키기 위해 영화에서 그렇게 하듯 진실을 멈추게 하고 싶다고 말했던 처음 구절도 다시 읽게 되었다. 물론 내가 그 수준에 이르렀다고는 생각하지 않는다. 나는 그런 일이 가능하다고 생각하지 않는다. 아니 오히려 나는 이런 건 절대로 실현 불가능할 거라고 생각한다. 하지만 만약 우리가 불가능한 것을 실현해 보려는 시도조차 하지 않는다면, 우리는 정말이지 평범한 사람들이 될 것이다. 나는 결코 그렇게는 되지 않을 것이며, 적어도 이 사실만은 확신한다! 비록 내가 지금 다른 모든 여자들처럼 피를 흘린다고 해도, 나는 결코 다른 사람들과 비슷한 여자가 되지는 않을 것이라고 나 스스로에게 맹세해 본다.

나는 노력할 것이다. 나는 하늘 저 높은 곳에서 가펑클이 내가 글을 쓰고 있는 이 순간에도 나를 보고 있다는 사실을 알고 있으며, 다른 많은 사람들에 견주어 내가 다른 사람이 될 수 있다고 나에게 말하려고 한다는 사실을 나는 알고 있다.

내 고양이 시몽은 아직 나에게 말하지 않는다. 시몽은 너무 어리다. 우리는 서로를 잘 알지 못하며, 그렇게 되기까진 또 상당히 많은 시간이 필요할 것이다. 사랑, 그것은 시간이 걸리는 것이다.

옮긴이의 말

내가 이 책을 처음 접하게 된 건, 1994년 여름 대학원 입학을 앞두고 초조함과 설렘이 교차하는 그런 마음으로 아미앙이라는 프랑스 북부의 낯선 도시에 막 정착했을 때였다. 비교적 대도시에 속하는데도 저녁 예닐곱 시가 되면 어김없이 거리에는 행인들이 거의 없다시피했고, 또 아는 사람이라곤 아무도 없는 곤궁한 처지였던 나는, 뭐 딱히 할 일이 없어서였다기보다는 프랑스 지방도시 고유의 고즈넉함과 적막함을 달래 보고자 중고품 가게broquante를 자주 방문하곤 했다. 그곳은 중고 책을 비롯하여 음반이나 옷가지, 가구나 심지어 중고 전자제품도 싸게 살 수 있고 팔 수도 있는, 말 그대로 저렴한 가격의 온갖 잡동사니들을 오로지 안목 하나에 의지하여 건져 올릴 수 있는, 유학생에게는 말할 나위 없이 이상적인 물품 구입처였다. 내가 그곳에서 눈여겨보았던 것은 주로 책이었는데, 그건 내가 딱히 책을 좋아해서라기보다는 프랑스의 책 값이 한국에 비해 터무니없이 비싸다고 생각하고 있었기 때문에 어떻게 해서든 읽을 만한 '거리'를 구하고자 하는 심리가 강했기 때문이 아니었나 싶다.

그렇게 해서 아주 저렴한 가격(기억하기로는 5백 원 정도?)에《스테파니의 비밀노트》를 수중에 넣게 된 나는 집으로 돌아와서 단숨에 읽어 내려갔다. 열서너 살짜리 여자아이(우리 나이로 열다섯에서 열여섯 살 정도)가 쓴 글이라고 알고 있었기 때문에 내용이 쉬워 보였고, 또 몇몇 단어들과 속어 표현들을 제외하고는 텍스트 전반의 이해가 그다지 어렵지 않았던 것도 사실이었다. 상상력을 동원해 가며 프랑스의 중학교(중고등학교) 생활을 엿보는 재미도 상당했고, 간결하면서도 고유한 프랑스어의 구어 표현을 익히고자 하는 마음도 있었다. 프랑스라는 나라가 학교 교과과정 전반에서 워낙 글쓰기 훈련을 철저히 시킨다는 사실을 염두에 두고 읽어 나갔기 때문에 나는 이 소설이 열네 살 아이의 손에서 빚어진 작품으로 철석같이 믿고 있었고, 또 감수성 어린 시기에는 대체로 남자아이보다 여자아이가 훨씬 더 조숙함을 보이며, 글을 쓰는 데 있어서도 월등히 뛰어난 재주를 갖고 있으며 종종 믿기 어려울 정도의 실력을 발휘한다는 사실을 내 학창 시절을 반추해 보아 쉽사리 짐작할 수 있었던 터라서 글쓴이의 정체성에 대해서는 터럭만큼도 의심하지 않았던 것 같다.

정작 고민거리는 고려대학교출판부의 부탁에 응해 청소년 문학작품 번역 목록에 이 작품을 추천한 이후에 발생하기 시작했다. 심각한 문제는 아니나, 한번쯤 고민하고 또 논의해 봐야 할, 어떻게 보면 '문학의 윤리'에 관한 물음이 다시 내게 제기되었다고 하는 편이 옳을 것이다. 스테파니라는 소녀의 이름으로 출간된 지 이십 여 년 만에 이 글을 제가 썼노라고 주장한 '진짜' 작가(게다가 나이도 지긋한)가 불현듯 모습을 드러내면서, 이와 동시에 번역을 진행하던 나에게도 여러 가지 복잡한 물음들이 제기되고 착잡한 마음이 들기 시작한 것이다.

작품을 추천한 이후, 번역을 준비하고 작품에 대한 정보를 수집하던 중 나는 이 작품이 내가 턱없이 바삐 지나온 그런 세월 속에서 영화로도 제작 발표되었으며, 게다가 수많은 소녀 팬들과 일반 독자들에게 어필하기도 했던, 프랑스 청소년문학 분야에서 스테디셀러의 위치를 차지하고 있었다는 사실을 알게 되었으며, 또 이런 사실을 감안해 본다면, 2007년 저자의 갑작스런 '고백'은 적잖은 사람들을 충격의 도가니로 몰아넣기에도 충분했을 것이라 사료된다. 프랑스의 인터넷 공간에서 벌어졌던 설전도 바로 이러한 '풍경'을 고스란히 담고 있었다. 처음 책이 발간되었던 1983년에 열다섯 살 소녀 스테파니의 집필 과정에 도움을 주었다고 밝힌 바 있으며, 또 그렇게 알려지기도 한 필립 라브로가 갑작스레 '이 책은 내가 쓴 것이다'는 스캔들성 발언을 공표한 당시 아마존에 등장한, 2007년에 출판사를 옮겨 다시 책을 출간했을 때

오갔던 서평을 여기에 잠시 소개한다.

제목 : 《스테파니의 비밀노트》는 한 소녀의 실제 인생을 담고 있는가? 그렇지 않은가

작성일 : 2007년 1월 30일, 작성자 : Ginigeo

내가 《스테파니의 비밀노트》를 읽은 것은 청소년기 때였는데, 나는 이 책을 정말로 좋아했었다. 열세 살 소녀가 품고 있는 의혹과 꿈, 그리고 고통을 완벽하게 묘사한 스테파니에게 나는 닮은 점을 다수 발견했었다. 사실 이 나이에 우리 모두 생리가 시작되는 날을 그토록 기다리지 않았던가! 그런데 며칠 전 필립 라브로가 쓴 책이라는 소식을 접했고, 나는 실망을 금할 수가 없다. 책이 출간된 1983년에 이미 사십 줄을 훌쩍 넘긴 남자가 책을 쓴 주인공이라니! 나는 배신감과 속았다는 느낌을 지울 수 없으며, 나만 그런 느낌을 받는 게 아니라고 확신한다. 이런 일을 긍정적으로 평가할 필요를 못 느낀다. 솔직함과 진실성 덕분에 나에게는 소중한 책이었다. 물론 이제 그런 마술은 사라져 버렸지만…

제목 : 뒤죽박죽 엉망진창이군!

작성일 : 2007년 2월 9일, 작성자 : Manu

Ginigeo님의 의견처럼 이 책이 진짜 스테파니의 작품이 아니었다는 소식을 접하고 나도 배신감과 속았다는 느낌을 동시에 받았다. 열두 살에서 열다섯 살 사이에 이 책은 나에게 성경책이나 다름없었다. 지금은 카를로스가 《미친 아이들의 병동》을 썼다는 사실을 알게 된 것과도 같은 느낌을 불러일으킨다.
자신을 둘러싸고 있는 어른들의 거짓말과 위선을 이야기하는 여자아이가 주인공인 이 책이 실제로는 어마어마한 허풍 자체였다니, 이런 아이러니가 세상에 또 어디 있을까?

진실이 알려진 후 적잖은 충격을 받은 네티즌들은 저마다의 견해를 올리기 시작했고, 야후 및 각종 검색 사이트에서는 찬반으로 나뉘어 글쓰기의 "주체" 전반을 포괄하는 문학 주제와 논쟁거리를 제법 만들어 내기 시작했다. 프랑스 청소년 문학을 소개하고 진지한 독서평을 올려 상당한 팬들을 확보하고 있는 Livres pas comme les autres(http://www.pascommelesautres.info) 사이트에 실린 아래 논평과 이 논평에 붙여진 수십 개의 댓글들은 두 차례에 걸친, 그러나 저자를 달리하여 출간된 이 책을 통해 어떤 문학적인 고민들이 다시 한번 논의될 수 있는지를 잘 보여 준다.

《스테파니의 비밀노트》

by Clem, 2007년 2월 21일 수요일 00:43

스캔들이자 사기다!

70년대 전후에 태어난 대부분의 여자들은 분명히 이 책을 기억하고 있다. 당시 우리에게는 마음 놓고 볼 수 있는 소녀 취향의 책들이 없다시피하였으며,《스테파니의 비밀노트》가 우리 나이에 걸 맞는 거의 유일한 책이었다.

《스테파니의 비밀노트》는 부모의 이혼, 생리, 가출, 그리고 자기의 고양이에 대해 이야기하는 열세 살 소녀 스테파니의 일기이다. 나는 이 책이 신선하고도 아늑하며 솔직하면서도 담백하다고 생각하였고, 이 책에 대해 아주 좋은 기억을 간직하고 있었다. 처음 출간되었을 때 뒤표지에도 이렇게 줄거리를 요약하여 싣고 있었다.

열세 살 스테파니는 자신의 일기를 통해 가평클이라는 자기만의 고양이와 대담성, 몇몇 문제들—농장(학교)에서의 나쁜 성적, 부모와의 불화 등—, 코르니숑과 초콜릿을 넣어 만든 샌드위치를 즐기는 그다지 훌륭하다고는 할 수 없는 취향, 어른들에 대한 삐뚤어진 시선, 청소년 세계에 대한 전례 없이 독창적인 자료이자 문학적 사건을 창조해 낸, 흉내 낼 수 없는 문체와 능변을 보여 준다. 이 책의 원고는 스테파니 X가 작성한 학생용 노트들로 이루어졌다. 필립 라브로는 이 원고를 책으로 출간할 수 있게 스테파니를 도와주었다. 말투의 힘과 문체의 아름다움을 간직하고자 그는 스테파니 고유의 글쓰기 방식에는 전혀 개입하지 않았다. 단지 스테파니에게 몇 가지 주제나 에피소드를 다시 확인해 보거나, 혹은 스테파니 자신의 감정과 기분, 웃음과 슬픔이 지나치게 표출된 몇몇 지점들을 함께 점검하자고 제안하였을 뿐이다. 이 이야기에 등장하는 실제 인물들을 난처하게 하지 않기 위해 이름과 장소 몇 개가 바뀌었을 뿐이다.

처음 책이 출간된 지 이십 년 이상의 세월이 흐른 지난 오월에 필립 라브로는 이 책의 유일한 저자가 자신이며, 스테파니는 결코 존재하지 않았다고 발표했다.
나는 이 책에 대해 대단히 좋은 추억을 가지고 있었으나, 지금 이 추억은 퇴색되고 말았다. 그러나 나를 가장 혼란스럽게 만든 게 무언지 솔직히 말해 나는 잘 모르겠다. 내 좋은 옛 추억을 망쳐 놓았기 때문에? 어린 소녀가 쓴 것이 아니었다는 사실을 내가 이전에 모르고 있었기 때문에? 청소년의 취향에 부합하기 위한 사기였기 때문에? 거짓말이었기 때문에?

—조회수 3245

다음은 이 논평에 붙여진 댓글들을 대략 추려 본 것이다.

1. 2007. 02. 21, 01:06, 글쓴이 : Delfine
아연실색!

2. 2007. 02. 21, 11:28, 글쓴이 : Joce
의견에 동의한다. 밝히지 않는 게 나을 뻔했다. 이제 와서 그런다고 무슨 소용이 있나?

3. 2007. 02. 21, 11:53, 글쓴이 : Naniela
동의한다. 라브로의 동기를 이해할 수 없다. 80년대 세대의 모든 사람들과 마찬가지로 나도 배신감을 느낀다. 젠장!

4. 2007. 02. 21, 17:07, 글쓴이 : calaly
읽지는 않았지만 실망감이 충분히 이해갑니다.

5. 2007. 02. 21, 22:43, 글쓴이 : Sarah
참 이상하네. 하지만 별로 당황스럽지 않네. 당시에 나도 이 책을 좋아했었는데, 쓴 게 어떤 남자였다는 사실을 알게 되니 오히려 재미있구만. 어쨌든 이 사람이 청소년의 심정을 정말 잘 이해하고 있었던 건 사실.

6. 2007. 02. 21, 22:59, 글쓴이 : opio
Sarah님처럼 그가 스테파니의 심정에 이 정도까지 접근할 수 있었다니 나는 오히려 재미있는 상황이라고 생각한다. 솔직히 말하자면 다시 읽고 싶은 생각이 들 정도다.

7. 2007. 02. 22, 20:58, 글쓴이 : Alix
속였다고? 《마뉘엘라》를 읽었을 때, 우리 모두 이거 정말 놀랍다고 했다. 이 남자 어렸을 때 여자였던 게 분명하다고 말하기도 했다. 뭐 어쨌든 《마뉘엘라》가 스테파니보다 더 뛰어났던 건 아니다. 확인하기 위해서는 문체를 좀더 상세히 들여다보고 비교해 보아야 할 것이다.

8. 2007. 02. 22, 22:33, 글쓴이 : Florinette
이거 완전히 웃기는 얘기잖아!!!!

9. 2007. 02. 23, 00:56, 글쓴이 : Carole
몹시 실망스럽다. 님과 마찬가지로 저 역시 책의 저자를 속였다는 사실을 제외하고, 책 내용에서 저를 당혹스럽게 만드는 게 무언지 정확히 말할 수가 없네요.

10. 2007. 02. 23, 14:10, 글쓴이 : Loreal
이거 확실해요?!!! 만약 그렇다면, 정말로 실망감을 감출 수 없네요. 어떤 남자가 내 딸 아이의 방 안에 몰래 숨어들어 온 것 같은 느낌입니다. 내 딸이 막 이 책을 읽었는데 나는 이 사실을 감추어야겠습니다. 내 딸도 나만큼이나 실망할 게 분명하니까요.

11. 2007. 02. 23, 19:22, 글쓴이 : christel
논쟁거리는 오래전으로 거슬러 올라가야 하는데, 고백은 최근에 이루어진 것이군요. 실망스럽기는 저도 마찬가지지만, 그다지 놀랄 일은 아니라고 생각합니다. 어쨌든 어른의 눈으로 이 책을 다시 읽고 싶은 마음이 듭니다.

12. 2007. 02. 23, 21:07, 글쓴이 : luna pat
나는 이 책을 청소년이었던 80년대에 읽었고, 당시 내가 스테파니 부모에 대해 떠올려 보았던 이미지가 어렴풋이 기억납니다(스테파니 엄마의 천박한 옷차림). 간략히 말해, 당시 나는 스테파니와 동일시되는 데 약간의 어려움이 있기도 해서, 이런 폭로가 그다지 놀랍게 다가오는 것 같지는 않습니다. 하지만 그럼에도 불구하고 왜 이런 사실을 지금 밝혔는지는 납득하기 어렵네요. 라브로는 대체 뭘 증명해 보이려고 한 걸까요?

13. 2007. 02. 23, 17:02, 글쓴이 : natacha
정말이지 실망스럽다! 이 책을 열 번 이상 읽었는데, 이제 새로운 시선으로 다시 읽어 봐야겠다.

14. 2007. 02. 23, 19:26, 글쓴이 : katell bouali
이런 제기랄! 나도 앞의 의견에 동의한다. 모든 걸 망쳐 놓느니 차라리 입이나 닥치고 있을 것이지! 솔직히 말해 실망스럽다. 중학교 때 이 책을 읽었는데 신선하고 재미있었다. 세상에는 정말이지 타인을 전혀 존중하지 않는 사람들이 있다.

15. 2007. 02. 23, 23:36, 글쓴이 : adele
오잉? 그가 작가였다니 오히려 재미있네. 어쨌든 이 책에 대해 아주 좋은 추억을 갖고 있었는데, 이런 추억을 일깨워 준 님의 글에 감사드린다.

16. 2007. 03. 12, 20:15, 글쓴이 : victorinette mum
엉… 엉… 그녀에게 완전히 동화되었었는데(이름도 똑같고)… 실망, 실망… 입 닥치고 있는 게 나을 뻔했음…

17. 2007. 03. 12, 16:44, 글쓴이 : Séverine
당시 이 책은 나에게 많은 걸 가르쳐 주었다. 거의 금지되다시피한 책이었지만 엄마가 읽게 해 주었고, 나는 이 책을 통해 현실을 좀더 분명히 깨달았던 것 같다. 게다가 이후에도 이 책을 몇 번 다시 생각하기도 했다. 그런데 지금 나는 어리둥절할 뿐이다. 알려 준 거 어쨌든 고맙다. 결국 인생에서 숨길 수 있는 건 아무것도 없는가 보다. 라르보는 최소한 스테파니의 소녀 독자들에게 이 사실을 알리기 위해 그들이 성장하기를 기다리기는 한 것 같다.

18. 2007. 03. 13, à 17:24, 글쓴이 : Pielline
독서의 추억을 되살려 주어 감사합니다.

19. 2007. 03. 16, 11:19, 글쓴이 : Clarabel
나 역시 비밀의 상자에 대해 그가 입을 다물고 있었으면 더 좋았을 거라 생각한다. 실망스럽고 다른 모든 사람들처럼 나도 배신감을 느낀다. 신화는 곤두박질쳤다.

20. 2007. 03. 16, 19:24, 글쓴이 : Claire
책 광고하려고 생쇼하는 거 아니에요? 나는 1980년대에 태어났고, 1998년에 이 책을 읽었다. 소식을 접하고 진짜 실망했다.

21. 2007. 03. 18, 20:48, 글쓴이 : tic@
사실일 리가 없다. 나는 이 책을 정말 잘 기억하고 있다. 열서너 살 정도 되었을 때 나는 이 책을 읽었고, 아주 훌륭하다고 생각했다. 이 남자가 이 책을 썼을 리가 없고 쓸 수도 없었을 거라고 생각한다. 그는 거짓말하고 있는 거다! 거짓말쟁이!

22. 2007. 06. 22, 16:34, 글쓴이 : Paµ!in3
나는 열일곱 살인데, 정말 배신감을 느낀다. 4년 전 처음 이 책을 읽은 후, 좋은 기억을 간직하고 있었다. 어떤 남자가 썼다는 사실을 알게 되었지만 그래도 나는 이 책에서 나 자신을 다시 발견하였다.

23. 2007. 09. 21, 16:50, 글쓴이 : girlinoz
몇 달 전 무료 배포 신문을 통해 이 가증스런 폭로 소식을 접하고는 충격에 빠졌다. 구역질이 난다. 이게 사실인지 확인하려고 인터넷을 돌아다니다가 여기에 오게 되었다. 내 실망감이 아무것도 바꾸어 놓지는 못하겠지만 이렇게 생각하는 사람이 나 혼자가 아니라는 게 위안이 된다. 어쨌든 라브로가 자기 이름이 적혀 있는 책을 내가 구입 전에 이런 사실을 말했다니 다행이다. 다시는 그의 책을 사지 않을 것이다. 비열한 사기꾼!

24. 2007. 08. 24, 12:24, 글쓴이 : hadesi
책이 처음 출간되었을 당시 내 친구가 아들에게 빌려 주었고, 그래서 나도 읽게 되었으며, 아주 좋은 추억을 간직하게 되어서 이후 몇 년 동안 나는 수많은 여자아이들에게 읽으라고 권하기도 했었습니다. 스테파니가 쓴 게 아니라는 소식은 나에게 몹시 떨떠름한 느낌을 주었습니다. 이건 필립 라브로의 사기 행각입니다. 왜 한참이 지나서야 이런 거짓말을 밝혔을까요?

25. 2007. 12. 01, 21:33, 글쓴이 : Julie
안녕! 내가 이 책을 읽은 것은 오래전은 아닙니다. 인터넷을 뒤지다가 이 책을 쓴 사람이 스테파니가 아니는 사실을 발견하고 놀람을 감출 수가 없습니다. 우리가 사실이라고 믿는 모든 것들, 우리가 책에서 느낀 모든 것들이 진짜 이야기가 아니었다니…

26. 2008. 02. 02, 17:27, 글쓴이 : ophélie
자서전 연구를 진행하고 있는 저는 이 사실을 어떻게 받아들여야 할지 잘 모르겠습니다. 우리는 자서전 연구 목록을 작성했고, 그 안에 이 책이 들어 있으며, 연구를 진행 중이었습니다. 문제는 필립 라브로가 진짜 작가로 드러났기 때문에 이 책이 진정한 자서전이 아닌 게 되었다는 데 있습니다! 골치 아픈 일 발생;;;;

27. 2008. 03. 04, 13:28, 글쓴이 : ecrivante
님이 말씀하신 것보다 훨씬 심각합니다. 그 당시 정황을 저는 잘 기억하고 있습니다. 당시에 스테파니의 인터뷰가 있었습니다. 깜찍하고 겸손한 리에주 출신의 여자아이였습니다. 그녀는 자신의 삶에 대해 말했습니다. 제 생각에 그녀는 판권을 출판사에 양도한 것이 분명합니다. 정말 터무니없는 짓입니다! 만약 편집자가 만든 책이라면 이 책은 그다지 잘 씌어진 것도 아닙니다.

28. 2008. 04. 02, 19:52, 글쓴이 : fuyu
이 책을 방금 읽었는데, 정말이지 깜짝 놀랐다!!!!!! 하지만 어떻게 그게 가능할까? 그 말이 사실이 아니길 바랄 뿐…

29. 2008. 04. 22, 14:49, 글쓴이 : rebmama
나는 이번 일에 좀 비겁한 면이 있다고 생각한다. 특히 열네 살짜리 여자아이가 이런 소설을 쓰는 게 가능하다는 걸 더 이상 인정하지 않으려는 그런 태도 말이다. 어쨌든 언젠가 스테파니의 목소리를 다시 들을 수 있기를 바라며, 그녀가 어떤 여인이 되었는지 알게 되었으면 좋겠다. 유감.

30. 2008. 06. 07, 08:02, 글쓴이 : Anto
뭐가 그렇게 유감스럽고 실망스러운지요? 여자들만이 오로지 여자들의 이야기를 쓸 수 있다고 생각하고 있는 건 아닌지요? 그렇게 치자면 남자들 이야기는 남자들만 쓸 수 있고, 청소년 이야기는 청소년만 쓸 수 있다는 게 되지 않나요? 개인적으로 나는 그렇게 생각하지 않습니다. 절대 그렇지 않습니다. 가까움, 신뢰, 상호 교환, 공유, 경청 등 모든 것들이 작가를 도와줄 수 있으며, 글쓰는 건 단순한 일이 아니라 종이 위에다가 이런 것들을 가져다 배치하는 기술과 재능입니다. 라브로의 또 다른 이름 스테파니에게 감사드립니다. 그 어떤 원망도 없음.

31. 2008. 07. 24, 11:02, 글쓴이 : Nanan92
안녕하세요? 저는 이탈이아 학생이며 이번 여름방학 숙제로 이 책을 읽어야만 했습니다. 저는 이 책을 전혀 좋아하지 않았으며, 더구나 이 책은 재미있지도 정열적이지도 않았습니다. 저는 모험을 다룬 책을 좋아해요. 암튼 주인공 스테파니는 조금 멍청해요. 차오!

32. 2008. 07. 28, 14:40, 글쓴이 : Laura
사흘 전에 엄마의 서재에서《스테파니의 비밀노트》를 발견했다. 나는 이 책을 읽었고, 삼켜 버렸으며 완전히 홀딱 빠져 밤을 지새웠다. 님들 대다

수가 그런 것처럼, 나 역시 스테파니가 성장해서 지적이고 재능이 넘치는 여인이 되었을 거라고 상상했다. 소식을 접하고 나서 그런데 정작 놀라운 것은, 울랄라, 인터넷상의 여러분들의 반응이었다. 내 생각은 이렇다. 어쨌든 내가 이해할 수 있을까? 나는 언젠가 스테파니 X를 발견할 것이라는 희망을 가지고 성장하지는 않았다. 잘 모르겠다. 아니 그렇게 생각하지 않는다. 위의 글에서 읽은 것처럼 나는 필립 라르보가 이 사실을 밝힌 것에 대해 비난하지 말아야 한다고 생각한다. 어쩌면 스테파니의 베일이 벗겨진 것일 수 있다. 베일은 작가가 말하듯 성스러운 것이다. 어쩌면 이 때문에 스테파니의 매력이 조금은 상실되었을 수도 있으며, 그건 또 사실이다. 하지만 나는 Anto의 견해에 전적으로 동감한다. 이 책의 마력은 그대로 남아 있으며, 단지 얼굴을 바꾸었을 뿐이다. 지금 감탄해야하는 것은 열세 살 소녀의 모습을 하고 "다른 차원"(스테파니를 흉내 내어)으로 이동할 수 있는 작가의 능력이다. 스테파니의 모습, 특히 스테파니의 눈높이에 맞추어. 즐거운 하루가 되기를 바랍니다! 열일곱 살 로라가 씀.

위에 추려본 댓글들 중에 특히 내 주목을 끈 것은 7번, 26번, 30번, 32번이었다. 댓글과 기사가 보여 준 이중적인 반응은 사실 내 속에서 일어난, 번역을 진행하면서 나의 마음을 잠시 휘젓고 다녔던 미묘한 감정상의 변화와 당혹감과도 닮아 있다. 상업적인 이유에서건, 맹목적인 교육열 때문이건, 아동문학 시장이 기이할 정도로 비대해져 오늘날의 현실과는 상반되게, 점점 수감자를 닮아만 가는 중고등학생을 위한 문학이 부재한다는 어렴풋한 내 생각에서 찾게 되었던 내 번역 동기에 고스란히 포개져 착잡한 심정을 자아낸다. 문학 작품을 바라보는 데 있어서 저자를 멀찌감치 떼어 놓고 오로지 텍스트를 중심으로 그 전모를 파악해야 한다는 입장과 텍스트 역시 저자의 의도와 그 개성에 지배받게 마련이라는 입장이 이 논쟁 속에 공존하고 있다. 아니, 1960년대 "저자의 죽음"을 운운하며 롤랑 바르트가 주도했던 신비평 논쟁의 한복판에 다시 놓여졌다는 느낌을 감출 수 없다고 말한다면 어떨까? 실망감을 금치 못했다는 수많은 원성의 그 이면에 자리 잡고 있는 것은 문학작품이란 모름지기 저자의 생산물이어야 한다는 등식이며, 이에 맞서 라브로의 손을 들어 주는 것은 텍스트의 자율성이다.

언제나 그랬듯이 이번 번역도 나에게 어떤 경험을 안겨 주었다. 그러나 이번에 맛보게 된, 경험에서 빚어진 시정은 걱달지고 사나운 사내 앞에 마주 선 작고 힘없는 여자아이가 갖게 될 법한 곤혹스러움과 두려움으로 점철되어 있다.

곤혹스러움은, 앞서 말했듯, 이 작품이 적어도 독자들이라면 한번쯤 생각하게 될 윤리의 문제에서 생겨나는 것이며, 두려움은 작품에 녹아 있는 스테파니의—결과적으로 라브로의 것이라고 하겠지만—매우 특이하면서도 조롱 섞인 문체를 번역에서 그다지 잘 담아내지 못했다는 사실에서 비롯되는 것임을 나는 잘 알고 있다. 쉼표가 끊임없이 등장하면서 한없이 이어지는 단문들, 구어 투와 문어 투가 쉴 새 없이 교차하는 복잡한 구문들, 프랑스의 문화적 특성을 고스란히 반영하는 완곡하고 간결한 표현들과 이 표현들이 보여 주고 있는 호흡과 리듬은 번역 연구에서 중요한 지점들을 만들어 내곤 하는 클리셰와 닮아 번역 이론으로부터 환대를 받을 수도 있을 법하다. 그러나 번역가는 그다지 환대를 받지 못할 것이다. 번역은 비루하고도 헛헛한 마음 뒤로 항상 두려움을 동반한다는 사실을 이번에도 확인한다.

번역을 권해 주신 김재혁 선생님, 어눌한 원고를 꼼꼼히 돌봐 주신 고려대학교출판부의 유재혁, 김원기 두 분께 감사드린다.

2010년 안암동 연구실에서

조재룡

스테파니의 비밀노트

초판발행 2010년4월5일
초판 1 쇄 2010년4월5일
지은이 필립 라브로
옮긴이 조재룡
펴낸곳 고려대학교출판부
www.kupress.com kupress@korea.ac.kr
136-701 서울특별시 성북구 안암동
Tel 02-3290-4230, 4232 Fax 923-6311

찍은곳 (주)동화인쇄공사

값 11,000원

ISBN 978-89-7641-713-8 03860